Bienvenue à la Sinistri School…

Elin Bakker

Couverture par Nicolas Jamonneau
Correction par Gaëlle Bonnassieux et Marine Boutard
Illustrations d'intérieur par @coralie.renards et @imjendove
Maquette intérieure par Elin Bakker

Dépôt légal : Juin 2024
ISBN : 9798326336194

© 2024 Elin Bakker
Tous droits de traduction, de reproduction et d'adaptation réservés.

Le code de la propriété intellectuelle interdit les copies ou reproductions destinées à une utilisation collective. Toute représentation ou production intégrale ou partielle faite par quelque procédé que ce soit, sans le consentement de l'auteur ou de ses ayants cause est illicite et constitue une contrefaçon sanctionnée par les articles L335-2 et suivants du Code de la propriété intellectuelle.

Parfois, nos démons intérieurs nous sauvent…

À tous ceux qui ont pris le temps de me soutenir au fil des années

Playlist

1. Secrets and Lies - Ruelle
2. Shadow - Livingston
3. Demons - Jacob Lee
4. Noble Blood - Tommee Profitt
5. Fire Breather - LAUREL
6. The Albatross - Taylor Swift
7. Glory - Kyd the Band
8. Silhouettes - Of Monsters and Men
9. Royalty - Livingston
10. I'll be good - Jaymes Young

Aylia se trouvait enfin face à son futur. Elle passerait l'année universitaire au sein de l'immense domaine qui s'étendait devant elle. Avec ses bâtiments anciens ressemblant à un regroupement de manoirs et ses jardins entretenus au quotidien, l'endroit paraissait sortir tout droit d'un roman gothique. N'importe qui aurait adoré y résider, mais cette grandeur était loin d'être au goût de l'étudiante. Elle préférait l'agitation des grandes villes à la rigueur de la Sinistri School.

Ses parents l'y avaient envoyée pour se débarrasser d'elle au profit de leur carrières prenantes.. Leur travail interminable se trouvait au centre de leurs vies, et pas une seconde ne passait sans qu'ils y soient plongés corps et âme. Les instants que la jeune femme avait passés en famille se comptaient sur les doigts d'une main et, malheureusement, elle n'avait pas d'autres proches dont elle connaissait l'existence. Ou qui connaissaient la sienne.

Après avoir si longtemps été délaissée par ses géniteurs, elle s'était juré de ne jamais en arriver au même stade professionnel qu'eux, bien qu'elle sache qu'ils n'en attendaient pas moins d'elle. Ils l'avaient toujours poussée à viser plus haut et plus loin que ce qu'elle désirait vraiment. Une fois qu'elle obtiendrait son diplôme, elle deviendrait à son tour une esclave de la société moderne et de ses immenses gratte-ciels. Peut-être était-ce à cause de cela qu'elle avait si peur de terminer son cursus universitaire ?

Parfois, comme toute personne de son âge, elle aurait aimé pouvoir figer le temps.

Assise à l'arrière de la voiture noire conduite par son chauffeur privé, elle attendait qu'on lui fasse signe de sortir, d'explorer cet endroit qu'elle devrait appeler son « chez elle » pendant deux semestres entiers. Elle entamait sa dernière année en licence de psychologie et la fin de ses études approchait.

En traversant le portail noir en fer forgé de la Sinistri School un peu plus tôt, elle avait eu des frissons. Il lui avait aussitôt fait penser à l'entrée d'une prison obscure et mystérieuse, ce qui n'augurait rien de bon.

L'institut était connu pour son emplacement isolé et peu d'informations pouvaient être trouvées sur Internet à son sujet. Seules les familles les plus riches et puissantes du monde entier connaissaient son existence. Ils y envoyaient leurs enfants afin d'éviter qu'ils ne soient enlevés ou attaqués par leurs ennemis.

Aylia ignorait pourquoi elle avait été acceptée dans cette école. Certes, ses parents possédaient un grand réseau d'entreprises à succès, mais il était incomparable aux empires financiers des autres élèves.

Elle passerait un peu moins de neuf mois derrière ces barreaux sans jamais en sortir. Ce qu'elle ne savait pas, c'était que de terrifiants secrets étaient piégés au sein des murs de ce lieu...

Les repas solitaires du vendredi soir allaient me manquer.
Ce fut la première pensée qui traversa mon esprit. Puis, la gravité de la situation dans laquelle je me trouvais me frappa enfin : je passerais ma dernière année d'études dans un endroit peuplé de snobs !

Ici, des petits enfants pourris gâtés me poseraient des centaines de questions dans le but de déterminer mes origines. Dans un lieu pareil, seul le capital familial comptait, permettant à quiconque de gravir l'échelle sociale et, heureusement pour moi, l'unique endroit où je ne souhaitais pas me trouver était en haut de cette dernière. Être populaire n'attisait que la jalousie et attirait des problèmes.

À mon grand malheur, mes pairs n'étaient pas les seuls à attendre de moi que je participe à leur jeu malsain. En effet, les professeurs ne me quitteraient pas du regard non plus tant qu'ils n'auraient pas fait de moi une demoiselle parfaite. C'était ce que mes parents exigeaient.

Ils n'avaient jamais apprécié ma tendance à être ouverte d'esprit et tolérante. Ils préféraient les jeunes filles bourgeoises et avaient tenté à de nombreuses reprises de me pousser à en devenir une. Je ne comptais le nombre de soirées aristocratiques et bals de débutantes lors desquels j'avais été introduite en tant que leur héritière.

Néanmoins, je n'avais jamais trouvé d'amis au sein de leur sphère sociale et ne me plaisais pas le moins du monde dans leur entreprise. J'avais évité durant la majorité de mon existence le milieu étouffant dans lequel ils évoluaient. Les faux-semblants et les mensonges n'étaient pas ma tasse de thé.

La Sinistri School était leur dernière tentative de me faire entrer dans leurs rangs, et je jouais le jeu à contrecœur.

Une autre raison qui me poussait à redouter cet endroit était... lui.

On ne m'avait pas dit grand-chose à son sujet. Il était une énigme avec un nom : Valden Kazoku. Et je serais son épouse si je n'empêchais pas notre union forcée de se concrétiser. Je fus envahie par des frissons de dégoût à cette idée.

Nous nous étions vus une fois, lorsque nous étions enfants, et cette rencontre d'à peine quelques heures avait suffi à conclure notre future liaison. Nos familles avaient de quoi se réjouir de leur nouvelle alliance profitable, mais ce n'était pas mon cas.

À présent, des années plus tard, mon fiancé traversait les couloirs de la Sinistri School, et je comptais bien l'intercepter dans l'espoir de le faire changer d'avis au sujet de notre mariage. Cette atrocité arrangée serait un désastre pour nous deux !

Mes parents seraient horrifiés de voir leurs plans s'effondrer. Néanmoins, j'avais depuis longtemps abandonné l'idée de les rendre fiers.

Un seul regard à la fameuse façade en brique rouge de l'école/académie m'avait permis de déceler l'ambiance lourde qui y régnait. C'était loin de l'université publique et vieillie que je m'étais obstinée à fréquenter en ville. Ici, chaque recoin paraissait neuf malgré son âge avancé. Et la grandeur des tours était d'une splendeur que la capitale ne pouvait pas se permettre.

À vrai dire, de la part de mes parents, je m'étais attendue à pire que ce lieu et ses magnifiques jardins, porteurs de liberté. Ma mère et mon père avaient méprisé mon précédent établissement et avaient tout fait pour m'éloigner de mes amis qu'ils jugeaient de trop « basse classe ».

Année après année, j'avais cherché à esquiver leur emprise et leur jugement. Toutefois, tant que je serais la seule héritière de leur entreprise multimillionnaire, je n'échapperais pas à leur vigilance. Même lorsqu'ils faisaient semblant de m'accorder de la liberté, ils me surveillaient. Et leurs employés n'étaient pas des plus discrets.

Mes deux premières années de scolarité dans l'enseignement supérieur, passées dans une ville bruyante et vivante, s'étaient merveilleusement bien déroulées, et rien n'avait justifié le changement si subi que mes géniteurs m'avaient imposé. Toutefois, leurs motivations étaient claires : mon mariage. Ils attendaient de moi que je rentre chez nous en tant que Madame Kazoku. Ça leur apporterait une nouvelle part du marché qu'ils convoitaient tant : le transport ferroviaire.

Ce dernier avait toujours occupé plus d'espace dans leurs vies que n'importe quel être vivant. Leur firme était leur joyau le plus précieux. Rien n'était plus important que les contrats qu'ils souhaitaient décrocher avec leurs partenaires et investisseurs.

Ma mère m'avait répété qu'« une réputation solide ne disparaît pas lorsqu'on se réveille le matin ». Mon père confirmait ses mots avec des hochements de tête, sans comprendre qu'ils étaient une attaque directe envers sa personne.

À force d'entendre les reproches subtils qu'ils s'adressaient, leur frustration avait fini par passer inaperçue dans les conversations familiales. Du moins, lorsque nous en avions.

Croyez-moi, je passais la majorité de mes dîners toute seule.

— Miss Hoff ? intervint soudain une voix masculine.

Je levai le visage en direction de mon chauffeur. Bien entendu, mes parents n'avaient pas eu le temps de me conduire ici eux-mêmes. Au moins avaient-ils, cette fois-ci, pensé à m'écrire des lettres conclues par leurs habituels « Au plaisir de te revoir, chérie ». De toute évidence, je n'avais jamais eu droit à une telle affection de vive voix. C'était trop informel pour eux.

— Excusez-moi, j'étais perdue dans mes pensées, balbutiai-je en tendant un billet à l'employé en guise de pourboire.

Il avait sûrement autre chose à faire que d'attendre que je me décide à sortir de son luxueux véhicule. Le regard impatient qu'il m'adressa en était la preuve.

J'attrapai donc mon sac à main avec grande hâte, avant d'ouvrir la portière. Une fois debout sur les pavés gris de l'allée, le chauffeur démarra en trombe pour se rendre au prochain rendez-vous planifié par mes parents.

À présent, je me trouvais seule au sein d'un lieu qui m'était parfaitement inconnu.

Toutes les écoles se ressemblent, non ? me rassurai-je en inspirant profondément.

Ça ne doit pas être si compliqué de me repérer dans cette Académie, non ? Puisqu'elle n'est constituée que de salles de classe et de bibliothèques...

Je recouvris mes bras nus de mes mains, afin de cacher ma chair de poule. Habillée d'un débardeur noir et d'un jean, je n'étais pas équipée pour affronter la météo automnale qui commençait à faire surface. Ma chevelure blanche fut emportée par le vent et mes chaussures noires recouvertes de la poussière que produisaient les gravats sous mes pieds. Ma veste se trouvait quelque part au fond de mon sac à dos, mais je n'eus pas le courage de l'en sortir.

Les premières feuilles teintées d'orange pendaient tristement au bout des branches des arbres environnants. Je ne m'étais pas attendue à un tel changement de température en cette fin de septembre. Si j'avais su que l'été se terminerait si vite, je me serais préparée un peu mieux.

J'avais passé les mois de juillet et d'août à flâner en ville avec mes amies. Nous avions observé les étalages en nous moquant des dernières tendances absurdes que la société s'imposait. Nos rires résonnaient encore dans mon esprit, ce qui rendit d'autant plus difficile le fait de me remettre dans le bain des études.

Mon regard noisette sonda l'impressionnante entrée de la Sinistri School. Ses briques rouge écarlate s'accordaient à merveille aux rayons du soleil couchant qui plongeait l'ensemble dans une palette de couleurs pour le moins... inhabituelle, semblable à celle du sang.

Des deux côtés de la porte d'entrée en métal forgé se trouvaient des colonnes sculptées en marbre blanc qui semblaient reposer sur les dos d'un homme et d'une femme. La scène me rappela aussitôt celle dépeinte par la statue du titan grec, Atlas Farnèse, être surpuissant et porteur du monde. D'une certaine façon, les piliers ressemblaient à des ailes attachées aux omoplates des humains qui les levaient.

Plus haut, juste au-dessus de l'accès principal, se dressait une plaque en pierre grise sur laquelle avait été gravé « Portons le monde avec notre savoir ».

Aussi prétentieux que ces mots puissent paraître, cette académie privée ne semblait pas négliger l'importance des connaissances qu'elle inculquait à ses étudiants. C'était au moins un point positif.

J'inspirai à pleins poumons, avant de gravir les trois petites marches qui se présentaient à moi. La porte d'entrée était grande ouverte et, au vu de sa constitution métallique impressionnante, je doutais qu'elle puisse se fermer. Afin de pouvoir bouger une telle masse de fer, il fallait posséder une sacrée puissance !

En passant à côté du chef-d'œuvre, je vis que sa surface était recouverte de spirales et d'autres ornements noirs. L'artisan n'avait pas fait son travail à moitié.

De l'extérieur, le hall d'accueil ressemblait à un trou béant et obscur prêt à m'engloutir, mais je me forçai à avancer en serrant les dents. Les porte-clés accrochés à mon sac s'entrechoquaient à chacun de mes pas et créaient ainsi une mélodie cristalline. C'étaient les cadeaux d'au revoir que mes amies m'avaient offerts. Fin août, je les avais laissées derrière moi avec un pincement au cœur.

Nos après-midis passées dans les cafés de la ville, à discuter pendant des heures, me paraissaient déjà tellement lointaines. Lors de nos rencontres, je me forçais à boire la substance amère qu'on me servait dans notre lieu de rendez-vous favori, mais je m'y étais peu à peu habituée jusqu'à me mettre à l'apprécier. Le thé restait cependant mon breuvage préféré, même si je le consommais toujours avec du sucre et du lait.

La ville était si… vivante face à ce lieu renfermé. C'était un sacré contraste.

En traversant l'immense espace qui menait au bureau de l'administration, je sus que je laissais la liberté de mon ancienne vie derrière moi. Dans la lettre de convocation que l'académie m'avait fait parvenir, ils avaient spécifié qu'emporter des affaires personnelles avec soi était inutile. L'uniforme, dont le port était obligatoire, me serait fourni, tout comme une trousse de toilette complète et du matériel nécessaire à la poursuite de mes études. En somme : on m'ôtait mon identité pour faire de moi un parfait membre de l'élite.

C'était sûrement mieux ainsi, puisque se fondre dans la masse serait plus facile. Et puis, au vu du prix que mes parents avaient déboursé pour m'inscrire ici, l'établissement était dans l'obligation de nous offrir des biens matériels en guise de compensation.

J'avais cru qu'avec ma curiosité légendaire, il ne serait pas compliqué de me renseigner sur ce lieu prestigieux. Je m'étais trompée. Après des heures de fouille, je n'avais pas trouvé la moindre information au sujet de cet institut. J'avais cru à une arnaque, jusqu'à ce qu'une brochure n'arrive dans notre boîte aux lettres.

La Sinistri School était promue comme un établissement sécurisé spécialisé dans l'éducation et la protection des plus riches héritiers au monde. Ils promettaient des cursus d'exception en plus d'une discrétion digne des plus grands films d'espionnage afin d'éviter toute tentative de kidnapping ou de meurtre.

En tant que descendants de multimillionnaires, même milliardaires pour certains, nous courions un risque au quotidien. Bien que je me sois toujours convaincue que je n'avais pas à m'en soucier, puisque personne en ville ou à l'université ne connaissait ma vraie identité, j'étais restée vigilante partout où j'allais.

Ici, ce ne serait plus un problème. Située au milieu d'un domaine naturel protégé et déserté, une heure de route séparait la Sinistri School de la civilisation. Je devais avouer que cet isolement inhabituel, destiné à nous rassurer, nourrissait mon imagination.

Les corridors obscurs en pierre grise et leurs chandeliers sertis de bougies éteintes m'intriguaient, me donnaient l'impression de m'aventurer dans une époque lointaine.

— Miss Hoff ? m'interpella soudain une voix inconnue.

Je me retournai aussitôt, heureuse de voir que je n'étais pas la seule à naviguer les couloirs vides. En y réfléchissant, tout était étrangement silencieux pour une veille de rentrée. La brochure avait indiqué d'arriver entre quatorze et dix-huit heures, et mon chauffeur m'avait déposé à dix-sept. Était-ce trop tôt ?

— C'est bien moi.

Mon ton était moins assuré que je l'aurais voulu, alors que je me redressai pour faire bonne impression. Rencontrer de nouvelles personnes me mettait mal à l'aise et me rendait nerveuse. Une fois que je les connaissais, tout allait mieux, malgré un premier contact souvent laborieux.

— Superbe ! Je te cherchais, me répondit la jeune étudiante qui s'approcha de moi avec un sourire aux lèvres.

Sa chevelure blonde tressée ressemblait à une cascade dorée qui descendait le long de son épaule. Elle avait rassemblé ses mains devant son ventre et se tenait droite comme un pic. Son pull indigo à col montant et aux manches longues lui donnait un air strict malgré ses joues rosies et son expression accueillante.

Était-ce l'uniforme de l'Académie ?

Le visage de l'inconnue était anguleux et son nez paraissait trop fin pour ses traits plutôt bouffis, mais ses iris d'un bleu azur étaient hypnotisants. Grâce à ses yeux clairs et son sourire sincère, elle possédait un charme unique sans pour autant être d'une beauté sublime. À première vue, je me doutais qu'elle avait le même âge que moi.

— Tu me cherchais ?

— Oui ! Comme tu es nouvelle, je me suis portée volontaire pour te guider au cours de ton premier soir ici afin d'éviter que tu ne te perdes.

Elle avait prononcé ces mots avec une lueur espiègle dans le regard. Il était évident qu'elle prenait du plaisir à découvrir qui j'étais avant les autres.

Les riches adoraient jauger la compétition.

— Ne dois-je pas en premier signaler mon arrivée à l'administration ? articulai-je avec les bras croisés à cause du froid.

Cette posture était censée me donner confiance en moi, même si elle pouvait parfois avoir l'effet contraire.

— Pas besoin, je le ferai, me répondit l'étudiante.

Hésitante, je restai immobile l'espace de quelques secondes. Mon interlocutrice avait l'air si enthousiaste face à mon arrivée que j'avais peur de la heurter si je refusais son aide. En même temps, je devais suivre les procédures administratives si je voulais débuter l'année sur de bonnes bases. J'étais assez assidue lorsque c'en venait aux règles.

— Ta chambre porte le numéro 363. Je me suis permise de récupérer tes clés. L'une te donne accès à ton espace personnel et l'autre à ton casier attitré, poursuivit la blonde lorsqu'elle me tendit les objets en question.

Je les réceptionnai et inclinai la tête en guise de remerciement. Les bouts de métal argenté n'avaient rien de spécial si ce n'était la plaque rouge qui les reliait l'un à l'autre. Le numéro de mon emplacement de dortoir était gravé sur cette dernière.

Je retins mon souffle, étonnée de ressentir de l'appréhension m'envahir. Mon séjour venait de se concrétiser.

— Merci. Allons-y, murmurai-je en fourrant mes nouvelles acquisitions dans une des poches de mon jean.

Qu'elle soit bonne ou non, ma décision était prise : m'intégrer avec les étudiants me permettrait de passer inaperçue par la suite.

Garde la tête basse, Aylia.

On traversait silencieusement le couloir. Notre voyage était rythmé par le bruit répétitif des talons de l'étudiante qui me précédait.

L'uniforme qu'elle portait avait l'air tout sauf confortable, même si les manches longues de son pull étaient adaptées à la saison. Des tissus indigo et noirs s'emmêlaient dans sa tenue pour former un ensemble harmonieux. Sa jupe courte était accompagnée d'une paire d'épais collants et recouverte d'un imprimé à carreaux bleus et blancs.

Bien que je sois peu enchantée de devoir porter un vêtement court, je fus soulagée de voir que j'allais pouvoir mettre mes jambes abîmées à l'abri des regards grâce aux collants.

Lorsque j'étais petite, vers mes onze ans, j'avais eu la bonne idée d'escalader un mur non loin de chez moi. Mes parents, partis assister à un événement social, ne m'avaient pas vu tomber de la surface en pierre. À mon grand malheur, les ronces qui se trouvaient de l'autre côté de cette dernière m'avaient prise au piège en un battement de cils. Je m'étais écrasée dans la masse épineuse et avais crié et pleuré jusqu'à m'en faire mal aux poumons.

Heureusement, seule la peau de mes jambes avaient été touchée par l'accident et mes blessures n'avaient en aucun cas limité mes mouvements, puisque mes muscles et tendons n'avaient pas été touchés. Le médecin devait encore se souvenir de chacune des larmes que j'avais versées à l'époque. Il avait sorti les épines de ma chair avec précaution et avait désinfecté les plaies, alors que je donnais des coups de pied dans tous les sens. Cet événement avait laissé de nombreuses cicatrices superficielles sur mes jambes, que je me devais de cacher.

Au moins, c'était un autre argument en ma faveur pour pousser Valden Kazoku à ne pas m'épouser.

J'observai l'espace verdoyant qui se trouvait à l'extérieur du couloir. De grandes fenêtres donnaient sur des jardins d'une splendeur magistrale, parsemés d'arbustes en tous genres et de fleurs que j'avais seulement vues dans des livres jusque-là.

— Tu vas adorer la Sinistri School, Aylia Hoff, me dit soudain la jeune femme.

Elle ne ralentit pas sa cadence et ne se retourna pas non plus. Elle paraissait pressée d'arriver à destination et avait à coup sûr mieux à faire que de jouer la guide, rôle qu'elle paraissait pourtant prendre à cœur.

— Ça en a tout l'air pour l'instant.

Ma voix était déjà plus puissante que précédemment, même si je doutais des paroles que je prononçais. Tout le monde ne serait pas aussi accueillant. Surtout lorsqu'ils apprendraient que j'étais la fiancée d'un jeune homme à la lignée très prisée. Je devrais faire face à des rivales et espérais que l'une d'entre elles réussisse à conquérir le cœur de celui qui m'avait été promis. Ainsi, je n'aurais plus à m'occuper de cette affaire.

Je secouai la tête et me concentrai sur le chemin que je parcourais en compagnie d'une parfaite inconnue.

— Comment t'appelles-tu ? demandai-je dans l'espoir de pouvoir coller un nom sur son visage.

— Alexandria Ghussdorf, mais mes amis me nomment Lexie.

Elle paraissait ravie de ma question. Le fait que je m'intéresse à elle la flattait.

— Je suis élève ici depuis deux ans, et je sens que cette dernière année va m'enchanter encore plus que les précédentes.

Sa positivité m'intrigua. Une école était une école, n'est-ce pas ?

— Qu'étudies-tu ? l'interrogeai-je pour poursuivre la conversation.

Mes parents m'avaient toujours enseigné que s'intéresser à quelqu'un permettait de mettre la personne dans sa poche. Dans leur quotidien, c'était quelque chose d'essentiel au bon déroulement des affaires. Dans le mien, beaucoup moins. Néanmoins, avoir une alliée au sein des rangs de l'académie ne pouvait pas faire de mal.

— Je me spécialise en affaires étrangères afin de reprendre l'entreprise de mes parents. Être l'héritière de leur lignée ne m'a pas donné d'autre choix que de poursuivre ce qu'ils ont commencé.

Est-ce cela que mes parents attendent de moi ? pensai-je.

Ils m'avaient fait comprendre à plusieurs reprises que ne pas avoir de fils étaient le malheur de leur existence. Est-ce qu'ils m'envoyaient à la Sinistri School pour éveiller mon sens du devoir ?

— Tu verras, cet endroit peut être agréable lorsqu'on respecte ses règles.

Le « peut être » me fit aussitôt tiquer. Pourquoi le « lorsqu'on respecte ses règles » sonnait-il comme une menace ? Elle s'exprimait sous forme d'énigmes, et la tournure que prenait notre discussion m'angoissait de plus en plus. Peut-être qu'en fin de compte, elle était trop semblable à mes parents pour que nous puissions sympathiser.

— D'après les légendes, des événements étranges se sont déroulés ici il y a environ cent ans de ça. Certains croient qu'une puissance obscure infeste ce lieu et ont peur que les récents incidents aient quelque chose à voir avec le passé de l'Académie. Bien sûr, c'est faux.

Elle pouffa et secoua la tête.

Récents incidents ?

J'ouvris la bouche pour l'interroger à ce sujet, avant qu'elle ne me coupe brusquement.

— Nous voilà arrivées ! s'exclama la jeune femme en tapant dans ses mains.

Devant nous se trouvait une immense porte à battants en bois clair. Était-ce l'entrée du dortoir ?

— À toi l'honneur, Aylia.

Mon interlocutrice s'inclina devant moi de façon théâtrale en me faisant signe de la précéder. La lueur espiègle qui brillait dans son regard bleu effaça les mauvais présages liés à l'histoire inquiétante qu'elle venait de me raconter.

J'obéis, intriguée par notre destination, et le regrettai aussitôt. De l'autre côté de la porte se trouvait une ancienne bibliothèque universitaire au sein de laquelle des dizaines d'étudiants faisaient la fête. Certains étaient assis sur des tables en bois massif, d'autres allongés par terre. Des jeunes tentaient de se séduire un peu partout et jouaient à des jeux dont je connaissais bien le fonctionnement.

L'odeur d'alcool et de sueur me frappa immédiatement et la tension sexuelle était palpable. J'aurais aimé me boucher le nez, mais en étais incapable tant j'étais tétanisée par le spectacle qui s'offrait à moi. En même temps, je ne m'attendais pas à me retrouver au beau milieu d'une soirée étudiante...

Juste à côté des nombreux élèves étaient empilés des ouvrages centenaires inestimables qui ne demandaient qu'à être dépoussiérés. L'idée qu'on puisse leur renverser de l'alcool dessus me révolta. Où étaient les employés de l'institut ? Ne savaient-ils rien de ce rassemblement clandestin ?

Le décalage entre le décor majestueux et la dépravation des étudiants ivres était si grand que j'avais l'impression de regarder deux scènes différentes qu'on avait superposées. Quel cirque !

— Ahhh ! Une nouvelle ! vociféra un jeune homme.

Un seul regard me suffit pour déterminer qu'il était un tombeur. Ses yeux me parcoururent tels ceux d'un rapace sur le point de dévorer une carcasse. Je fus aussitôt profondément dégoûtée et repoussée par sa présence.

Il était le genre de personne que je souhaitais éviter à tout prix, même si mes cours de psychologie m'avaient appris que les individus avec de tels comportements déplacés cachaient bien souvent de profondes douleurs. Toutefois, cela ne justifiait en rien leurs agissements.

Le jeune homme tenait une bouteille de bière vide dans sa main et s'approcha peu à peu de moi en chancelant. Il avait dû boire en grande quantité pour se mettre dans cet état pitoyable. Je me retins de grimacer.

— Elle t'intéresse, Regg ?

Il fit signe à un de ses amis de le rejoindre et ce dernier obéit aussitôt.

J'aurais dû partir en courant face à ces paroles irrespectueuses, mais quelque chose m'en empêchait. Était-ce la pression sociale ? Ou juste de la bêtise humaine ? Sûrement un bon mélange des deux.

Seconde après seconde, mon envie de mettre un coup de poing dans la tête de mon interlocuteur faisait fourmiller mes mains.

Sois normale, Aylia. Avec un peu de chance, tu pourras t'éclipser dans quelques minutes.

Mes interlocuteurs, à l'exception de Lexie, étaient bien trop ivres pour pouvoir garder un œil sur moi tout au long de la soirée.

— On va bien s'amuser ce soir, affirma le prénommé Regg avec un sourire en coin.

Il aurait pu être beau s'il ne s'était pas léché les lèvres à la manière d'un animal. Je grimaçai malgré moi et manquai de reculer d'un pas face au spectacle pitoyable qui se présentait sous mes yeux. À mon grand malheur, le jeune homme s'avança davantage vers moi avec un rictus aux lèvres. Son regard brillait de malice et ses mains commençaient à s'aventurer dans ma direction.

Mon cœur se serra dans ma poitrine et je sentis l'air se bloquer dans mes poumons. Mes poils se dressèrent sur mes bras et de la bile remonta le long de mon œsophage au fur et à mesure que ses doigts s'approchèrent de moi.

Pars. Ils n'en valent pas la peine, me conseilla mon cerveau paniqué.

J'étais trop fatiguée pour me forcer à faire bonne impression et il était hors de question que je laisse un inconnu me toucher ! J'avais depuis longtemps passé l'âge de me laisser impressionner par des enfants qui se croyaient supérieurs aux autres.

Peu importe si je partais ou non, la majorité des étudiants présents ne se souviendraient même pas de cette soirée à cause de l'alcool présent dans leurs veines. Je ne serais rien de plus qu'un souvenir indistinct à leurs yeux.

— Il est temps que j'aille m'installer dans ma chambre, annonçai-je.

Je reculai en désignant mon sac à dos.

— Mais la soirée ne fait que commencer, murmura Lexie, avant d'éclater de rire.

Ce son me donna la chair de poule. On aurait cru entendre une sorcière maléfique ! Je fronçai les sourcils, surprise par le tournant que prenait la situation.

— Tu vas bien t'amuser, tu vas voir !

Elle me tendit un gobelet que je refusai poliment d'un mouvement de main. Je ne buvais rien que je n'avais pas versé moi-même dans mon verre.

— J'ai encore trop de choses à régler pour mon intégration de demain, affirmai-je sans cesser de reculer.

Je savais bien mentir et espérais que ça suffirait pour convaincre mes interlocuteurs de me laisser m'échapper.

Le prénommé Regg s'apprêta à protester, avant que Lexie ne l'arrête.

— Laissez-la partir, elle ne fera que pourrir l'ambiance si elle reste avec nous. Tu découvriras bientôt que nous aurions été de bonnes alliées à la Sinistri School, mais tu as raté ta chance, Aylia Hoff.

Lexie jeta ses cheveux blonds derrière son épaule d'un air nonchalant. Je gardai le silence, les dents serrées. Comment une jeune adulte pouvait-elle faire preuve d'un comportement aussi immature ?

Je n'avais pas de temps à lui accorder et m'apprêtais à me détourner des expressions moqueuses de mes interlocuteurs lorsqu'on me retint par le bras.

— Une dernière chose, Aylia.

Je levai les yeux au ciel et me retournai vers Regg.

— Si tu as envie de t'amuser, tu connais mon nom.

Insultée par ses paroles aux connotations explicites, je le contemplai avec une grimace de dégoût aux lèvres.

Avant que je ne puisse articuler une réponse adaptée, quelqu'un vida son verre au-dessus de ma tête et mes interlocuteurs éclatèrent de rire. La scène attira l'attention d'autres étudiants présents, alors que je sentais peu à peu du liquide ambré et collant couler le long de mes mèches blanches et imprégner mes vêtements.

— Tu as perdu la partie avant même qu'elle ne débute, Aylia Hoff.

Lexie m'adressa un sourire mesquin, avant de se détourner de moi et de rejoindre d'autres fêtards. Ils étaient tous morts de rire tels des petits enfants.

Envahie par la colère et la frustration, je serrai les poings pour me contenir au mieux. J'aurais aimé lui tirer les cheveux et lui susurrer des paroles venimeuses jusqu'à ce qu'elle me supplie d'arrêter.

Tu vaux mieux que ça, Aylia Hoff. Ne te rabaisse pas à leur niveau, tu es une adulte réfléchie.

Après les avoir maudits intérieurement, je me retournai et disparus dans les couloirs de la Sinistri School.

J'avais des dizaines de répliques acerbes en tête, mais elles étaient retenues par mon bon sens et n'auraient servi qu'à me ridiculiser encore plus. Alors, j'accélérai le pas en sentant le liquide qu'on m'avait versé dessus refroidir sur ma peau pâle.

Ce ne fut que lorsque j'atteignis de nouveau l'entrée de l'institut que je me rendis compte que je n'avais aucune idée d'où se trouvait ma chambre ni même si Lexie m'avait dit la vérité au sujet du numéro qu'elle portait. Je sortis mes clés de ma poche et les contemplai avec mélancolie. Je ferais de mon mieux pour retrouver l'espace qui m'était réservé.

Je levai la tête et pris le temps de contempler les couloirs vides et obscurs autour de moi. L'histoire mystérieuse et perturbante que Lexie m'avait narrée faisait le tour de mon esprit. Étais-je vraiment en danger ici ?

Je secouai la tête pour chasser mes pensées négatives et me mis en quête de ma chambre. Seule.

Bienvenue à la Sinistri School, Aylia Hoff...

En passant enfin devant l'administration ce soir-là, je découvris que le bureau était déjà fermé.

Alors, j'errai dans les différents bâtiments de l'institut dans l'espoir de trouver ma chambre au plus vite. À mon grand malheur, aucun indice quant à l'emplacement de ma destination ne se présenta à moi avant une bonne heure.

Tout au long de ma recherche, le silence du lieu laissait place aux échos des voix présentes dans ma tête. J'aurais dû savoir qu'on ne m'aiderait pas de sitôt dans cette institution remplie d'enfants de riches.

Bien sûr que ma discussion avec Lexie avait été trop belle pour être vraie. Même un aveugle aurait pu le voir. Un aveugle, oui. Moi, non. Et le liquide collant et glacial qui coulait le long de mon front me rappelait mon erreur à chaque seconde.

« Ne fais jamais confiance à tes compétiteurs. Ils ne cherchent qu'à t'utiliser ou te détruire. »

Les avertissements de ma mère n'avaient pas suffi à me préparer aux manigances des enfants d'élite de cet institut. Il fallait que je m'endurcisse si je souhaitais survivre à l'année à venir. Si me faire toute petite pour disparaître dans la masse ne fonctionnait pas, je me démènerais pour être respectée par ici. Cette perspective me fit sourire, tandis que je poursuivais ma course sous les derniers rayons rougeâtres du soleil couchant.

Les bâtiments qui composaient la Sinistri School étaient plongés dans l'obscurité de la nuit naissante et je repensai aux « étranges phénomènes » et aux « récents incidents » que Lexie avait brièvement évoqués. Les corridors avaient l'air trop paisibles pour que ça puisse être vrai. Elle s'était sûrement moquée de moi dans l'espoir de m'effrayer, mais je ne céderais pas une fois de plus à ses gamineries.

Je croisai la route de cinq statues ressemblant à celles qui ornaient l'entrée de l'institut. Elles représentaient des dieux grecs liés aux différentes disciplines que la Sinistri School enseignait. La différence était que ces œuvres-ci étaient accompagnées de plaques dorées sur lesquelles des noms avaient été gravés. Le plus étrange était que l'année de décès des individus cités était toujours la même. Cinq jeunes de dix-huit à vingt ans seraient décédés en 1922 et il semblerait qu'on ait inauguré ces statues pour les commémorer.

Sombre et étrange. Je ne pouvais pas m'empêcher de penser que cela avait quelque chose à voir avec ce que Lexie m'avait raconté.

« Des événements étranges se sont déroulés ici il y a environ cent ans de ça. »

Au cours de la première partie de mon chemin, je ne croisai rien ni personne. Pas même un éclat de voix. C'était comme si le lieu avait été déserté. À cette idée, je sentis la chair de poule m'envahir et accélérai le pas.

C'était peu approprié pour une jeune femme de se balader seule, à la tombée de la nuit, dans un lieu dont elle ne savait rien. Et qui était dangereux d'après les rumeurs…

Soudain, une figure apparut au loin et je sentis mon cœur se serrer en la voyant approcher. Pas après pas, sa silhouette obscure prit la forme d'un jeune homme. Il était grand et ses cheveux noirs étaient coupés court. Son visage n'était qu'une tache obscure que je ne parvenais pas à distinguer, bien qu'il ne se trouve qu'à quelques mètres de moi. Peu importe combien je me concentrais ou plissais les yeux, son identité et ses caractéristiques demeurèrent un mystère.

Ce nouveau venu réveilla en moi des frayeurs longtemps refoulées, enrobées d'une sensation de familiarité. Pourquoi avais-je l'impression que je connaissais ce jeune homme ?

Lorsqu'on s'effleura, son regard noisette se posa sur moi. Au premier abord glacial, il laissa vite transparaître de la curiosité. Un sentiment de malaise me parcourait alors que, alors que l'inconnu poursuivait son chemin en silence et disparaissait peu à peu derrière moi.

Je n'osai pas me retourner par peur d'être confrontée à une scène terrifiante. Ma nature curieuse ne m'empêchait pas de redouter ce dont cet inconnu était capable. Je poursuivis donc ma course et accélérai le pas. Mon corps était pris dans une transe guidée par l'angoisse dont je ne réussis pas à me sortir.

Je marchai donc inlassablement jusqu'à atteindre ma destination tant convoitée, avec pour seul compagnon mes battements de cœur effrénés.

Lorsque je trouvai enfin la porte 363, qui se situait au second étage du bâtiment central, je découvris avec soulagement que la clé qu'on m'avait confiée correspondait bien à la serrure. Une fois entrée, je la refermai à double tour.

Mes rencontres du jour avaient été bien trop déconcertantes pour que je puisse me reposer en toute sérénité. Et ce n'était que mon premier jour...

Déboussolée et sur les nerfs, je me laissai glisser au sol avec les mains tremblantes. J'avais eu le droit à une rencontre avec une jeune femme qui m'avait humiliée, avec un inconnu à la présence sinistre et à une légende aux airs de récit d'horreur. Ce n'était pas le meilleur des débuts.

J'inspirai pour me calmer et relativisai : j'étais à l'abri des individus étranges que j'avais croisés jusque-là.

Une fois que mon cœur affolé se calma, je choisis de prendre une longue douche pour me débarrasser de l'alcool qui faisait coller ma chevelure et mon débardeur à ma peau. Tout au long de mon lavage, je me maudis d'avoir été si naïve. Je n'aurais jamais dû faire confiance aussi vite.

Mais les regrets ne servaient à rien. À partir de maintenant, je ne me ferais plus avoir.

Debout dans la salle de bain, je me débattais avec mes cheveux remplis de nœuds. L'eau chaude de ma douche avait produit de la buée dont le voile recouvrait le miroir suspendu au-dessus de la vasque. Je passai ma main dessus et contemplai la tête affreuse que je faisais. J'étais épuisée.

L'espace d'un instant, je me demandai ce qu'il se serait passé si je m'étais rendue à l'administration tout de suite. Toutefois, Lexie avait détenu mes clés donc, dans tous les cas, j'aurais dû la croiser à un moment ou un autre afin de pouvoir retrouver ma chambre. Elle s'était assurée que son piège soit inévitable.

Dans ma précédente université, on venait pour écouter les cours, avant de repartir chez nous. Comparé aux lycées et aux écoles privées, il n'y avait pas vraiment de hiérarchie sociale, puisqu'on ne connaissait pas assez les autres pour les juger ou les classer dans des cases. Être dans cet institut équivalait à régresser, à revenir au lycée que je méprisais tant.

J'expirai en m'appuyant sur le rebord de la vasque et rapprochai mon visage du miroir. Mes yeux étaient rougis et gonflés et mes mèches blanches, désordonnées, ressemblaient à une serpillière. Ou peut-être plutôt à un poulpe ? Aucune des deux comparaisons ne m'enchantait.

En sortant de la salle de bain, la première tâche à laquelle je m'attelai fut de vérifier s'il n'y avait pas de caméras présentes dans ma chambre. Au bout d'une dizaine de minutes, j'avais fait le tour sans rien trouver et espérais que j'avais inspecté le lieu avec assez de soin pour ne pas en avoir raté le moindre recoin.

Me faire espionner avait toujours été une de mes pires phobies, ex æquo avec perdre toutes mes dents. Rien que d'y penser me rendait déjà malade.

Debout, avec une serviette blanche enroulée autour de mon corps, je jetai un coup d'œil à l'uniforme bleu et noir qu'on avait déposé sur mon lit modeste. Bien sûr, comme je m'y étais attendue, il n'y avait pas d'option avec un pantalon pour les filles, mais au moins, des collants opaques étaient inclus. C'était mieux que rien.

L'unique tenue que j'avais emportée avec moi était accrochée dans la douche afin qu'elle sèche après le désastre de la soirée. J'avais décidé de la rincer à l'eau chaude dans le but d'en enlever l'alcool. J'aurais le verdict de ma tentative de sauvetage le matin suivant.

J'espérais au moins pouvoir récupérer mon jean. Même si mes parents le détestaient, je l'aimais beaucoup trop pour le jeter.

J'inspirai l'air froid de la pièce qui me retiendrait prisonnière tout au long de l'année universitaire. Un lit simple, un bureau en bois d'acacia, une minuscule table avec deux chaises, un tapis à poils longs, et une armoire, dans laquelle se trouvaient seulement un uniforme de rechange, des sous-vêtements, et un pyjama épais, ornaient l'espace. Puisque le parquet était froid, on m'avait préparé des pantoufles aux couleurs de l'institut que j'enfilai aussitôt. Des produits d'hygiène avaient été disposés dans la salle de bain comme on le faisait dans un hôtel. Je devais avouer à contrecœur qu'ils avaient pensé à tout.

La disposition était très simple et l'espace, qui s'avérait à peine plus grand qu'un appartement étudiant, était bien équipé. Comme prévu, aucune kitchenette n'était prévue et un nouvel élément pouvait donc être ajouté à la liste de choses qui me manqueraient : cuisiner.

J'attrapai mon sac à dos que j'avais posé à même le parquet verni. À mon plus grand bonheur, mon bagage était imperméable et, même si je ne pourrais plus me servir de l'objet en lui-même, son contenu avait été sauvé de l'alcool. J'en sortis des sous-vêtements et plusieurs t-shirts bien trop grands qui me serviraient de pyjama. Bien qu'on m'en ait prévu un, aux couleurs de la Sinistri School, je préférais dormir dans ceux que j'avais emportés pour me sentir un peu plus à l'aise.

Lorsque j'avais lu dans la brochure qu'il n'y avait pas besoin d'apporter d'effets personnels avec soi, je m'étais demandé si cela incluait les culottes et soutiens-gorge.

Heureusement que j'en avais pris, car mieux valait en avoir trop que pas assez !

Après avoir enfilé un haut ample et avoir attrapé mon téléphone portable, je m'écrasai sur mon lit. Les draps blancs étaient confortables et sentaient le propre. Cependant, je n'étais pas très objective puisque, après ce que je venais de vivre, n'importe quel couchage aurait fait l'affaire.

Le sommeil me permettrait d'oublier les affreuses images de la soirée étudiante et de l'humiliation qui me poursuivrait sans le moindre doute encore plusieurs semaines, si ce n'était toute l'année.

Je fixai l'écran de mon téléphone et découvris, sans grande surprise, que personne ne m'avait envoyé de message. On était dimanche. Mes amies étaient probablement devant un film avec du pop-corn et mes parents bouclaient leurs derniers dossiers pour la semaine à venir. Je ne voulus déranger personne et posai mon portable à côté de mon oreiller. C'était mauvais de dormir avec des ondes électromagnétiques juste à côté du crâne. Je le savais, on me l'avait assez répété, mais c'était vraiment le dernier de mes soucis.

Depuis mon matelas, j'avais une vue imprenable sur les jardins de la Sinistri School grâce à la bonne orientation de la seule fenêtre que comptait la chambre. Des arbustes furent bercés par une brise nocturne, alors que leurs feuilles s'imprégnaient de lumière lunaire.

Il était presque vingt-trois heures.

Trouver ma chambre dans ce labyrinthe m'avait pris plusieurs heures. Pour être honnête, j'avais perdu le compte au bout du vingtième tournant que j'avais emprunté, avant même de découvrir que chaque aile possédait plusieurs cages d'escalier différentes.

Toutefois, je savais que tout ceci faisait partie de l'atmosphère mystérieuse que l'université semblait vouloir maintenir. Une atmosphère mystique, ancestrale, régnait en ce lieu.

On y cachait un secret obscur, autre que des soirées étudiantes arrosées, et je ne tarderais pas à en savoir davantage. La seule chose que je pouvais espérer était que la journée suivante se passerait mieux.

Ce fut avec ce souhait en tête que je m'endormis enfin.

Je traversais les couloirs, seule et entourée de rien d'autre qu'une obscurité persistante. Mon cœur se serrait à chacun de mes pas, véhiculant l'angoisse que je ressentais au sein de cet environnement inconnu.

Au loin, une mélodie se fit entendre, guidée par une lumière aveuglante qui brillait dans la pénombre.

J'avais l'impression que les environs étaient sur le point de m'engloutir, de m'absorber jusqu'à ce que je n'existe plus du tout. Alors, j'accélérai le pas et espérai pouvoir atteindre la lumière avant qu'une telle horreur ne se produise.

Peu à peu, une scène prit place face à moi. Un homme était debout au milieu d'une immense bibliothèque dont certains ouvrages centenaires flottaient dans l'air. Ses doigts squelettiques parcouraient les tranches des livres avec élégance et m'envoûtaient avec leur souplesse et habileté.

J'observai l'individu qui tentait de trouver sa prochaine lecture. Il me captivait tout entière, et je ne pouvais qu'être émerveillée par sa présence énigmatique. Habillé d'une cape noire, je ne voyais rien de plus que ses bras et ses mains. Pourtant, il me fascinait malgré moi. L'instant parut être figé dans le temps, magique.

Soudain, l'homme leva la tête d'un coup sec et la musique qui nous entourait cessa. Il me regarda droit dans les yeux, scrutant mon âme et mes pensées les plus profondes. Son regard blanc, dénué d'iris et de pupilles, trahit sa surprise de me voir là.

L'air resta bloqué dans ma gorge face à ces yeux symbolisant la mort.

— Enfin.

Sa voix grave me donna des frissons et résonna à l'intérieur de mon esprit.

Puis, la scène entière disparut avant même que j'aie le temps de lui répondre.

Je fus réveillée par des coups qu'on donnait sur ma porte. J'observai mon portable, découvris qu'il était six heures du matin et émis une plainte étouffée, avant de me lever à contrecœur. Quel étrange rêve...

Lorsque je déverrouillai la serrure, je me retrouvai face à mon bourreau. À ma grande surprise, la jeune femme brune était déjà habillée et apprêtée.

— Il est temps de te préparer, les cours débutent à huit heures pile et tous les étudiants sont attendus à la table du petit-déjeuner à sept heures, me dit-elle à une vitesse folle.

Mal réveillée, j'eus du mal à assimiler l'avalanche d'informations que je venais d'entendre. J'étais presque certaine que je grimaçais. Huit heures ?! Étais-je de retour au lycée !? Je maudis intérieurement l'étudiante et cette nouvelle déplaisante, avant de lui adresser tout de même un hochement de tête entendu. Elle servait de messagère et ne faisait qu'accomplir la tâche qu'on lui avait confiée. Ce n'était pas de sa faute si la Sinistri School mettait en place des règles étranges.

Sans avoir prononcé le moindre mot, je refermai la porte en me frottant les yeux. J'aurais aimé que son annonce ne soit qu'un mauvais rêve, mais elle était bien réelle.

Les cours de mon ancien établissement ne débutaient jamais à huit heures et étaient irréguliers à souhait. Les emplois du temps étaient un désastre et les enseignants annulaient leurs cours lorsque l'envie de rester chez eux les gagnait. Je sentais bien que ce ne serait pas le cas ici.

Les grasses matinées me manquaient déjà et je priais pour qu'on n'ait pas cours le samedi. C'était le cauchemar de tout étudiant. Même si j'étais enfermée ici tous les jours de la semaine, il y avait d'autres moyens de se détendre.

En regardant dehors, je vis que le soleil commençait à peine à se lever et projetait ses rayons orangés sur les arbustes du jardin. Les bourgeons des fleurs s'ouvraient peu à peu, comme s'ils se réveillaient en même temps que les étudiants. L'ensemble aurait pu être bien plus beau si on ne m'avait pas tirée de mon sommeil si tôt. Je n'étais pas une personne matinale, loin de là.

Je m'affairai à me préparer avec les cheveux en pagaille et une grimace sur le visage. Lorsque je m'aperçus dans le miroir, j'émis un grognement. Bien sûr, je n'avais pas emporté de maquillage avec moi, puisque je n'en mettais jamais. Pourtant, aujourd'hui, une couche de fond de teint m'aurait fait justice et camouflé en partie mes traits tirés. La nuit avait été pour le moins... agitée. Mes rêves ne m'avaient pas donné l'occasion de me reposer.

Je m'habillai et me lavai les dents avec la brosse qu'on m'avait prévue. Puis, je m'aperçus que je ne détenais aucun emploi du temps ni de renseignements au sujet des cours. J'en déduisis qu'on m'en dirait plus lors du fameux petit-déjeuner. Du moins, je l'espérais. Un minimum d'informations pratiques ne me ferait pas de mal. Surtout que ma prétendue guide ne m'avait pas été d'une grande aide la veille.

Je réprimai un frisson en songeant au déroulement de ma matinée. Me retrouver dans une salle remplie d'inconnus sans savoir quoi que ce soit au sujet de mon lieu de résidence ou de son fonctionnement me terrifiait, je l'avouais. Vu la réputation que se donnait la Sinistri School, je m'étais attendue à plus au niveau de l'organisation et de l'accompagnement.

La direction était-elle trop occupée à gérer les phénomènes inquiétants que Lexie avait mentionnés la veille ?

J'enfilai mes vêtements et m'attachai les cheveux en une queue-de-cheval, histoire que mes mèches blanches ne me gênent pas lorsque je prendrais des notes en cours.

Le haut à manches longues de l'uniforme n'était pas inconfortable, mais sa laine bleue grattait au niveau de mes bras. La jupe à carreaux, elle, était si légère et courte qu'elle me mettait mal à l'aise, et les cicatrices sur mes jambes étaient visibles, ce qui me donnait la chair de poule.

Je m'empressai d'enfiler les collants opaques qu'on m'avait préparés. Le fait que les employés de l'institut connaissent mes mensurations nécessaires à la commande de mon uniforme me fit grimacer.

J'avais songé à mettre mon jean noir de la veille afin de me sentir plus à l'aise, même si la défiance de cet acte m'attirerait à coup sûr des problèmes inutiles. Et, après l'humiliation que j'avais subie la veille, la dernière chose dont j'avais besoin était de me faire remarquer. Je m'étais donc résignée à suivre le code vestimentaire que m'imposait l'école.

La dernière étape de ma routine matinale était de mettre mes bottines noires. Elles étaient posées à côté de la porte d'entrée et je ne les y avais pas aperçues le soir précédent. Leur surface en cuir, dont la bonne qualité pouvait être devinée en un simple coup d'œil, se resserrait au niveau de la cheville à l'aide d'un lacet et leurs petits talons n'étaient pas tout à fait adaptés aux sols en pierre irréguliers des couloirs. Je devrais m'y habituer pendant quelques jours, mais les porter ne serait pas une épreuve insurmontable.

Comme le reste de l'attirail, les chaussures étaient parfaitement à ma taille, ce qui me rappela que j'avais dû indiquer toutes mes mensurations dans le formulaire d'inscription. C'était effrayant de se dire que l'administration possédait un aussi grand nombre d'informations confidentielles à mon sujet.

Je jetai un coup d'œil à l'écran de mon téléphone et vis qu'il était à peine six heures trente. J'avais encore à attendre une demi-heure avant que le premier repas du jour ne soit servi.

Comme prévu, aucun message ne s'afficha sur mon portable. Bien sûr qu'aucune de mes amies ne se réveillerait aussi tôt. Je soufflai de frustration en me remémorant les grasses matinées que j'avais pu faire à l'université. Mon rythme de vie allait changer de manière drastique.

Finalement, puisque ma tenue manquait de poches, je décidai de laisser mon seul moyen de communication dans ma chambre. Je le cachai au fond de mon sac à dos qui, lui-même, avait été fourré à l'arrière d'un tiroir de mon armoire en bois. Je ne connaissais pas encore le règlement intérieur et ignorais si j'avais le droit de me balader avec un téléphone au sein de l'académie. Prendre le risque de me le faire confisquer serait insensé. Mieux valait s'en séparer jusqu'à ce que je comprenne le fonctionnement de cet endroit aux allures strictes.

Lorsque je m'aventurai dans le couloir du dortoir, je découvris que je n'étais pas la seule à m'être préparée aussi vite. Une dizaine de jeunes femmes de toutes tailles et origines discutaient devant les portes de leurs chambres, mais aucune ne fit attention à moi. À cet instant-là, j'aurais tout donné pour que l'étudiante qui m'avait réveillée un peu plus tôt vienne jouer son rôle de guide et m'indique la direction à emprunter pour se rendre au petit-déjeuner. Gênée, j'évitai tous les regards.

Je ramenai mes mains sur le tissu à carreaux de ma jupe et avançai jusqu'à une des grandes fenêtres du corridor, qui donnait sur une cour intérieure. Le soleil levant colora la brique du bâtiment d'un rouge sang intense et les buissons de fleurs plantés au centre de la place continuaient à déployer peu à peu leurs pétales.

Soudain, une figure attira mon regard. Debout au milieu du couloir d'en face se trouvait un jeune homme à la chevelure noire. Son visage était difficile à distinguer depuis cette distance, mais il paraissait être perdu dans ses pensées et concentré sur un élément présent au sein de la cour. Les mains nichées dans les poches, il avait quelque chose de nonchalant. Lorsqu'il releva tout à coup la tête, j'aurais juré qu'il me regardait droit dans les yeux avec son regard noisette, surpris de se savoir surveillé. Il me disait quelque chose…

Il paraissait me sourire, même si je réussis à me convaincre que ce n'était que mon imagination. J'aurais aimé détourner mon attention de lui, cependant j'en étais incapable.

— Miss Hoff ? m'interpella soudain une voix féminine, m'arrachant à mes pensées.

Je me tournai en direction de mon interlocutrice. Elle faisait partie du personnel, portait un tailleur indigo et débordait d'assurance. Quelques mèches grises traversaient ses cheveux noirs frisés, bien que sa peau métisse soit privée de rides. Ses traits fins et délicats et son visage bien dessiné étaient d'une splendeur inattendue. Toutefois, l'âge s'était attaqué à son cou, qu'elle avait caché à l'aide d'un foulard. Elle était de loin la plus belle femme que j'aie pu voir depuis un bon moment.

— Oui ?

Pour être honnête, je ne savais pas vraiment quoi dire d'autre.

— Je me nomme Silia Irrestus et je suis la directrice de cet institut.

La directrice elle-même venait m'accueillir ? Je devrais être honorée, même si elle faisait sans le moindre doute ceci pour tous les nouveaux élèves.

Elle me tendit sa main que je serrai aussitôt. Elle avait l'air à la fois trop jeune pour gérer une académie et assez mature pour avoir vu son fondement. C'était étrange.

— Veuillez me suivre, je vais vous mener à la salle du petit-déjeuner, poursuivit-elle face à mon silence.

Aurais-je dû me présenter à mon tour ?

Afin de m'inciter à la suivre, elle m'adressa un sourire factice que j'avais vu tant de fois sur le visage de mes parents.

— Si vous avez une quelconque question, n'hésitez surtout pas à me la poser. En tant que directrice de la Sinistri School, j'ai le devoir d'y répondre.

Je hochai la tête pour lui montrer que j'avais compris le message. Elle m'impressionnait tant que j'en perdais la voix.

Satisfaite, elle se détourna de moi et me précéda au sein du couloir. Les autres étudiantes semblaient soudain être intéressées par la situation et me détaillaient de haut en bas :

elles venaient de comprendre que j'étais nouvelle. Une potentielle proie pour leurs jeux.

Je n'y fis pas attention et redressai mes épaules pour me donner une allure plus assurée.

Toutefois, ce qui m'inquiétait davantage était que le jeune homme du couloir d'en face ne m'avait toujours pas lâchée du regard.

En entrant dans la salle du petit-déjeuner, je priai pour ne pas croiser Lexie. À mon grand bonheur, des centaines d'étudiants se rejoignaient dans le réfectoire qui ressemblait à une ancienne salle de banquet construite tout en longueur. Le plafond en pierre était si haut que j'avais du mal à distinguer les points de fixage des lustres en cristal, et l'architecture gothique de la voûte amplifiait le brouhaha créé par les voix des élèves. La grandeur du lieu était déconcertante. J'étais convaincue jusque-là que cela n'existait que dans les livres et les films.

Avec un peu de chance, je ne croiserais jamais la jeune femme blonde qui avait prétendu me guider la veille. Après tout, nous n'étions pas dans la même licence.

J'espérais au moins que je me ferais des amis dans mes cours de « psychologie sociale ».

— Il te suffit de prendre un plateau, de composer ton petit-déjeuner auprès du buffet en libre-service et de choisir une table, m'expliqua la directrice qui me guidait avec patience.

Avant que je ne réponde quoi que ce soit, elle poursuivit son monologue.

— Afin que tu puisses mieux t'intégrer dans ta licence, je t'ai réservé une place à la table d'élèves en psychologie sociale.

Mon interlocutrice était habituée à expliquer le fonctionnement de la Sinistri School et à préparer les élèves à se jeter dans le bain.

— Merci beaucoup.

Je lui adressai un sourire enthousiaste.

— Tu vas voir, ils sont sympathiques.

Elle me fit signe d'avancer jusqu'aux rangées de nourriture. Plusieurs sortes de céréales, de viennoiseries, de pains et de garnitures étaient à notre disposition et la diversité des thés était impressionnante. Je me contentai de choisir un croissant, une pomme et un verre d'eau, avant de suivre ma guide à travers le dédale de tables remplies d'étudiants.

Je me tenais droite et avançai d'un pas assuré. « Si tu souhaites qu'on te respecte, tu dois leur montrer que tu n'es pas une petite fille sans défense », m'avait-on autrefois dit. Ces mots me servaient bien dans cette situation.

En atteignant la table choisie par la directrice, j'y découvris des visages amicaux. Quatre paires d'yeux me contemplaient avec bienveillance. Ils m'avaient gardé une place au sein de leur cercle et il ne me fallut que quelques secondes pour m'y asseoir.

— Je te laisse te familiariser avec tes nouveaux amis, articula la directrice avant de s'éclipser.

J'inspirai, avant de me tourner en direction des élèves qui avaient été si généreux de m'intégrer temporairement à leur groupe.

À en voir leur allure, ces personnes ne faisaient pas partie du même groupe d'amis que celui qui m'avait humiliée la veille. Ils n'étaient pas populaires et ça me convenait. Après tout, on avait depuis longtemps dépassé l'âge de se départager en fonction du statut social.

— Bienvenue ! s'exclama un des garçons en se redressant.

Ses cheveux en bataille formaient des pics qui pointaient en direction du ciel. À sa droite se trouvait une jeune femme aux mèches noires ondulées coupées au carré dont le regard vert était doux et rassurant et les lèvres avaient formé un sourire affectueux. Son expression me paraissait sincère, mais les événements de la soirée précédente me poussaient à tout remettre en question.

— Merci, répondis-je.

— J'espère que tu te plairas à Sinistri malgré les âmes pénibles qui la peuplent. Il ne faut pas leur accorder d'attention, elles sont toujours un peu excitées quand des nouveaux arrivent, affirma l'inconnue.

Elle indiqua un groupe bruyant dont les cris résonnaient dans la salle entière. Certains de leurs visages m'étaient familiers et je grimaçai.

— Et quand de nouvelles tentatives de meurtre ont lieu, ajouta le jeune homme à la coupe désordonnée.

Mon interlocutrice lui mit un coup de coude dans le bras afin de le faire taire.

— Ils finiront par se calmer.

Malgré ces mots inquiétants, son ton était sarcastique et rassurant.

— Tentatives de meurtre ?

C'était la seule chose que j'avais retenue de la discussion et j'ignorais si je devais trembler de peur ou d'excitation face à cette nouvelle.

Un rictus apparut sur le visage de celui qui m'avait partagé l'information en question. Il courba le dos sous le regard désapprobateur de ses amis et commença à raconter une histoire déconcertante.

— Depuis une quelques semaines, différents étudiants ont été victime d'agressions mystérieuses. La direction fait tout pour résoudre ce mystère au plus vite sans que l'affaire s'ébruite.

C'était du moins terrifiant. Bien sûr que mes parents m'avaient inscrite dans un établissement à problèmes… Après tout, pourquoi pas ? Ce n'était pas comme s'ils se préoccupaient de moi avec sincérité.

— Personne ne sait qui est à l'origine de ces rumeurs ni même si elles sont vraies, intervint une seconde jeune femme aux longs cheveux noirs et aux iris bruns.

Elle agita la main, comme pour chasser le sujet désagréable à ses yeux. Ses longues mèches scintillaient sous la lumière du jour et son regard sombre était semblable à un abysse. La beauté de sa peau lisse était accentuée par sa bouche recouverte d'un rouge à lèvres violet. Elle était sans le moindre doute la plus belle des quatre jeunes qui me faisaient face.

— Et les statues dans les couloirs ? Que font-elles là ?

Ma voix rencontra un silence pesant et les yeux de mes interlocuteurs se tournèrent vers le sol.

— Elles sont là pour commémorer les victimes de la tragédie de l'automne 1922. Cinq étudiants ont disparu dans l'incendie qui a détruit l'aile gauche de l'académie le quinze octobre 1922.

L'expression de la jeune femme au regard vert brillant s'assombrit lorsqu'elle conta cette horreur.

— Comme leurs corps n'ont jamais été retrouvés, certains affirment qu'une entité maléfique est à l'origine de leur sort, compléta son ami avec une pointe de moquerie dans son élocution.

Un nouveau silence envahit le groupe, alors que le second garçon assis à la table se penchait en avant.

— Quel est ton nom ? me demanda-t-il de sa voix grave.

— Aylia Hoff.

Je ne voulus pas sonner trop sèche ni trop timide, donc je me contentai de lui fournir la réponse la plus rapide et franche possible. Ils étaient en psychologie, comme moi, signifiant qu'ils s'intéressaient sans le moindre doute au fonctionnement du cerveau humain et des comportements sociaux. J'avais l'impression d'être un livre ouvert face à eux et c'était tout sauf agréable.

— Margot, Orpheus, Felix et, moi, je suis Sanja, se présenta la jeune femme à la longue chevelure brillante.

J'essayai d'assimiler toutes les informations qu'ils avaient partagées avec moi.

Felix était l'élève sarcastique aux mèches rebelles, Orpheus était celui qui m'avait demandé mon nom et Margot était la jeune femme au carré noir. Même si retenir les noms n'était pas mon fort, j'essayais de mon mieux de ne pas les confondre.

Je me concentrai sur mon croissant et en arrachai un bout, avant de l'enfourner dans ma bouche. Mon ventre vide gargouilla de satisfaction.

— Aimerais-tu te joindre à nous à la bibliothèque ?

La bouche pleine, je hochai la tête en guise de réponse. Au moins, ils se concentraient sur leur cursus, c'était un bon début. Je n'avais pas besoin d'influences négatives autour de moi. Pas si je souhaitais sortir d'ici au plus vite pour retrouver la liberté qui m'attendait à la fin de mes études.

— Nous n'avons pas cours ? m'étonnai-je en prenant une nouvelle bouchée.

Les plateaux de mes interlocuteurs étaient déjà vides, ce qui me poussait à me demander comment ils avaient fait pour arriver ici avant moi. J'avais pris à peine vingt minutes pour me réveiller et me préparer.

— Seulement à partir de dix heures.

La réponse me surprit. Se lever si tôt pour débuter les enseignements seulement quatre heures après ? C'était fou !

— Et ils nous forcent à nous réveiller aussi tôt ? insistai-je avec curiosité.

Ils paraissaient être habitués à cette routine, ce qui était loin d'être mon cas.

— Le petit-déjeuner en vaut la peine, et tous ceux qui arrivent dans cette salle après huit heures trente ne sont plus servis, m'assura Felix avec un brin de moquerie dans la voix.

En effet, le choix des aliments était impressionnant. Il y avait tout ce dont un être humain pouvait rêver. Maintenant, au moins, je savais pour quoi l'argent de mes parents était utilisé.

Avant qu'on ne se rende à la bibliothèque, Margot m'avait guidée jusqu'à mon casier. Au vu de la logique inexistante avec laquelle les numéros s'alignaient, cela m'aurait pris un bon moment de trouver le mien sans la moindre aide.

— Numéro 363, te voilà.

La jeune femme posa sa main sur la surface métallique du casier pour m'indiquer son emplacement.

— Merci, Margot. J'apprécie beaucoup ton aide.

Elle haussa les épaules. Ses cheveux coupés au carré flottaient autour de son beau visage et ses yeux verts étaient presque fermés tellement son sourire était grand.

— Ce n'est rien. J'aide toujours avec grand plaisir. La Sinistri School est si grande qu'il est facile de s'y perdre si on ne la connaît pas.

J'avais découvert cette vérité la veille lorsque Lexie m'avait abandonnée. Trouver ma chambre m'avait paru durer une éternité.

— Depuis combien de temps étudies-tu ici ?

J'étais curieuse d'en savoir plus à son sujet pour la cerner un peu mieux. Elle avait l'air d'être tout le contraire de Lexie, mais ce n'était qu'une impression pour l'instant. Malgré la gentillesse dont elle faisait preuve, je devais rester sur mes gardes.

— Nous avons tous commencé notre scolarité ici lors de notre première année de licence. Normalement, cette école n'accepte pas les élèves en deuxième ou troisième année.

Je fronçai les sourcils. Mes parents avaient vraiment fait jouer tous leurs contacts pour m'éloigner de la ville et de mes amies. Et tout cela pour un fichu mariage arrangé.

Margot se rapprocha de moi et poursuivis à voix basse :

— C'est pourquoi ton arrivée est le centre de beaucoup d'attention.

Parfait... Tout ce que je ne souhaitais pas !

— Donc vous vous connaissez tous depuis deux ans ?

Elle hocha la tête avec enthousiasme.

— Mes amis sont comme une seconde famille à mes yeux.

Je fus prise au dépourvu par sa sincérité. Dans son regard vert brillait de la tendresse, chose que je n'avais plus vue depuis plusieurs années.

— Tu voulais déposer quelque chose dans ton casier ?

Je clignai des paupières, sortie de mes pensées.

— Oui, j'ai un peu chaud, donc je pense laisser ma veste ici.

Le tissu épais du tailleur noir me faisait suer et j'avais hâte de m'en débarrasser. Mon pull bleu à col roulé suffirait à combattre le froid.

— OK, le casier s'ouvre avec la clé que tu as reçue à ton arrivée... et c'est tout.

Je sortis le bout de métal de la poche de ma veste et l'insérai dans le cadenas portant le numéro 363. Comme prévu, l'intérieur du lieu de stockage était vide.

Margot s'était tournée vers un groupe d'étudiants et faisait semblant de rêvasser. À en voir son air concentré et son petit sourire en coin, elle écoutait leur conversation et avait déjà oublié mon existence.

Son occupation atypique m'amusa, tandis que je me retournai vers mon casier ouvert et commençai à enlever la veste de mon uniforme. Que cela me faisait du bien de m'en libérer.

— Tu n'as pas ta place ici, Aylia Hoff, murmura soudain une voix masculine grave.

Le souffle de l'inconnu contre mon oreille et mon cou me donna des frissons. Étonnée d'être visée par une insulte sortie de nulle part, je ne me retournai pas tout de suite. Ou peut-être que j'avais peur de ce que je découvrirais si je le faisais ?

Je sentis l'inconnu s'éloigner peu à peu de moi et tournai ma tête en sa direction. J'avais l'impression de bouger au ralenti et sentis un parfum épicé et boisé flotter jusqu'à mes narines. Les cheveux noirs de l'étudiant frôlèrent les miens, mais je fus dans l'incapacité d'apercevoir son visage.

Je tentai de le retenir par le poignet, en vain. Il accéléra le pas et je n'osai pas l'interpeller au beau milieu du couloir devant des centaines d'autres élèves. Alors, je me tournai vers Margot et lui mis des petits coups dans le bras pour qu'elle prête attention à moi au lieu d'écouter les conversations environnantes.

— Aylia ? Que t'arrive-t-il ?

— Qui est cet élève ? lui demandai-je hâtivement en pointant le coupable du doigt.

L'inconnu s'était déjà pas mal éloigné, mais il était encore dans notre champ de vision. Pour l'instant.

— Il va falloir être un peu plus précise, me répondit mon interlocutrice avec les yeux plissés.

« Celui avec les cheveux noirs. Celui avec l'uniforme. Celui avec le dos tourné. »

En cherchant à être plus spécifique dans ma réponse, je me rendis compte que ces descriptions équivalaient à un grand nombre de personnes qui nous entouraient. Alors, je baissai le bras et observai mon coupable disparaître dans la foule. Je secouai la tête, me tournai de nouveau vers Margot et lui souris.

— Ce n'est rien, oublie ce que je viens de dire.

Si quiconque avait quoi que ce soit à me reprocher, il n'avait qu'à rassembler son courage pour me le dire en face.

— Très bien. Tu es prête ?

Elle observa mon casier vide et je hochai la tête.

— Au final, je vais garder ma veste juste au cas où.

Les paroles menaçantes qu'on venait de me murmurer m'avaient donné des sueurs froides.

« Tu n'as pas ta place ici, Aylia Hoff. »

Quels ennuis m'étais-je encore attirés avant même que l'année débute ?

— Parfait, allons rejoindre les autres, Aylia, se réjouit Margot.

Puis, elle m'attrapa par le bras et me traîna derrière elle.

Ça ne nous prit que quelques minutes d'atteindre une des cinq bibliothèques universitaires et de rejoindre les amis de Margot.

En entrant, je me rendis compte que l'endroit ressemblait à celui où la soirée de la veille avait eu lieu, sans pour autant être le même.

Pourquoi la Sinistri School a-t-elle besoin de cinq bibliothèques ? C'est absurde !

— Comme tu peux le voir, ce ne sont pas les livres qui manquent ! Peu importe le sujet qui te taraude, tu trouveras toutes tes réponses ici, m'assura Felix avec son enthousiasme habituel.

Pris dans son élan d'euphorie, il manqua de foncer dans une jeune femme. Heureusement, elle l'esquiva juste à temps sans qu'il ne remarque quoi que ce soit. Margot gloussa face à la scène.

— Il n'est pas très adroit, me murmura-t-elle sans quitter son ami du regard.

Ses paroles n'étaient pas méchantes et aucun reproche ne pouvait y être discerné, si ce n'était une pointe de moquerie bienveillante. Ils étaient sans le moindre doute un groupe bien soudé et je devinais qu'ils se fréquentaient depuis déjà un bon moment.

Je lui adressai un sourire amusé qu'elle me retourna. Je me sentais à l'aise avec eux, puisqu'ils ne m'avaient pas encore jugée jusque-là.

— La directrice tient à conserver toutes les anciennes versions des textes que nous étudions au cours de nos années ici. C'est pour ça que certains ouvrages sont présents en plusieurs exemplaires, mais que leurs éditions sont différentes.

Je hochai la tête afin de montrer que j'avais compris ce qu'elle venait de me confier. La directrice attachait de l'importance au savoir de ses élèves. Ça changeait des professeurs désintéressés et au bord du burn-out que j'avais connus à l'université.

— Les gars ! Je nous ai trouvé une place ! cria Sanja en nous faisant signe.

Quelques élèves sérieux la foudroyèrent du regard : elle avait perturbé leur concentration. On la rejoignit en silence.

J'étais plutôt une personne qui exprimait son avis et qui s'imposait, mais je ne pouvais pas me permettre de le faire avec eux alors que je les connaissais à peine. Il fallait que je me laisse du temps pour les cerner correctement avant de faire quoi que ce soit.

Pouvais-je vraiment leur faire confiance ?

Une fois installés, je laissai enfin sortir une question qui taraudait mon esprit.

— Les livres nécessaires au cursus nous sont remis quand ?

Cette rentrée s'annonçait plus prise de tête que prévu.

— Chaque professeur les dépose sur son bureau en début de cours. Il faut, évidemment, les lui rendre avant de quitter la classe, me répondit Margot.

Donc pas de moyen de revoir les passages qu'on n'a pas compris dans nos chambres... Génial, les révisions. Dans ces circonstances, il était hors de question de rater le moindre cours.

— Pas d'ordinateurs, je présume ?

— Bingo ! Seulement du papier par ici.

Du papier. Ma main me faisait déjà mal rien que d'y penser... J'espérais du fond du cœur qu'on me fournirait au moins des stylos, puisque j'avais oublié d'en emporter avec moi.

— Dis-moi, comment est-ce que ça se passe dans les universités des grandes villes ?

La voix de Sanja laissait transparaître sa curiosité.

— C'est différent, plus... libre, je dirais. Nous pouvons nous-mêmes choisir si nous assistons aux cours ou non et les documents servant de support nous sont transmis par mail pour que nous puissions les retravailler chez nous si nécessaire. Les horaires sont très peu chargés. Je dirais quatre à cinq heures maximum par jour.

Je me remémorai les bons souvenirs de mes deux premières années de licence.

Le quatuor en face de moi me fixait avec de gros yeux. Ils ne savaient plus quoi dire face à ces révélations. Il était évident que nous n'avions pas grandi dans le même monde.

— Bah, ici au moins, nous avons un tueur incompétent. C'est bien plus rare et excitant, ironisa Felix avant de s'étirer.

Orpheus leva les yeux au ciel et secoua la tête avec exaspération. Il avait depuis longtemps abandonné le combat contre les propos ridicules de son ami.

— Ne me dis pas que tu crois à ces histoires, toi aussi ? intervint une voix masculine.

Sanja se retourna aussi vite qu'elle le put, heureuse de voir que cet inconnu nous avait rejoints. Du soulagement et de la joie brillaient au fond de son regard noir alors qu'elle se levait pour enlacer le jeune homme.

Il était plus grand qu'elle et devait me dépasser d'une dizaine de centimètres, moi aussi. Ses cheveux noirs étaient peignés en arrière et son regard noisette était doux et affectueux. Ses caractéristiques similaires à celles de Sanja trahirent leur potentiel lien de sang. De la puissance pouvait être devinée dans ses bras sveltes et son physique athlétique.

En soi, il n'était pas aussi beau que certains des étudiants que j'avais pu croiser dans les couloirs le matin même, mais il possédait un charme indéniable. Et il me paraissait familier.

— Valden est le frère jumeau de Sanja, précisa Margot.

Elle avait remarqué que je détaillais le nouveau venu et s'amusa face à mon air absent. Malgré la gêne qui s'était réveillée dans mon organisme, mon cœur se figea dans ma poitrine.

Je connais ce nom… et ce visage…

Il m'avait observée à travers la vitre de la cour intérieure un peu plus tôt, je l'avais croisé dans les couloirs le soir précédent. À aucun moment, je ne me serais doutée qu'il porterait le nom que je venais d'entendre.

Ce jeune homme n'était autre que mon fiancé !

— La ressemblance est frappante, répondis-je en comparant les deux membres de la fratrie.

Ils possédaient le même regard sévère, la même attitude assurée, et ce même sourire espiègle. Côte à côte, on ne pouvait pas nier leur lien de sang.

Lorsque Valden remarqua ma présence, il s'avança vers moi et posa ses mains sur la table à laquelle nous étions assis. J'aurais préféré disparaître pour ne pas avoir à lui faire face. Pourquoi la directrice m'avait-elle poussée à fréquenter ce groupe d'amis en particulier ? Était-ce une coïncidence ?

— Tu es la fille de la fenêtre.

Mon fiancé paraissait surpris et amusé à la fois.

— Et toi le garçon d'en face, répondis-je en faisant de mon mieux pour camoufler mon malaise avec une pointe d'humour.

Heureux hasard ? Peut-être bien. Il m'adressa un clin d'œil joueur.

— Vais-je devoir m'habituer à avoir une audience tous les matins ?

Il passa une main dans sa chevelure noire comme l'ébène pour appuyer ses mots débordants d'ironie. Heureusement, il ne prenait pas la situation trop au sérieux.

— Et qu'est-ce qui te dit que TU n'étais pas l'audience ? répliquai-je avec un sourcil arqué.

Il éclata de rire, ce qui dérangea une grande partie des étudiants présents au sein de la bibliothèque. Certains nous jetèrent des regards noirs, mais je n'y fis pas attention et vis mon interlocuteur détailler mon visage.

Les quatre amis qui m'avaient invitée à me joindre à eux nous fixaient. Ils ne comprenaient visiblement pas grand-chose à la situation. Et à vrai dire, moi non plus.

Ne m'avait-il pas reconnue ? N'avait-il pas compris qui j'étais ? N'avait-il pas été notifié de notre union ou de mon arrivée ?

Tant mieux... Je garderais le silence si ça me permettait de ne pas devoir l'épouser.

V alden s'était joint à nous. Assis en diagonale, j'évitais de croiser son regard. Aussi amusante que la situation ait été auparavant, son rire s'était transformé en un silence inconfortable, puisque nous n'avions rien de plus à nous dire à présent.

Un poids avait été ôté de mes épaules lorsque j'avais compris qu'il ne connaissait pas mon identité. J'étais encore à l'abri des manigances de nos familles pour l'instant, mais allais devoir trouver un moyen de lui annoncer ma volonté de mettre une fin à nos fiançailles.

Concentré sur son travail, il était penché par-dessus un ouvrage d'histoire qui n'avait rien à voir avec nos cours. Lire des textes historiques était-il un de ses passe-temps ?

La façon dont il s'était moqué des paroles de Felix lorsque ce dernier avait évoqué les supposées tentatives de meurtre m'avait fait réfléchir. Il était vrai que ces événements étaient improbables. Néanmoins, qui irait inventer une telle histoire ? Est-ce que quelqu'un s'amuserait à faire écho à la tragédie de 1922 cent ans après ? Qui serait assez malsain pour ramener une telle horreur sur le devant de la scène ?

J'avais quelques noms en tête et repoussai aussitôt ma mauvaise foi à l'arrière de mes pensées. Organiser une soirée arrosée était une chose, mais mentir au sujet de tentatives d'assassinat en était une autre.

Qu'auraient-ils à y gagner ? Je ne pouvais pas associer tous les événements négatifs à Lexie et ses amis car ils m'avaient humiliée, ce serait injuste.

— Je vais voir si je trouve une lecture intéressante dans le coin, annonçai-je.

Je me redressai sous les regards approbateurs de mon entourage et déplaçai ma chaise en douceur pour éviter qu'elle ne crisse.

— Bonne chance, m'encouragea Felix en levant les yeux de son livre de sociologie.

Je lui souris et me détournai de la table. Partout autour de nous se trouvaient des étudiants concentrés. Pas un seul ne parlait, ce qui rendait ma traversée de la pièce encore plus inconfortable et gênante.

Se préparaient-ils tous aux premiers cours de l'année ou tentaient-ils de tuer le temps ?

Lorsque je m'engageai dans les rayons vastes aux meubles remplis d'écrits divers et variés, je me rendis compte que je n'avais aucune idée de ce que je cherchais.

Je me mis donc à errer entre les différentes rangées et contemplai les titres qu'elles comptaient. Mon regard noisette parcourut les tranches neuves et anciennes qui s'entremêlaient de façon désordonnée. À vrai dire, aucune ne m'attirait, mais je ne pouvais pas encore me résoudre à retourner auprès de mes nouvelles connaissances. J'avais besoin de respirer un peu. Et de réfléchir au sujet de Valden.

Après avoir tourné en rond pendant de longues minutes, je m'arrêtai pour m'attarder un peu plus en détail sur les options qui s'offraient à moi. Je me résignai au final à choisir une lecture intitulée *Les Porteurs du Monde,* puisqu'elle me rappelait la citation qui surplombait l'entrée de la Sinistri School : « Portons le monde avec notre savoir. »

Cette citation, dépourvue d'un nom d'auteur, m'était restée en tête.

La couverture de l'ouvrage sur lequel j'avais jeté mon dévolu était simple et dénuée de toute illustration. Sa surface jaunie comportait rien de plus que son titre mystérieux.

En feuilletant les premières pages, je découvris qu'elles étaient poreuses et fines, abîmées par le temps et les intempéries d'une autre époque. Des ornements se trouvaient à chaque début de chapitre, ce qui permettait au lecteur de repérer les différentes parties lorsque l'ouvrage était fermé.

C'était un objet magnifique qui changeait des manuels cornés et abîmés que possédait mon précédent établissement. La direction n'avait jamais eu les moyens de se procurer de meilleurs ouvrages, ce qui était loin d'être le cas de la Sinistri School vu les frais de scolarité exigés.

Je ne savais pas dans quel rayon académique je me trouvais, ni de quel domaine de compétence *Les Porteurs du Monde* faisait partie, mais je ne me limitais pas seulement à celui de ma licence. Je passais déjà des journées entières à étudier la psychologie, donc un peu de changement ne me ferait aucun mal.

J'explorai davantage le contenu du recueil que je tenais entre les mains et retrouvai la phrase « Portons le monde avec notre savoir » sur la quatrième page. Elle était accompagnée d'une illustration qui représentait deux statues avec des colonnes en marbre blanc posées sur leurs dos. Elles ressemblaient beaucoup à celles de l'entrée de l'académie sauf que, cette fois-ci, les figures possédaient aussi des ailes noires comme l'encre.

Je retins mon souffle et parcourus les pages. Certains passages du texte avaient été rendus illisibles par le temps et des notes en bas de page avaient été ajoutées au crayon à papier. J'en déduisais qu'un autre esprit curieux y avait jeté un coup d'œil bien avant moi. L'écriture élégante me faisait plutôt penser à celle d'une femme, même si je n'avais aucun moyen de m'en assurer. N'importe qui aurait pu écrire ces annotations. Je ne m'attardai pas sur ces dernières et continuai à tourner les pages les unes après les autres, à la recherche d'autres illustrations énigmatiques.

Je me surpris à être intéressée d'en apprendre plus au sujet des éléments qui reliaient l'ouvrage à la Sinistri School. Tous ces mystères me faisaient frissonner de joie.

Lorsque je jetai un coup d'œil à la pendule suspendue au centre de la bibliothèque universitaire, dans une tentative ratée d'imiter celle de la gare de New York, je vis qu'il ne me restait qu'un peu moins d'une demi-heure avant le début de mon premier cours.

Décidée à ne pas arriver en retard et à ne pas me laisser distraire le premier jour des cours, je me forçai à reposer l'objet que je tenais. Il était temps que je retourne à la table où étaient assises les seules personnes que je connaissais par ici. Avant qu'ils ne m'oublient ou m'abandonnent.

Toutefois, avant même que j'aie le temps de poser l'ouvrage sur une des étagères, une main attrapa mon poignet. Une exclamation manqua de s'échapper de ma bouche face à cette intrusion inattendue. Je levai le visage et découvris que ce n'était autre que Valden, qui m'empêchait de bouger mon bras.

Je l'observai d'un air confus auquel il répondit avec un regard noir.

— Je sais pourquoi on t'a envoyée ici.

Il s'approcha de moi jusqu'à ce que je sente son souffle caresser mes joues. Il se trouvait si près de moi que je parvenais à compter les veines qui parcouraient le blanc de ses yeux.

Je ne pus que retenir mon souffle face à son allure intimidante et ses paroles tranchantes. La haine dont témoignait son expression me donna la chair de poule. Son parfum boisé et épicé infesta mes narines et m'était étrangement familier. Je compris aussitôt que c'était lui qui m'avait menacée dans le couloir plus tôt. Comment avais-je fait pour ne pas reconnaître sa voix et son allure ?

— Si tu crois que je vais me plier aux petites manigances de ta famille sans broncher, tu as tort, Hoff, murmura-t-il à mon oreille tel un serpent.

Je serrai les dents et les poings face à son air menaçant et le fusillai du regard. Pour qui se prenait-il ?

— Qu'est-ce qui te dit que je suis là pour toi, monsieur le prétentieux ?

Les mots m'avaient échappé sans même que je réfléchisse. J'avais toujours été impulsive lorsqu'on attaquait mon honneur.

Valden me contempla avec condescendance.

— Ne fais pas semblant. Je connais les filles dans ton genre. Vous êtes des sangsues prêtes à planter vos griffes dans la victime avec le plus de potentiel.

Heurtée par ses propos, je croisai les bras et l'observai avec dégoût. L'idée de devoir me marier avec un homme qui me parlait ainsi me répugnait. Quel abruti.

Jamais, nous ne serons unis, me promis-je en soutenant son regard glacial.

— Je préfère épargner ton temps, tu ne parviendras jamais à m'attirer dans tes filets empoisonnés, me cracha-t-il pour enfoncer le couteau dans la plaie.

Sa poigne se resserra autour de la peau et je retins une plainte de douleur qui se pressa jusqu'à mes lèvres. Pas question de lui montrer ma faiblesse.

Où était passé le jeune homme enjoué que j'avais rencontré plus tôt ?

Il recula et me lâcha, comme s'il était soudain désintéressé par la situation. Mon regard avait-il trahi ma souffrance ? Ses changements d'humeur étaient pour le moins déconcertants.

J'inspirai, soulagée de pouvoir me débarrasser de notre proximité forcée. Plus il se trouvait loin de moi, mieux c'était.

— Rentre chez toi, Hoff. Je me suis juré de ne jamais me marier avec toi, même si tu étais la dernière personne sur cette planète, m'avoua mon fiancé d'un ton plus calme qu'avant.

Bien que son avis s'aligne avec le mien et qu'il veuille autant s'échapper de notre mariage arrangé que moi, ses paroles me déchirèrent le cœur. Ressemblais-je tant à une profiteuse ? À une héritière prétentieuse qui ne convoitait que le statut et la fortune de son fiancé ? Mon ego en prit un coup.

Avant même que j'aie le temps de répliquer, de lui expliquer mon point de vue, il se détourna de moi et s'éloigna avec les mains dans les poches.

Je le suivis du regard et me remémorai les sourires amusés qu'il avait arborés plus tôt. N'était-ce vraiment qu'une mascarade ?

Il semblerait que si je souhaitais survivre ici, j'allais devoir apprendre à devenir une actrice, moi aussi.

Pousser mon fiancé à me détester pour me débarrasser de lui ? Check ! Et ce n'avait pas été compliqué du tout, en fin de compte.

***

Lorsque je rejoignis les autres, je me rendis compte qu'ils étaient toujours plongés dans leurs lectures respectives sans avoir bougé d'un poil depuis mon départ. Une chose était sûre : les élèves étaient bien studieux par ici.

— Comment est-ce qu'on emprunte des livres ? leur demandai-je.

Après l'échange conflictuel avec Valden, je nécessitais une distraction et souhaitais emporter *Les Porteurs du Monde* dans ma chambre pour le lire après mes cours.

— Tu ne peux pas. Il faut toujours se rendre sur place pour les consulter. La direction a trop peur qu'on les abîme, expliqua Felix.

Il jeta aussitôt un coup d'œil désapprobateur à la bibliothécaire qui se tenait debout derrière le comptoir d'accueil.

Elle paraissait être immergée dans un roman dont le contenu était loin de celui des étagères. Son petit sourire en coin en témoignait.

Sûrement une romance, déduis-je.

L'amour… Quelle perte de temps.

— Techniquement tu peux, mais c'est laborieux, puisque les ouvrages sont fragiles. Il faut vraiment avoir une réputation d'élève sérieuse pour qu'ils t'autorisent à en emporter un avec toi, ajouta Valden en levant peu à peu le regard vers moi.

Toute la froideur s'était éclipsée de sa voix et avait laissée place à l'image d'un jeune homme chaleureux que je savais être un mirage. Quel hypocrite ! Je me retins de grincer des dents face à lui et l'ignorai pour me concentrer sur les informations que je venais de recueillir.

Ici, ils jugeaient donc un étudiant en fonction de sa tête et de ses notes ? Cette façon de fonctionner ne me surprit pas le moins du monde au vu de l'aspect élitiste de l'établissement. L'équité n'était de toute évidence pas une priorité.

Avec mes mèches blanches, que j'avais teintes dans le seul but d'agacer mes parents, on ne me prendrait pas pour une bonne élève. Pourtant, je pouvais l'être plus que n'importe qui d'autre lorsque je m'y mettais avec sérieux.

— Tu ne dois pas rejoindre tes amis de l'équipe de course ? dit soudain Felix à son voisin de table.

Valden hocha la tête, soupira et s'empressa de se lever.

— Tu as raison. J'avais presque oublié, avoua-t-il.

Puis, il se détourna de nous et se dirigea vers la sortie de la bibliothèque. Il avait laissé son ouvrage historique ouvert sur la table, et le contenu de la page sur laquelle il s'était arrêté me frappa. « Le mythe des Porteurs du Monde » était marqué tout en haut en de grandes lettres.

Je penchai la tête sur le côté afin de m'assurer que ma vue ne me jouait pas de tours et restai muette lorsque je découvris que ce n'était pas le cas. Coïncidence ? J'en doutais. Est-ce qu'il se moquait de moi ? Après tout, ce hasard était bien trop flagrant pour pouvoir être vrai. Il m'avait vu tenir *Les Porteurs du Monde* plus tôt.

Est-ce que mon plus grand ennemi à la Sinistri School serait mon fiancé ? Vu notre interaction tendue et désagréable, ça ne m'étonnerait pas le moins du monde...

Sanja commença à se disputer avec Felix et lui demanda d'expliquer pourquoi il avait fait fuir son jumeau, mais je ne pouvais pas moins m'en soucier.

J'étais soulagée de le voir partir, même si je savais que nos chemins se croiseraient à nouveau. Après tout, nos futurs étaient liés.

Notre premier cours durait trois heures et traitait de notre spécialité : la psychologie sociale. Je le voyais plus comme une introduction de ce qui était à venir qu'autre chose, puisque le professeur avait commencé à expliquer les fondamentaux de la matière. J'ignorais s'il avait conscience du fait que nous étions en troisième année ou non. Ou alors, j'avais pris sacrément d'avance en allant à l'université.

Face à son discours ennuyant, je m'étais permis de me perdre dans mes pensées. Depuis ce qui s'était passé dans la bibliothèque, je réfléchissais sans cesse à la coïncidence qui avait conduit Valden à s'intéresser au même sujet que moi. Peut-être que *Les Porteurs du Monde* était un thème couramment traité à la Sinistri School ? Peut-être que ça faisait partie de l'histoire ou des origines du lieu ? Il me fallait vérifier cette théorie plus tard. Je détestais à quel point mon fiancé s'introduisait dans mon esprit.

Malgré ma curiosité, j'avais résisté à la tentation de lire le passage du manuel historique auquel il s'était arrêté. J'avais jugé cela trop étrange de reprendre la lecture d'un parfait inconnu ; parce que c'était, ni plus ni moins, ce que nous étions l'un pour l'autre. Même s'il avait laissé cet indice à la vue de tous, lire le même ouvrage que lui reviendrait presque à le *stalker*.

Hors de question de m'intéresser à quelqu'un comme lui ! Mieux valait laisser tomber et retourner à la bibliothèque plus tard pour feuilleter l'ouvrage que j'avais moi-même dégoté.

— Aylia Hoff ?

La voix du professeur me sortit de mes pensées. Je levai aussitôt la tête vers lui, peu habituée à être interpellée en cours. À l'université, on me laissait faire ce que je souhaitais, et c'était à moi de décider si j'écoutais ou non. Ici, les enseignements en petits groupes ressemblaient plus à ceux d'un lycée.

— Puisque vous êtes nouvelle, j'aimerais évaluer votre niveau. Donnez-moi votre réponse à la question inscrite au tableau, s'il vous plaît.

Je sentis tous les regards se poser sur moi et déglutis avec difficulté. Lorsque je parcourus la salle des yeux, je remarquai que Valden m'observait avec un sourire amusé aux lèvres.

Montre-lui à quel point tu es intelligente, Aylia.

Je me redressai et hochai la tête.

— Bien sûr, monsieur.

J'observai la question à laquelle je devais répondre et inspirai :

Pouvez-vous expliquer l'hypothèse de l'individualisme méthodologique de Boudon ?

Je cherchai les éléments nécessaires dans ma mémoire, certaine d'avoir déjà entendu ce terme au cours de mes études. Il ne fallut qu'une poignée de secondes pour que mes connaissances des années passées remontent à la surface :

— L'hypothèse de l'individualisme méthodologique s'intéresse à des ensembles abstraits d'actions individuelles qui partagent un certain nombre de caractéristiques, récitai-je.

Je tentai de retrouver le terme précis qui enveloppait les acteurs de ces actions.

Le professeur parut satisfait de ma réponse, sans pour autant avoir l'air impressionné. J'avais passé son test, même si ce n'était pas assez pour sortir du lot.

Il faut aller au-delà des attentes, Aylia.

— Cette hypothèse ne s'intéresse pas aux actions d'un individu particulier, mais à celles d'acteurs individuels « typifiés ».

Le regard de l'enseignant se posa sur Valden qui venait de compléter mes dires avec les bras croisés et un air nonchalant.

— Très bien, Valden.

Je sentis de la frustration m'envahir tout entière. Venait-il de se faire féliciter alors que j'avais donné la plus grande partie de la solution ? Je serrai les poings et fusillai le jeune homme du regard. Il avait décidé de me pourrir la vie.

— Je vous donne l'honneur de noter les prochaines questions au tableau. Inventez-en deux pour vos camarades, annonça soudain l'enseignant en nous désignant.

Je serrai les poings et sentis mes jambes trembler. Je détestais passer au tableau. Savoir que des dizaines de paires d'yeux me scrutaient poussait toujours mon cœur à s'affoler et mes joues à rougir. C'était pourquoi j'avais préféré l'université au lycée.

Décidément, cet institut faisait tout pour me mettre mal à l'aise.

Valden se leva de sa chaise et je me forçai à en faire de même. Hors de question de laisser paraître mes frayeurs devant lui.

Pas après pas, je me rapprochai du tableau, prête à accomplir la mission qu'on venait de me confier. Valden se trouvait déjà dos à la classe avec une craie à la main lorsque j'en attrapai une à mon tour et le rejoignis avec appréhension.

Qu'est-ce que j'allais bien pouvoir noter sur la surface en ardoise ? Quelle question serait pertinente pour ce cours ? Tant de chapitres de psychologie traversaient mon esprit embrouillé. Lequel saurait impressionner l'enseignant ? Je n'avais pas encore eu le temps de cerner son cursus ni ses préférences personnelles.

— Tu sais, tu peux toujours abandonner si tu ne trouves pas de question. Je serais ravi de pouvoir en poser deux à mes camarades de classe, me murmura Valden avec un sourire en coin aux lèvres.

Son air condescendant envenima ses paroles baignées d'ironie.

— Plutôt mourir, susurrai-je en retour.

Il parut amusé par mon affirmation et secoua la tête.

— Ta vie serait tellement plus facile si tu laissais tomber tes études ici, Hoff.

Je savais qu'avec « tes études », il désignait en réalité notre mariage arrangé. J'aurais pu lui avouer que je n'en voulais pas non plus, mais gardai ce secret pour moi. Ce n'était pas le moment ni le lieu de discuter d'affaires aussi confidentielles.

Trop d'oreilles attentives et curieuses se trouvaient dans les parages.

— Je termine toujours ce que j'entame, répondis-je avant que je ne pose la craie que je tenais à la main.

Puis, je reculai d'un pas et contemplai ma question avec fierté :

> Donnez la définition du pervers narcissique dans les écrits de Paul-Claude Racamier.

Le professeur ne protesta pas face au sujet choisi, donc j'en déduisis qu'il était pertinent pour son cours.

— Merci pour l'inspiration, Valden.

Je vis sa mâchoire se contracter et son expression s'obscurcir. Amusée à mon tour, je l'ignorai et partis m'asseoir avec un grand sourire aux lèvres. Je préférais les attaques discrètes aux paroles violentes.

Margot leva un pouce en ma direction et je lui répondis avec un grand sourire. Elle n'avait pas remarqué la rivalité qui régnait entre moi et mon fiancé.

— Merci pour votre contribution, articula le professeur en reprenant sa place à l'avant de la classe.

Je me rassis en toute tranquillité, satisfaite de mon coup. Ça lui apprendrait de me prendre de haut.

— Il faudra vraiment que nous refassions ça l'été prochain !
— Tu n'auras qu'à venir avec nous, Aylia !

Les paroles de Margot et Felix me sortirent de mes pensées. Ils attendaient que je confirme ma présence future, mais je n'avais aucune idée de ce dont ils parlaient.

Je remarquai que l'enseignant s'était éclipsé et que le cours avait touché à sa fin. La dernière heure m'avait parue si interminable que je m'étais mise à rêvasser malgré moi.

À mon grand bonheur, Valden s'était éclipsé pendant la pause et je sentis aussitôt mes muscles se détendre.

— Excusez-moi, j'étais dans la lune, leur dis-je avec un sourire désolé.

Bien joué, Aylia, ils vont croire que tu les trouves ennuyants ! me maudis-je.

Toutefois, le regard en coin que me jeta Margot me mit encore plus mal à l'aise. Elle se pencha vers moi avec un sourire aux lèvres.

— Dis-moi... Il y a quelque chose entre toi et Valden, n'est-ce pas ? me murmura-t-elle en gloussant.

Je faillis m'étouffer avec ma salive face à sa déduction qui était à côté de la plaque. Au lieu de ça, je secouai la tête d'un air sérieux.

— Je ne vois pas de quoi tu parles.

— J'ai bien vu la façon dont vous vous regardiez dans la bibliothèque et votre interaction au tableau suintait de tension. Vous êtes attirés l'un par l'autre, ne le nie pas.

Elle m'adressa un coup d'œil complice qui fit naître en moi un profond désespoir. Oui, de la tension régnait entre Valden et moi, mais pas le genre qu'elle insinuait. Comment quelqu'un pouvait-il avoir tort à ce point ?

— On tente de s'entendre au mieux.

Sans succès.

— Je garde un œil sur vous. On ne m'appelle pas Cupidon par intérim pour rien ! conclut-elle avec une tape sur l'épaule.

Je me forçai à rigoler.

Parfait ! C'était tout ce dont je n'avais pas besoin.

Elle ne se doutait pas une seule seconde que je détestais mon fiancé et je comptais bien faire en sorte que ça ne change pas. Je ne souhaitais en aucun cas provoquer de la mésentente au sein de leur petit groupe. Ils étaient trop soudés pour que je brise leur complicité.

— Vous avez fini de chuchoter, oui ? On a passé un mois au camping cet été, c'était sympa ! Orpheus a pu retrouver ses chers amis les insectes, intervint soudain Felix pour revenir au sujet initial.

Il avait un air nostalgique sur le visage et esquiva avec souplesse une gifle que son ami était sur le point de lui donner. Il avait sans le moindre doute l'habitude de le mettre en colère avec ses paroles sarcastiques.

— Arrête ça ! cria Orpheus.

Il attira aussitôt l'attention des autres élèves déjà assis dans la classe.

— Orpheus est terrifié par les petites bêtes, rigola Margot.

Je ne pouvais pas m'empêcher d'être amusée par la bonne humeur qui régnait au sein de ce groupe d'amis. Ils se fichaient de ce que le monde extérieur pouvait penser d'eux et semblaient respirer la joie de vivre et l'humour.

La sortie au camping avait l'air d'être un loisir assez banal et commun, même si je savais que leur camping ne ressemblait en rien à celui que j'avais en tête. Cependant, ça démontrait que tout le monde ici n'éprouvait pas ce besoin agaçant d'exposer sa richesse dans chacune de ses conversations.

J'avais eu beaucoup d'a priori lors de mon arrivée ici, mais peut-être que tous les descendants de familles riches n'étaient pas obsédés par l'argent et les biens matériels. Les nombreux clichés présents dans les films et les séries que je regardais lors de mes soirées pizza du vendredi avaient, en partie, déformés la vision que j'avais de ce genre d'endroits.

— Je vous accompagnerai avec grand plaisir.

Ils parurent satisfaits de ma réponse et nous continuâmes à discuter en attendant notre second professeur de la journée qui ne devrait plus tarder à faire son apparition. Du moins, c'était ce que j'espérais. Ce ne serait pas la première fois qu'un enseignant me laissait poireauter sans jamais se manifester.

Au moins, à la Sinistri School, chaque classe disposait d'une salle chauffée dans laquelle nous pouvions attendre le début du cours suivant. Ici, c'étaient les professeurs qui se déplaçaient, pas les élèves.

Sanja était la seule à ne pas participer à notre conversation. La jeune femme aux yeux sombres et aux longues mèches noires n'était pas intéressée par ce que ses camarades racontaient. Elle était perdue dans son monde et son regard mélancolique me fendit le cœur. Qu'est-ce qui pouvait bien la tarauder ?

Je me penchai vers elle afin de lui poser la question, mais le professeur fit irruption dans la salle avant que je n'aie l'occasion de lui adresser le moindre mot.

L'air tourmenté de la jeune femme hanta mes pensées tout au long du cours.

Savait-elle que j'étais la fiancée de son jumeau ? Avait-elle peur de le perdre à cause de moi ?

Elle pouvait se le garder.

***

Bien que l'enseignement ait été intéressant, je n'en avais même pas suivi la moitié. Au bout d'une heure et demie, toute ma concentration m'avait quittée et je m'étais mise à rêvasser une fois de plus. Ce genre de comportement ne m'avait jamais posé le moindre problème à l'université, puisque j'apprenais l'intégralité des cours environ un mois avant les partiels de fin de semestre.

Malheureusement, ici, tout fonctionnait avec le contrôle continu et cette annonce avait été une belle douche froide pour moi. Il me fallait donc être plus attentive par la suite si je souhaitais valider ma troisième année de licence.

Mon regard scruta l'horloge suspendue dans la salle et je me rendis compte qu'il était déjà treize heures et que mon ventre ne cessait pas de gargouiller.

— L'avantage de finir après les autres est qu'on ne devra pas attendre dans la file de la cantine, se réjouit Felix.

Il paraissait toujours être optimiste et je me demandai l'espace d'un instant si ce n'était qu'une façade ou s'il était juste une personne positive de nature. Dans les deux cas, je l'admirais.

Valden, son parfait contraire, nous avait déjà abandonnés. Je ne pouvais pas plus me réjouir de cette nouvelle.

— Espérons que le repas soit bon ! ajouta Margot qui se mettait sur pied.

Il avait intérêt à l'être au prix qu'on le payait !

Elle sortit de la pièce et nous la suivîmes à travers le couloir. Tout le monde était enthousiaste à l'idée de pouvoir enfin se nourrir.

Soudain, un cri à glacer le sang résonna dans le corridor. Je fus envahie par des frissons et accélérai le pas pour me rapprocher de l'endroit d'où provenait cette voix féminine.

Lorsque je pris un tournant, j'aperçus une jeune étudiante assise par terre. Elle tremblait et pleurait toutes les larmes de son corps. Quelques camarades formaient un cercle autour d'elle et la rassuraient, mais des mots désordonnés sortaient de sa bouche.

— Il y avait quelqu'un. Main… poussé... tranchant... froid… obscurité.

Ces paroles décousues paraissaient tout droit sorties d'un roman d'horreur. Du sang coulait le long d'une de ses joues et perlait sur le sol en pierre grise.

Les visages des quatre amis qui m'avaient si bien accueillie étaient livides. Sanja serra les poings et Felix garda le silence. C'était la première fois que les mots lui manquaient.

— Encore ? dit une élève près de la victime.

Elle n'était pas surprise par ce qui venait de se passer. Une attaque en plein jour ? Sans que personne aperçoive le coupable ? Cela me paraissait improbable et irréaliste, mais je ne parvenais pas à sortir le visage terrifié de la jeune victime de mon esprit. Étrangement, j'étais plus intriguée qu'horrifiée par cette affaire.

Qu'est-ce qu'il se tramait vraiment par ici ?

Nous étions tous assis à une table à manger. Notre prochain cours avait lieu à quatre heures de l'après-midi, ce qui nous laissait du temps pour reprendre nos esprits. Nous avions convenu que la meilleure chose à faire était de manger et de mettre en commun nos idées concernant la scène troublante à laquelle nous venions d'assister.

Une telle confusion régnait sur le lieu du crime que j'avais été incapable de retenir quoi que ce soit d'autre que l'expression terrifiée de la victime. En un claquement de doigts, notre faim avait été remplacée par la peur.

— C'est déjà arrivé combien de fois auparavant ? demandai-je pour briser le silence pesant.

Le groupe d'amis mit du temps à assimiler ma question.

— Cinq fois au cours des six dernières semaines, je crois.

Cinq fois ? Et personne n'avait jamais aperçu l'agresseur ? Le prétendu assassin, était-il assez doué pour s'éclipser ? Ou ne travaillait-il pas seul ? Aucune possibilité ne devait être exclue. Surtout puisque l'individu en question paraissait être invisible. Et cela rendait la situation encore plus terrifiante.

Un besoin de résoudre ce mystère bouillonnait dans mes veines. Mon bon sens me suppliait de lâcher l'affaire afin de ne pas m'attirer d'ennuis, mais ma soif de réponses était bien trop intense.

J'avais toujours eu cette tendance à vouloir expliquer ce qu'il se passait autour de moi et tout élément qui ne possédait pas de preuves scientifiques n'existait pas à mes yeux. C'était une façon comme une autre de démystifier les phénomènes de l'univers dans lequel je vivais.

Perdue dans mes pensées, je plantai encore et encore ma fourchette dans le morceau de poulet que j'étais censée manger. Il était accompagné de petits pois et d'un tas de riz complet. Malgré ma faim, je n'avais encore rien avalé. Trop de questions parcouraient encore mon esprit.

— Vous me dites que personne n'a recueilli la moindre information au sujet de l'agresseur ? insistai-je en secouant la tête.

— Au début, beaucoup d'élèves se sont lancés dans la chasse au coupable mais, au fur et à mesure que le mystère s'épaississait, la peur a pris le pas sur la curiosité.

De la frayeur liée à une légende inventée de toutes pièces.

Lexie m'en avait parlé lors de mon arrivée.

— Et vous ne vous êtes jamais dit que ce tueur n'était qu'une rumeur ?

Silence. À en voir leurs mines déconfites, ils croyaient dur comme fer à la menace qui pesait sur eux.

— Nous nous sommes tous moqués de cette histoire jusqu'à ce que les victimes reviennent avec des blessures.

C'était la première fois que je voyais Felix aussi sérieux. Il semblait être devenu une tout autre personne en l'espace de quelques minutes.

La fille que nous avions aperçue dans le couloir avait en effet une blessure sur la joue. Se pouvait-il que ce soit du faux sang ? J'avais été trop absorbée par sa panique pour y faire attention.

— Mieux vaut ne pas s'intéresser de trop près à tout ça. Cette affaire porte malheur, affirma Sanja avec froideur.

Son air mélancolique n'avait pas quitté ses traits.

Elle se sentait visiblement mal à l'aise face au sujet abordé, et il y avait de quoi. Après tout, nous aurions pu être des victimes, nous aussi...

— Sinon, tu te plais bien ici, Aylia ?

Le soudain changement de sujet initié par Margot brisa l'ambiance grave. Je la fixai et clignai des yeux, confuse. Les autres paraissaient attendre que je leur confie le fond de mes pensées, et je réfléchis quelques instants, avant de me lancer :

— Certains aspects du règlement sont un peu radicaux mais, pour l'instant, il y a beaucoup de positif, avouai-je avec un sourire forcé aux lèvres.

Bien sûr, je décidai d'omettre les souvenirs de la soirée humiliante organisée par Lexie et ses amis. Moins les autres seraient au courant, mieux ce serait.

Puis, il y avait cette affaire d'agressions mystérieuses, mais personne n'était prêt à se relancer dans cette conversation-là. Mes amis ne demandaient qu'à oublier son existence.

Au moins, j'avais fini par trouver un groupe d'amis qui paraissait m'apprécier. À l'exception de Valden, qui s'était mystérieusement éclipsé à la fin du cours. Où s'était-il rendu ?

— Tant mieux.

Le silence inconfortable qui s'ensuivit le poussa à regretter ma réponse. J'aurais dû les remercier de leur hospitalité.

— Finissons de manger avant que la cantine ne ferme, proposa tout à coup Orpheus avec son habituel air sérieux.

Je posai mes mains sur mon ventre, avant de hocher la tête. L'attaque nous avait fait oublier à quel point nous avions faim auparavant.

***

Le repas du midi s'était déroulé en silence. Nous avions avalé nos aliments sans vraiment en goûter les saveurs. Nos esprits étaient trop accaparés par l'attaque à laquelle nous avions assisté.

À présent, nous patientions devant la salle de classe, même si je n'avais aucune idée de l'intitulé du cours qui nous attendait. Les élèves autour de nous ne cachaient pas leur nervosité et se balançaient d'un pied sur l'autre ou jouaient avec leurs doigts. La tension flottait dans l'air, teintée d'une bonne dose de frayeur.

Peu importe si c'était l'objectif du coupable ou non, il avait au moins réussi à semer la terreur.

Soudain, mon regard tomba sur la silhouette de Valden. Il était appuyé contre un des nombreux piliers en pierre qui séparaient les différentes fenêtres du couloir et parlait avec un jeune homme blond dont je ne discernais que le dos. Lorsque ce dernier s'éclipsa, le jumeau de Sanja m'aperçut et me sourit. À mon grand malheur, il ne tarda pas à s'approcher.

Je compris alors que je n'avais pas cessé de le fixer depuis tout à l'heure. Une fois de plus, j'étais sa spectatrice. Et à coup sûr, pas la seule.

Toutefois, la frustration que j'éprouvais à son égard laissa place à de la curiosité lorsqu'il s'arrêta en face de moi. Il ne prêta pas la moindre attention aux quatre amis qui m'entouraient.

Il était beau. Toutefois, la lueur de défi présente dans son regard sombre et la froideur de son expression le rendaient laid à mes yeux. Au premier abord, il semblait charmant, mais je savais à présent que ce n'était qu'une façade.

J'avais ressassé les insultes que j'aurais aimé lui adresser, sans pour autant me souvenir de chacune d'entre elles. Mon esprit était comme une page vierge maintenant qu'il se trouvait si proche de moi.

— Aylia, me salua-t-il avec un sourire en coin.

Entendre mon nom sortir de sa bouche avec une telle douceur était étrange. Quelle toile de mensonges était-il encore en train de tisser ?

Du mépris envahit mon visage.

—- Valden.

Son nom était sorti de ma bouche de façon un peu trop sèche sans que je puisse y faire quoi que ce soit. À mon grand malheur, la tension qui flottait entre nous pouvait être mal interprétée par ceux qui se faisaient déjà des idées. Comme Margot, dont je devinais le sourire satisfait.

Valden parut surpris par mon ton hostile et s'approcha un peu plus de moi. J'avais l'impression que son visage se trouvait à moins de dix centimètres du mien alors qu'en réalité, il se tenait à presque un mètre. Ses yeux noirs ne lâchaient pas les miens, remplis à la fois de confusion et de haine.

— Tu avais laissé ton livre ouvert dans la bibliothèque, affirmai-je sur un ton digne d'une des négociations auxquelles mes parents s'adonnaient.

J'allais droit au but, peu encline à m'éterniser sur le sujet. Plus je passais de temps en compagnie de mon fiancé, plus il m'insupportait.

— As-tu trouvé le sujet intéressant ?

Il arbora un sourire en coin, comme pour se moquer de moi. Mes doutes se confirmaient : il l'avait fait exprès.

Je n'avais pas de temps à perdre avec des types comme lui :

— Quel est le rapport entre les Porteurs du Monde et cet institut ?

Il parut surpris que j'ose évoquer le sujet en plein milieu du couloir et m'empoigna par le bras pour me tirer un peu plus loin des oreilles curieuses. Je sentis mes muscles se contracter à son toucher, mais le suivis à cause de ma soif de réponses. Malgré ma méfiance, j'avais encore trop de questions à lui poser.

On s'arrêta dans un coin obscur du couloir, loin de nos camarades de classe. Il serrait mon bras si fort que je pouvais sentir les bleus s'y incruster au fil des secondes. Alors, je tentai de me dégager de son emprise, en vain. Au lieu de me lâcher, il me fit reculer contre le mur et leva mon poignet qu'il tenait devant mon visage.

— Quel est ton problème, Valden ?

Je faisais de mon mieux pour rester impassible, même si tous mes instincts me criaient de partir en courant. Cet homme avait quelque chose de dangereux, d'inexplicable.

— Es-tu vraiment aussi naïve ?

Je pus détecter un grognement au fond de sa gorge et fis de mon mieux pour éloigner son visage du mien. Il se trouvait si proche que je parvenais à sentir son souffle réchauffer mes joues et assécher mes yeux. Je n'osais pas cligner des paupières par peur qu'il s'approche davantage.

À vrai dire, son expression remplie de violence était digne d'un cauchemar à cet instant-là. Néanmoins, je n'avais pas dit mon dernier mot :

— Tu me juges sans même me connaître.

Je lui donnai un coup dans l'épaule avec mon bras qu'il tenait fermement. À mon grand bonheur, il lâcha aussitôt prise et je le cachai derrière mon dos, que quelques centimètres séparaient du mur en pierre du couloir.

Ses yeux noirs me scrutaient avec grand intérêt, et un courant d'air traversa ses mèches noires. Sa peau scintillait sous la lumière du jour et son parfum épicé m'irrita les narines.

— J'ai vu les statues à l'entrée, ajoutai-je pour tenter d'obtenir la moindre réaction de sa part.

Ses yeux s'agrandirent en entendant mes mots. Pourquoi était-ce si étonnant ?

— Les Porteurs du Monde ne sont pas un sujet à prendre à la légère.

Sa voix grave s'était réduite à un souffle, alors qu'il approchait sa bouche de mon oreille à tel point que nos cheveux se frôlèrent. Je ne pus empêcher des sueurs froides de parcourir mon organisme entier ni mon rythme cardiaque d'accélérer.

Une aura déconcertante, que je n'avais pas remarquée auparavant, se dégageait de la présence de Valden. Elle me donna la chair de poule. Pour la première fois depuis notre rencontre, il me faisait... peur. Tous mes instincts m'indiquaient que je devais fuir loin, qu'il était un ennemi dangereux.

J'aurais aimé me débattre, mais mon corps ne réagissait plus aux ordres que mon cerveau lui transmettait.

Agis, Aylia !

Ma respiration effrénée me faisait mal aux poumons et de la sueur perlait sur mon front. Mes muscles étaient tendus jusqu'à m'en faire mal.

Soudain, lorsque je vis un rictus prédateur étirer ses lèvres, quelque chose se réveilla en moi. Je réussis enfin à donner un coup dans son torse pour le faire reculer. Il chancela en me fusillant du regard, prêt à riposter.

— Ça va, on ne vous dérange pas ? intervint Felix, alors que mon interlocuteur était sur le point de m'adresser une nouvelle réplique cinglante.

Le quatuor d'amis nous fixait avec des mines indéchiffrables. Leur attention était entièrement focalisée sur nous, et je me préparais déjà à faire face aux rumeurs insensées que cette situation engendrerait.

Je leur souris et hochai la tête comme si tout allait bien. Ils n'avaient pas à connaître la vérité.

— Je ferais mieux d'y aller, conclut Valden d'un air enthousiaste.

À chaque fois que quelqu'un d'autre nous rejoignait, il changeait complètement de personnalité. Il serait inutile que j'essaye de l'accuser de quoi que ce soit devant les autres. Ils étaient ses amis, après tout.

Je le laissai donc filer sans le tenir responsable de la situation, et il m'abandonna avec plus de questions que de réponses.

« Les Porteurs du Monde ne sont pas un sujet à prendre à la légère. » Pourquoi n'était-il pas fichu de m'expliquer pourquoi ?

S'il ne souhaitait pas m'éclairer au sujet des mystères de la Sinistri School, je devrais répondre à mes interrogations moi-même.

Durant les cours de l'après-midi, mon esprit n'avait été focalisé que sur une seule chose : lire *Les Porteurs du Monde*. J'étais impatiente de découvrir les secrets qui avaient poussé Valden à se manifester pour m'interrompre dans la bibliothèque. Je devais avouer que le fait qu'il s'intéressait également à ce sujet me poussait à en apprendre davantage.

De temps à autre, je prêtais attention aux enseignements des professeurs qui me faisaient face. Toutefois, seule la dernière matière de la journée sut m'intéresser.

La professeure arriva quelques minutes en retard et était vêtue d'une robe longue à volants colorés. Ses cheveux roux tressés s'accordaient à son maquillage cuivré qui mettait en valeur son regard bleu. Elle était le parfait contraire de la Sinistri School et de son décor obscur.

— Bonjour à tous. Je me nomme Ophélia Nottun et je suis spécialiste en psychologie et théologie.

Elle s'assit sur le bureau en bois posé à l'avant de la salle et nous sourit à pleines dents. Son comportement détendu me rappelait celui de mes professeurs de l'université. Que faisait-elle dans un trou perdu comme celui-ci ?

— Nous allons étudier l'impact de la croyance sur la psyché humaine et les masses.

Elle se leva avec lenteur, avant de nous tourner le dos et d'attraper une craie pour écrire au tableau. Lettre après lettre, mon cœur se serra de plus en plus. Lorsqu'elle eut terminé d'écrire et s'écarta du tableau en ardoise, je compris que son cours allait accaparer toute mon attention.

LE SURNATUREL

Je me penchai en avant et gardai le regard rivé sur ce terme si mystique et abstrait.

— Nous allons commencer par l'analyse du surnaturel. Certains y croient, d'autres non. Mais quel est son rôle dans la psychologie ?

La femme commença à se balader entre les rangées d'élèves. Sa tresse, composée de mèches rousses, se balançait de droite à gauche à chacun de ses pas. Son regard bleu clair trouva le mien et j'eus l'impression qu'elle parvenait à scruter mon âme.

— Que pensez-vous du surnaturel ? articula-t-elle en me fixant.

J'ouvris la bouche, prête à répondre, lorsqu'un rire étouffé se manifesta derrière moi. Madame Nottun observa aussitôt le coupable avec les sourcils froncés.

— Tu as des remarques à partager avec la classe, jeune homme ?

Je me retournai et découvris sans grande surprise que Valden était celui qui avait perturbé le cours. Pourquoi ne pouvait-il pas se taire pour une fois ? Il était si avide d'attention.

— Le surnaturel n'est qu'une invention montée de toutes pièces pour faire peur à la population.

Les bras croisés, il se redressa après avoir affirmé sa vérité. Je détestais devoir avouer que j'étais d'accord avec lui.

Madame Nottun arqua un sourcil et s'avança vers son interlocuteur.

— Donc tu penses que la croyance du mystique ne sert qu'à contrôler les masses ?

Valden hocha la tête, sans pour autant élaborer.

— Intéressant. D'autres suggestions ?

Tout le monde se tut. C'était la première fois que je voyais autant d'élèves écouter un cours avec attention. Cependant, aucun d'entre eux n'osa exprimer son opinion.

L'enseignante s'éloigna en direction du tableau et le bruit de ses talons fut le seul à résonner dans la salle. Le mouvement régulier de ses hanches était hypnotisant.

— Ce sujet n'est pas facile à traiter pour la majorité d'entre nous. Depuis notre enfance, on nous répète de nous fier aux sciences et à ce qui peut être expliqué. Toutefois, le surnaturel continue d'exister dans l'imagination collective. Nous en avons besoin.

Comme les Porteurs du Monde ? me demandai-je.

Je me souvenais de l'illustration des statues avec des ailes noires que j'avais trouvé dans l'ouvrage.

— Tant qu'il existe des phénomènes inexpliqués, le surnaturel persistera dans nos esprits. Il est un moyen de donner un sens à ce qui ne peut pas être compris, de classer des événements étranges et de faire taire nos questions. Du moins, jusqu'à ce qu'on y trouve d'autres explications.

Il nous permet de ne pas devoir porter l'intégrale responsabilité de nos actions, songeai-je.

Bien qu'il ne soit pas reconnu scientifiquement, le mystique nous poussait à ressentir un large panel d'émotions.

— Le surnaturel peut paraître une farce, mais il a laissé des traces dans les esprits de chacun d'entre nous. Que ce soit sous forme de fantômes ou de dieux.

Je me rendis compte qu'elle avait raison. Que même moi, en tant qu'être rationnel, j'avais tenté d'expliquer les attaques mystérieuses par des pistes saupoudrées de surnaturel.

Ce cours, qui aurait dû me décourager de poursuivre mes recherches au sujet des Porteurs du Monde, ne fit que me motiver à creuser le sujet d'avantage. Mes découvertes me serviraient peut-être si on devait faire une dissertation au sujet de légendes ou de croyances plus tard dans l'année.

— Bien. C'était la transition vers la théologie et son impact sur la psychologie humaine.

Madame Nottun se rapprocha à nouveau du tableau en ardoise, effaça LE SURNATUREL, et le remplaça par DIEU(X).

Pendant une heure, elle nous questionna au sujet de la signification que ce mot avait pour nous. C'était étrange de le voir écrit en craie blanche à l'avant de la salle. Après tout, la psychologie était une science concrète et les entités divines étaient tout le contraire.

Expliquer l'un par l'autre me paraissait étrange, pourtant Ophélia Nottun sut me captiver du début jusqu'à la fin de son cours. Il était certain que je n'avais jamais eu le droit à des enseignants comme elle à l'université.

Pour la première fois depuis mon arrivée, les heures défilèrent à une vitesse incroyable.

Le cours de Madame Nottun m'avait confortée dans mon envie de chercher des informations au sujet des mystérieux « Porteurs du Monde » de la Sinistri School. Pourquoi n'étaient-ils pas un sujet à prendre à la légère ? Faisaient-ils partie d'une croyance perdue ? Quelles connaissances étais-je sur le point de dénicher ?

Le seul endroit où je pouvais trouver des renseignements à leur sujet était la bibliothèque universitaire. Je m'y étais donc rendue avec grande hâte après la fin de mes enseignements du jour.

Le livre ancien que j'avais découvert plus tôt se trouvait toujours au même emplacement, et je ne tardai pas à le retrouver. Lorsque j'aperçus sa tranche jaunie, mon cœur s'emballa. Je ne savais pas ce que je cherchais à obtenir en le lisant et me surpris à prendre du plaisir à m'investir dans cette histoire énigmatique.

J'aurais dû ignorer l'appel de l'inconnu pour ne pas me mettre dans une situation délicate, mais je ne pouvais pas m'en empêcher. Je m'étais attendue à être entourée de conversations ennuyantes et d'élèves prétentieux pendant un an, donc ceci était un revirement pour le moins intéressant.

Mes nouveaux amis m'avaient invitée à les rejoindre dans les jardins après les cours. Cependant, je savais que mon esprit ne me laisserait pas tranquille tant que je n'aurais pas trouvé les réponses que je convoitais. J'avais donc décliné leur aimable invitation. De toute façon, j'aurais le temps de leur parler tous les jours grâce à notre cursus en commun.

Tous les élèves semblaient avoir désertés la bibliothèque ce qui, pour être tout à fait honnête, m'arrangeait. Au moins, je serais capable dénoncer certaines de mes réflexions à voix haute. Oui, j'avais la désagréable manie de me parler pour mieux retenir et classer les différents éléments de mes raisonnements.

Pendant que j'ouvris le livre que j'étais venue chercher, je découvris qu'il comportait un sommaire constitué de plus de cinquante chapitres qui étaient, eux-mêmes, divisés en plusieurs sous-parties. Ce n'était pas étonnant, puisque l'œuvre ne comptait pas moins de six-cents pages. Je n'aurais jamais le temps de tout lire ce soir, mais je pouvais toujours tenter l'impossible.

Motivée à démêler le vrai du faux, j'avançai en direction des tables regroupées au centre de l'immense espace et eus la mauvaise surprise de voir que je n'étais plus seule. L'ouvrage que je tenais faillit glisser de mes mains lorsque j'aperçus une silhouette s'approcher de moi.

Et ce n'était pas le pire. Je reconnus le jeune homme qui m'avait rejointe et compris aussitôt qu'il m'avait suivie jusqu'ici. Ses traits avaient hanté la première soirée que j'avais passée à la Sinistri School : Regg !

Avec son sourire en coin et son regard brillant, il avait tout d'un être malsain, ce qui prouvait que ce n'était donc pas juste l'alcool qui lui faisait cet effet. Son expression amusée me donnait la chair de poule. Il n'était pas là pour s'excuser.

— Comme on se retrouve, me dit-il en s'avançant vers moi.

Je ne ralentis pas et me dirigeai vers une des tables les plus éloignées de mon interlocuteur. Il n'allait pas m'agresser au milieu d'un lieu de savoir, n'est-ce pas ? Plus rien ne m'étonnait après ce que son groupe d'amis m'avait fait subir lors de mon arrivée.

— Tout se passe bien ?

Sa voix grave laissait transparaître quelque chose d'inquiétant. Peut-être percevais-je cette tonalité, car j'avais une image négative de lui ? Disons que quand j'entendais son nom, je ne pensais à rien de positif et son air hautain n'arrangeait pas son cas.

— Que me veux-tu, Regg ? lui dis-je aussi sèchement que je le pouvais pour lui faire comprendre qu'il n'était pas le bienvenu.

Il fit mine d'être blessé par mon ton glacial et posa une main au niveau de son cœur pour accentuer sa grimace baignée de moquerie. La seule chose que je pouvais me résoudre à faire face à ses gamineries était lever les yeux au ciel.

— Tu sais, ce n'est pas parce que les autres ne t'ont pas approuvée que je ne peux pas m'intéresser à une fille comme toi.

Rien que cette affirmation me donnait envie de lui mettre une claque. Comme si j'éprouverais un jour des sentiments pour quelqu'un d'aussi dégoûtant que lui ! Et puis, il prétendait que s'intéresser à moi était un honneur. Pour qui se prenait-il ?

Pourquoi tous les hommes de cette académie étaient-ils aussi insupportables ?

Il s'avança vers moi et s'appuya contre la table sur laquelle j'avais posé le livre des Porteurs du Monde.

Ignorer les abrutis dans son genre était souvent le meilleur moyen de s'en débarrasser, mais je ne pouvais pas m'empêcher de lui faire comprendre mon point de vue pour ne laisser planer aucun doute :

— Regg, même si tu étais sincère, je ne veux rien avoir à faire avec toi, lui répondis-je en secouant la tête.

Tu me répugnes, ajoutai-je intérieurement.

Je me concentrai de nouveau sur l'ouvrage sans attendre sa réponse.

Un bref silence gênant s'ensuivit. À chaque seconde qui passait, j'espérais du fond du cœur qu'il décide de partir. En vain.

— Tu ferais mieux de te méfier de ceux qui t'entourent, me conseilla-t-il soudain avec une expression sérieuse collée sur le visage.

Ce n'était pas la réponse à laquelle je m'étais attendue et, face à ces paroles provocantes, je levai la tête pour le regarder droit dans les yeux. S'il croyait qu'il allait me faire changer de groupe d'amis avec si peu, il avait tort. Il ne me faisait pas peur.

— Il pourrait bien t'arriver un malheur, poursuivit-il avec un sourire aux lèvres.

— C'est une menace ?

C'était plutôt mon ton à moi qui se prêtait à une telle chose, mais il l'avait bien cherché. Intimider une jeune fille solitaire était plutôt tordu.

— Laisse-la tranquille, Regg, intervint soudain une voix masculine que je reconnus.

Valden sortit d'un des rayons de livres, et je frissonnai à son arrivée. Il se tenait droit comme un pic et sa mine sérieuse fit bondir mon cœur dans ma poitrine. Il était encore plus intimidant que lors de nos précédentes rencontres.

Les deux jeunes hommes se fusillèrent du regard, témoignant de la haine qu'ils éprouvaient l'un envers l'autre.

— Si un jour tu changes de camp, n'hésite pas à venir me voir, me dit Regg avant de se résigner à quitter la bibliothèque.

L'espace d'un instant, je crus voir de la tendresse et de la bienveillance traverser son regard, mais je chassai aussitôt cette idée.

Camp ? Était-ce ainsi que cette école fonctionnait ? Je m'étais attendue à quelques gamineries de snobs, mais pas à ce point !

Une fois que l'impressionnante porte d'entrée se fut refermée derrière Regg, je me tournai vers Valden. Les yeux perdus au loin, il paraissait réfléchir à ce qui venait de se passer. Regrettait-il d'être intervenu ? D'avoir trahi sa présence ?

— Je sais me défendre, lui assurai-je avec réticence.

Pour une fois, je gérais bien la situation.

— Pas vraiment, Hoff.

Ce fut la seule réponse à laquelle j'eus droit. Elle était, bien sûr, accompagnée d'un de ses sourires en coin si frustrants.

Son apparition surprise faisait naître des interrogations dans mon esprit. Depuis combien de temps se trouvait-il déjà dans la bibliothèque ? M'avait-il suivie ? Me surveillait-il depuis notre précédente conversation ? Il avait paru surpris lorsque je lui avais parlé des Porteurs du Monde, mais serait-il allé jusqu'à m'attendre ici afin de m'intercepter dans mes recherches ?

— Crois ce que tu souhaites, tu ne me connais pas, Valden.

Je me détournai de lui, prête à m'asseoir devant l'ouvrage, avant de m'arrêter net lorsqu'il laissa échapper un rire moqueur.

— Oh ! Je connais très bien les filles dans ton genre.

Il approcha sans que je me tourne vers lui ; j'étais trop anxieuse à l'idée de lui faire face. J'aimais jouer à la fille forte même si, en réalité, son regard obscur et sa force physique m'effrayaient. Il avait quelque chose de dangereux.

— Vous ne pensez qu'à vous-même, peu importe le prix de vos actes.

Une insulte de plus ? Quelle surprise ! Je les collectionnais depuis notre rencontre.

— Si tu me manques encore une fois de respect, je...

— Tu vas faire quoi ? me coupa-t-il avant même que je puisse finir.

Le bruit de ses pas indiqua qu'il se trouvait proche de moi. Trop proche.

Je sentis son souffle brûlant caresser mon cou et eus l'impression qu'une nouvelle ombre se forma à ses côtés. Je peinais à respirer et serrais les dents en me forçant à rester calme. N'était-il pas seul ? Quelle était cette seconde présence ?

Ne sois pas si faible, Aylia !

Je rassemblai tout mon courage et me retournai d'un seul coup. Debout face à mon fiancé, je remarquai qu'il se tenait à un bon mètre de moi et que personne d'autre ne se trouvait dans les parages. Devenais-je folle ?

Il m'observait en silence, les poings serrés, et son regard obscur était rempli de mauvais présages.

Tu ne m'empêcheras pas de déterrer les secrets de la Sinistri School, Valden Kazoku.

Je secouai la tête, soupirai et décidai de m'installer à ma table malgré sa présence. J'espérais que l'ignorer me permettrait de le chasser d'ici.

Bien que ses yeux brûlent mon dos, je commençai à feuilleter *Les Porteurs du Monde*. S'il comptait sur une réponse de ma part, il pouvait encore attendre longtemps.

Il n'était pas digne mon précieux temps.

Je commençai à lire les intitulés des différents chapitres dans l'espoir d'identifier les parties qui m'intéressaient le plus. Le silence qui m'enveloppait me poussait à croire que Valden avait quitté la pièce.

À mon grand malheur, je découvris le contraire lorsqu'il s'assit à côté de moi avec nonchalance. Je le maudis aussitôt. Pourquoi ne pouvait-il jamais me laisser tranquille ?

Il m'avait très probablement attendue dans les parages afin de m'empêcher de lire en toute tranquillité. Rien que l'idée d'avoir un *stalker* me donnait des frissons. Même s'il était mon fiancé, je détestais l'idée d'être suivie et observée partout.

Lorsque mes parents avaient engagé une gouvernante, j'avais découvert que je haïssais me sentir surveillée en permanence.

La compagnie de Valden aurait pu être agréable s'il n'avait pas été si irrespectueux, détestable et hautain.

— Qu'est-ce que tu fais encore là ? lui demandai-je avec une voix dégoulinante de reproches.

Je n'avais qu'une hâte : qu'il s'éclipse.

— Je savais que tu reviendrais pour trouver des réponses...

Il haussa les épaules et posa son bras sur le dos de sa chaise. Son comportement assuré m'agaça.

— Et tu en possèdes ?

J'étais curieuse malgré moi, et il le savait. C'était mon plus grand défaut et ma plus grande faiblesse.

— Aucune à laquelle tu aies droit, Hoff.

Je lui adressai un regard interrogateur. Il m'en fallait plus que ça s'il voulait me pousser à lâcher le morceau. Il inspira d'un air sérieux, avant de poursuivre :

— Disons que c'est mieux pour toi que tu n'y aies pas accès. Comme je te l'ai déjà dit, le sujet que tu explores n'est pas à prendre à la légère.

Il se pencha en avant en passant sa main dans sa chevelure noire. Son ton avait tout l'air d'un avertissement que je décidai d'ignorer.

Il m'agaçait tant que je ne pouvais pas me concentrer sur ma lecture, et je me doutais qu'il continuerait à m'embêter jusqu'à ce que j'abandonne ma fouille.

— Dit celui qui ne croit pas au surnaturel. Si tu tentes de me faire perdre mon temps, sache que c'est inutile. Je n'ai pas besoin de toi pour découvrir la vérité.

Je fermai l'ouvrage que j'avais commencé à feuilleter en secouant la tête, déterminée à ne pas entrer dans son petit jeu. Je reviendrais plus tard pour poursuivre ce que j'avais commencé... à moins que...

J'empoignai le livre, avant de commencer à me lever peu à peu. À ma grande surprise, Valden me retint par le poignet.

— Crois-moi, tu vas vouloir entendre la suite, m'assura-t-il de son air confiant.

Ce revirement de situation remplit mon esprit de confusion et je me rassis avec méfiance.

J'avais tant envie de fuir, mais j'étais trop intriguée par ses paroles pour partir. Satané curiosité !

— Pourquoi m'aiderais-tu ? Tu me détestes.

Son rictus était aussi terrifiant que charmant.

— Disons que j'en ai assez qu'on étouffe l'affaire des tentatives de meurtre. Je sais bien que, contrairement à ce qu'on nous fait croire, le monde extérieur ne sait rien de ce qu'il se trame entre ces murs de pierre.

— La direction ne met-elle pas tout en œuvre pour retrouver l'assassin ? demandai-je, puisque c'était ce qu'on m'avait affirmé un peu plus tôt.

C'était logique que la Sinistri School tente de préserver son image élitiste au mieux. Pour y parvenir, ils avaient tout intérêt à régler cette affaire au plus vite.

— Ils cherchent plutôt à polir leur image, oui, me confia le jumeau de Sanja sans masquer son agacement.

Il ne semblait pas apprécier cette académie ni ses résidents. En même temps, il était détestable.

Son avis négatif m'intéressait particulièrement. Jusque-là, tout le monde m'avait dit que je me plairais ici, mais ils n'avaient pas paru sincères. C'était comme s'ils se forçaient à me l'affirmer, comme s'ils avaient peur de ce qu'il se passerait s'ils ne le faisaient pas.

— Ce lieu possède un passé obscur rempli de mystères inexpliqués, dont la tragédie de 1922. Toutes les traces de ces événements ont été effacées des archives, m'affirma Valden en grinçant des dents.

Il avait ramené ses mains sur la surface en bois de la table et sa mine grave me surprit. Son parfum épicé, aux notes de cannelle et de pin, s'invita dans mes narines lorsqu'il se pencha vers moi.

Notre posture donnait l'impression que notre discussion était intime, que nous étions des alliés. C'était loin d'être le cas.

— Et ceux qui fouillent trop finissent par subir le même sort. Ils disparaissent.

Quoi !?

J'ouvris la bouche, surprise de la tournure que prenait la conversation. Pourquoi cherchait-il tant à me faire peur ? Heureusement, je n'étais pas facile à effrayer ni à décourager.

— Tu as quelque chose à cacher, n'est-ce pas, Valden ?

Il rigola d'un air condescendant.

— Tu es à côté de la plaque, Hoff.

— C'est exactement ce qu'un coupable dirait.

C'était à mon tour de le provoquer un peu.

Il soupira en se levant de sa chaise, et je fus étonnée qu'il me laisse m'en tirer après l'avoir accusé d'être un criminel. Je m'étais habituée à être accueillie par ses répliques cinglantes.

— Si ignorer mes conseils est ton plan pour faire en sorte que je m'intéresse à toi, sache que ça ne marche pas du tout. Tu n'as rien de passionnant, Aylia Hoff.

Pourquoi pensait-il toujours que je faisais tout en fonction de lui ? Qu'il était le centre du monde ? Et ses « conseils » étaient plutôt des menaces.

— Tu pars vraiment sans m'avoir donné la moindre réponse ?

Une fois de plus, il me faisait tourner en rond. J'avais été naïve de m'attendre à autre chose de sa part.

— C'est l'heure de mon entraînement de course avec l'équipe de l'académie, m'expliqua-t-il en soupirant.

Il paraissait passionné par la course à pied, et ses yeux se mirent à briller à la simple évocation de la discipline extrascolaire. C'était la première fois qu'il me paraissait aussi vivant.

Je soupirai, consciente qu'insister ne me réussirait pas. Il était hors de question que je me rabaisse à le pourchasser.

« Tu ferais mieux de te méfier de ceux qui t'entourent. »

Les mots inquiétants de Regg tournaient dans mon esprit. Ma méfiance envers Valden était au maximum, mais se pourrait-il que d'autres ennemis m'observent depuis l'ombre ? J'allais devoir rester sur mes gardes pendant mon séjour à la Sinistri School.

— Notre contact visuel dans les couloirs n'était pas un hasard, n'est-ce pas ? Tu as gardé un œil sur moi dès mon arrivée.

Il me regarda droit dans les yeux.

— Crois ce que tu veux, Hoff. Tes théories ne me concernent pas.

Son air hautain m'insupporta et je dus me concentrer pour me contenir et ne pas lui mettre une droite. Je le vis hésiter, se masser les tempes et inspirer profondément.

— Puisque je suis généreux, je te préviens une dernière fois : abandonne ta quête de vérité avant qu'il ne soit trop tard.

— Et si je refuse ?

— Tu le regretteras, me susurra-t-il tel un serpent.

Sa mâchoire se contracta, accentuant les angles de son visage.

— Tu ne me fais pas peur, Valden, lui assurai-je en levant le menton.

Il me contempla avec désespoir, soupira et se tourna en direction d'une table posée un peu plus loin. Je remarquai aussitôt qu'un échiquier était posé dessus.

— Est-ce que tu te tairas enfin si je te bats ?

Je n'avais qu'une seule envie : effacer son sourire narquois de son visage.

— On va voir ça.

On s'avança vers la table installée un peu plus loin dans la bibliothèque. Valden paraissait confiant de son coup, mais j'étais déterminée à lui prouver le contraire.

J'en avais assez de me laisser cracher dessus par mon propre fiancé.

— Je te laisse les blancs. T'accorder l'avantage de commencer m'empêchera de m'ennuyer, m'annonça mon adversaire.

Continue à me sous-estimer. Tu le regretteras.

Il n'était pas le premier à faire cette erreur fatale.

Silencieuse et concentrée, je m'assis à la place qu'il avait désignée. La docilité dont je faisais preuve était le calme avant l'orage.

Retrouver l'échiquier me rendait nostalgique. C'était le seul jeu que mes parents avaient possédé au cours de mon enfance. Puisque je passais la plupart de mon temps seule à la maison, je m'étais amusée à apprendre les échecs pour éviter que je ne m'ennuie.

Jour après jour, je m'étais affrontée en apprenant les ouvertures et combinaisons les plus efficaces que je pouvais trouver dans le livret qui accompagnait l'échiquier. Ce dernier était fait de cristal blanc et noir et ses pièces détaillées m'avaient captivées. Le cavalier, avec son armure scintillante et son destrier majestueux, avait toujours été mon préféré. Il paraissait foncer droit vers l'aventure, vers le danger, vers l'inconnu. Cependant, son visage ne présentait pas la moindre once de frayeur et j'avais souhaité un jour détenir le même courage que lui.

Ma mère, quant à elle, préférait la reine avec sa couronne et ses bijoux grandioses. Parfois, elle me la piquait pour la poser sur sa table de chevet. Lorsque j'avais retrouvé la pièce puissante là-bas, je m'étais imaginée qu'elle veillait sur ma génitrice au cours de la nuit. Dans ma tête, elle avait chassé tous les cauchemars avec ses armées et son charme puissant.

En grandissant, je m'étais souvent demandé si l'échiquier de chez moi avait vraiment été conçu pour être utilisé. À en voir la précision avec laquelle chaque élément avait été poncé et gravé, il m'avait paru plus décoratif qu'autre chose. Toutefois, mes parents ne m'avaient jamais interdit d'y toucher. Ils étaient sans le moindre doute heureux de voir que je m'occupais toute seule malgré ma solitude.

Le jeu de la Sinistri School était bien moins luxueux. Il était constitué de bois laqué et de pièces basiques. La quantité de poussière qui les recouvrait démontrait que personne n'y avait touché depuis longtemps. Cette découverte ne m'étonna pas étant donné que les étudiants de cette académie préféraient organiser des soirées dans les bibliothèques plutôt que d'y passer du temps en journée.

Valden s'assît en face de moi avec un sourire en coin. J'ignorais s'il était fort aux échecs, mais je pouvais utiliser le fait qu'il me sous-estime à mon avantage.

— Après toi, Hoff, me dit-il en posant son pied sur son genou de façon nonchalante.

J'inspirai profondément en observant les pièces blanches qui s'offraient à moi.

Si j'arrivais à baisser assez sa garde, je pourrais le surprendre et remporter la victoire. Il était hors de question de perdre face à lui.

Cela faisait un moment que je n'avais pas jeté de coup d'œil au livret d'apprentissage que mes parents détenaient, mais je me souvenais de quelques ouvertures et coups intéressants. Dépendant du niveau de mon adversaire, ils pourraient faire l'affaire.

J'empoignai un de mes pions du milieu, plus précisément celui de la case e2, et l'avançai de deux places. Valden sourit d'un air amusé et en fit de même. Nos deux pièces se bloquaient respectivement le chemin à présent.

C'était maintenant que je pouvais mettre en place ma stratégie et l'attirer dans mon piège. J'espérais seulement qu'il ne comprendrait pas mes réelles intentions tout de suite.

Je plaçai un second pion juste à gauche du premier en scrutant attentivement le visage de mon adversaire. Dans ses yeux obscurs brillait un contentement qui me soulagea. Il ne m'estimait pas capable de mener une ruse comme le gambit danois à bien. À moins qu'il ne le connaisse pas ?

Dans son ignorance, il mangea mon pion avec le sien qu'il avait avancé plus tôt.

— Et moi qui pensais que j'étais mauvais à ce jeu, se moqua-t-il en posant mon pion blanc de son côté de la table.

Jubile tant que tu le peux encore.

— Pourquoi m'as-tu invitée à jouer, alors ?

Il se pencha en arrière dans son siège en secouant la tête.

— Sanja me demandait toujours de jouer avec elle lorsqu'on était petits. Je me suis dit que c'était un bon moyen de t'écraser, Hoff.

Je restai silencieuse, tout en déplaçant mon pion de la troisième rangée en partant de la gauche d'une place. Je lui offrais l'occasion parfaite de le manger et de se rapprocher de ma seconde lignée de pièces. Ceci augmentait considérablement ses chances de s'attaquer à mes éléments mêlés plus précieux.

Serait-il assez bête pour foncer les yeux fermés ? J'eus ma réponse à peine quelques secondes plus tard lorsqu'il procéda à attaquer avec une agressivité surprenante. Il fit tourner le bout de bois blanc, qui m'appartenait quelques secondes plus tôt, entre ses doigts pour appuyer sa victoire temporaire.

Je me retins de sourire face à son erreur.

— Il faudra plus qu'une défaite pour me faire taire, lui assurai-je.

Puis, je positionnai mon fou de droite à une case de mon pion survivant, profitant de sa capacité de se déplacer en diagonale.

Valden, lui, décida de s'attaquer au prochain pion blanc qui s'offrait à lui. Il s'approcha ainsi dangereusement de ma tour et de mon fou. Un seul mouvement lui permettrait de m'ôter un des deux.

Parfait.

— En es-tu certaine ?

Il me regarda droit dans les yeux en savourant sa domination.

Tout à coup, j'avalai son pion noir avec mon fou de gauche. À en voir son expression inchangée, il s'y était attendu. Même un débutant savait qu'il était temps de l'arrêter dans sa lancée.

Ce n'est que le début.

— Tu devrais essayer d'être moins prévisible si tu souhaites gagner, Hoff.

Je détestais la façon dont il prononçait mon nom de famille et sentis ma mâchoire se contracter. Il ne fallait surtout pas que je rentre dans son jeu.

Il déplaça son fou, son cavalier et finit par manger le premier pion que j'avais utilisé de toute la partie, avant de s'attaquer à un de mes cavaliers. Pendant ce temps, je roquai, mettant mon roi à l'abri du danger en le protégeant avec ma tour. Souvent, la meilleure attaque était la défense.

— Je pense que tu peux abandonner. Le nombre de pièces que je t'ai volées est incomparable à celui que tu m'as pris.

Il désigna la rangée de bouts de bois blancs posés devant lui.

C'étaient des sacrifices nécessaires pour que je puisse remporter la victoire, songeai-je en restant stoïque.

Il ignorait que j'avais guidé chacun de ses coups à son insu.

J'avais la capacité de devancer mon opposant de plusieurs actions dans tout ce que je faisais. C'était d'ailleurs la seule de mes capacités que mes parents avaient complimentée au cours de ma vie.

— Tu sais, la vanité est un vilain défaut, Valden.

Il leva les yeux au ciel en jouant avec mon cavalier sur la table. À ma grande surprise, il ne m'offrît pas une nouvelle réponse cinglante.

Je déplaçai ma reine de deux cases en diagonale pour qu'elle atterrisse entre mon fou et son fou. Puis, au prochain tour, je lui ôtai son fou, ce qui l'incita à avancer à son tour sa reine de deux cases.

— Tu devrais apprendre à attendre la fin de la partie avant de parler, lui conseillai-je en mangeant son cavalier situé sur la case en diagonale de ma reine.

Je vis ses muscles se contracter et une veine pulser au niveau de son front. Il venait de perdre deux pièces importantes d'un seul coup.

— Tu te crois si intelligente, mais attends de voir ce que je te réserve.

Il récupéra mon fou de droite avec le premier pion qu'il avait avancé au début de la partie. Sa colère et frustration naissantes le poussaient à agir de façon irréfléchie. Je me doutais qu'il n'était pas si mauvais aux échecs, mais son tempérament et sa confiance en soi démesurée lui faisaient perdre son sang froid au mauvais moment. Et cela lui coûterait son triomphe.

Je fis semblant de réfléchir profondément, alors que j'avais déjà mon prochain coup en tête. Il serait le dernier.

— Il faudra que tu me montres tes surprises lors de la prochaine partie, affirmai-je en souriant pour la première fois.

En un mouvement en diagonale, ma reine se retrouva à côté de son roi.

Échec et mat, mon cher.

Je l'observai d'un air ravi et le vis peu à peu assimiler sa défaite. L'espace d'une seconde, il parut impressionné par ma ruse. Toutefois, son admiration et incompréhension se transformèrent rapidement en de la frustration. Il serra les poings, posa ses mains sur ses genoux et contracta ses muscles.

— Peu importe.

Il se leva en secouant la tête et soupira. Sa colère fut camouflée derrière un masque d'indifférence glaciale.

Je fus impressionnée par la maîtrise de soi dont il faisait preuve.

— Amuse-toi bien toute seule, Hoff.

Il s'éloigna en direction de la sortie d'un air nonchalant, avant de disparaître dans le couloir avoisinant. Malgré les efforts qu'il fournissait pour cacher ses émotions, je les devinai dans chacun de ses mouvements et mots.

Je ne parvins pas à effacer mon sourire satisfait de mes lèvres et me laissai tomber contre le dos de mon siège, soulagée.

Je l'avais battu ! Quelle délicieuse victoire !

J'observai l'échiquier avec satisfaction. Je n'avais pas perdu la main et n'aurais jamais pu deviner que mes compétences aux échecs me serviraient un jour. Ma main empoigna le roi de Valden que je serrai au creux de ma paume. En fin de compte, c'était moi qui l'avais écrasé.

Après quelques minutes de silence, je reposai la pièce à sa place et recentrai mon attention sur ma priorité : les recherches. Maintenant que mon fiancé capricieux s'était enfin éclipsé, je pouvais poursuivre ma lecture en paix.

Une partie de moi aimerait croire aux avertissements qu'il avait prononcés un peu plus tôt, mais une autre me poussait à continuer ce que j'avais commencé. Après tout, consulter un livre n'avait jamais fait de mal à quiconque.

« Tu ferais mieux de te méfier de ceux qui t'entourent. »

Regg. Que souhaites-tu me dire par là ?

Seule au milieu de la bibliothèque, je ne pouvais pas m'empêcher de me ressasser ce que j'avais traversé depuis mon arrivée à l'institut.

La gentillesse dont mes amis provisoires avaient fait preuve ne pouvait pas être gratuite, celle de personne ne l'était. « Les autres ne se souviennent de notre existence que lorsqu'ils voient en nous une opportunité » m'avait toujours confié mon père. Malheureusement, il avait raison.

– Je veux juste lire en toute tranquillité, est-ce trop demandé ? murmurai-je en me levant pour retourner à la table sur laquelle j'avais posé « Les Porteurs du Monde » un peu plus tôt.

Au moins, j'avais à présent l'occasion de le feuilleter comme je le souhaitais. Je me préparai à découvrir le contenu de l'ouvrage avec le doux arrière-goût de ma victoire en bouche.

– Par où commencer ?

Je traversais les couloirs entourée d'un silence dont j'avais depuis longtemps oublié la quiétude. Bien que ma théorie la plus plausible soit que l'agresseur n'était qu'une création des esprits des étudiants, je ne me sentis pas à l'aise. L'unique victime sur laquelle j'avais pu poser le regard avait tout de même récolté une blessure.

Dans la bibliothèque, j'avais feuilleté les différentes parties des *Porteurs du Monde*, mais je n'y avais rien découvert de révolutionnaire. Après avoir pris mon courage à deux mains, j'avais décidé d'emporter l'ouvrage avec moi et étais impatiente de le feuilleter dans ma chambre.

Je savais que je venais d'enfreindre les règles de la Sinistri School et espérais que m'en sortirais indemne tant que je le remettais à sa place le jour suivant. Je doutais qu'il manque à quiconque.

Sur mon chemin, je croisai les statues érigées pour commémorer les victimes de la tragédie de 1922. Poséidon était le symbole de la biologie, Apollon des arts, Athéna de la philosophie, Hadès de la stratégie et Héra de l'histoire. Chacune de ces représentations faisait référence à la licence qu'étudiaient les élèves qui avaient perdu la vie en 1922. Leurs noms, ainsi que leurs dates de naissance et de mort, étaient inscrits sur des plaques en or qu'on avait clouées sur les statues.

C'était étrange de se dire qu'un tel drame s'était produit entre les murs de la Sinistri School.

« Puisque je suis généreux, je te préviens une dernière fois : abandonne tes recherches avant qu'il ne soit trop tard. »

La menace de Valden résonna dans mon esprit et me donna la chair de poule. Se pourrait-il que je finisse comme ces étudiants si je ne faisais pas attention ?

Je me redressai en secouant la tête. Non, il ne cherchait qu'à me terrifier pour son propre amusement. Et je ne me laisserais pas faire !

Je me détournai des statues baignées d'obscurité et de légendes et poursuivis mon chemin.

Lorsque j'entrai dans ma chambre, je découvris que mes nouveaux amis avaient glissé un mot d'encouragement sous ma porte. Je ramassai le bout de papier et l'ouvris, le sourire aux lèvres.

Amuse-toi bien, mais sois en forme demain ! – M

Hâte de te revoir, championne ! – F

Bravo pour ton bon début à l'Académie (il est à coup sûr meilleur que le mien) ! – O

Ils étaient si adorables que cela en devenait presque gênant. Je souris, tout en posant la feuille blanche sur mon lit défait et enfilai mon pyjama.

À en voir les initiales, Sanja s'était abstenue de me laisser un mot. Était-ce car elle savait que j'étais la fiancée de son frère ? Ou était-elle jalouse que son jumeau ait préféré m'épier plutôt que de passer du temps avec elle ? Si seulement elle savait qu'il ne m'intéressait pas le moins du monde...

Je ne voulais pas qu'elle se fasse de fausses idées comme Margot dont le « Amuse-toi bien » possédait un double sens. Je secouai la tête en pensant à quel point elle avait tort.

Pendant que je me changeais, je sortis l'ouvrage au sujet des Porteurs du Monde d'en dessous de ma veste d'uniforme et observai sa couverture décolorée avec insistance.

Peut-être que je perdais mon temps ou que je me mettais en danger en creusant cette histoire. Le seul moyen de le découvrir était de lire les chapitres qui s'offraient à moi.

***

« Les Porteurs du monde figurent dans un mythe ancien méconnu.

Autrefois, des créatures différentes des hommes habitaient la planète. Leurs armes étaient liées aux parcelles de terre qu'elles possédaient et leurs humeurs en déterminaient la fertilité. Ils vivaient en paires dont, tous les cent ans, les essences de vie se combinaient afin de former un descendant. Ainsi, ce dernier, en s'alliant à son tour à une nouvelle âme, pouvait récolter de nouvelles terres.

D'après les récits, ces créatures étaient pacifiques et des filets semi-transparents, attachés à leurs omoplates, reliaient leur territoire à leurs corps. C'était comme un cordon ombilical qui les alimentait afin de les garder en vie. L'un ne pouvait pas survivre sans l'autre.

Lors de l'apparition des humains sur Terre, les créatures se rendirent compte que ces derniers étaient dans l'incapacité de les apercevoir et qu'ils détruisaient graduellement ce qu'elles chérissaient le plus au monde. Face à cette nouvelle menace avec laquelle elles ne pouvaient pas communiquer, elles décidèrent de veiller sur la fertilité des leurs territoires respectifs sans s'exposer à leurs ennemis.

Depuis, elles sont connues sous le nom de "Porteurs du monde", puisqu'elles portent le poids et le destin de la planète sur leurs épaules. »

Une sensation étrange me réchauffa la poitrine face à ces mots prononcés par une voix familière dont le ton était doux et bienveillant.

Je me réveillai d'un coup, prise au dépourvu, et remarquai que j'étais allongée sur le livre que je lisais avant de m'endormir. Sur la page que je contemplais, se trouvait la légende qu'on venait de me conter.

Pourtant, lorsque je regardai autour de moi, je découvris avec soulagement que ma chambre était vide. Personne ne se trouvait dans les parages, et ma porte était fermée à clé. Mon subconscient avait créé une illusion afin de me pousser à me remémorer le dernier passage que j'avais lu avant de me faire emporter dans les bras de Morphée.

Le texte décrivait des créatures invisibles semblables à des fantômes. Si j'avais cru au surnaturel, j'aurais été fascinée par leur histoire mais, à mon grand bonheur, j'étais encore assez saine d'esprit pour faire la distinction entre la fiction et la réalité. Même si la fatigue me faisait entendre des voix. Était-ce de ce genre de phénomènes que nous avait parlé Madame Nottun ?

Je me frottai les yeux et attrapai mon portable pour regarder l'heure.

03:00

Était marqué en grand sur l'écran dont la luminosité m'agressa les pupilles. Bien que j'aie oublié d'éteindre la lampe de ma chambre, mes yeux n'étaient pas prêts à être confrontés à de la lumière bleue.

Je me redressai et déverrouillai le téléphone pour regarder mes messages. Depuis mon arrivée, je n'en avais pas reçu un seul. Ni de mes parents ni de mes amies. La tristesse creusait ma poitrine et des larmes me montèrent aux yeux. Au cours de la journée, j'avais été bien trop occupée pour pouvoir me rendre compte de combien le monde extérieur et ma liberté me manquaient.

En consultant les photos de ma galerie, je ne pus m'empêcher de sentir mon cœur se serrer. Je contemplai des selfies qui avaient été pris à mon ancienne université, des photos de mes deux meilleures amies assises à une table de notre café préféré et quelques rares clichés de mes parents. Me retrouver confrontée à ces souvenirs me faisait plus de mal que je ne l'aurais cru.

J'étais si heureuse avant. Pourtant, je savais que les souvenirs avaient toujours l'air plus beaux que la réalité.

« Je savais que tu reviendrais pour trouver des réponses... »
Pourquoi m'as-tu attendue si tu n'allais pas m'en donner ?

Valden savait me taper sur les nerfs comme personne d'autre. Ses mots me hantaient malgré moi. Je me tournai sur le dos et fixai le plafond.

On me mettait en permanence en garde contre quelque chose, mais quoi ? Lors de notre conversation dans la bibliothèque, Regg n'avait pas échappé à la règle. S'étaient-ils tous alliés pour me monter la tête ?

Je soupirai en secouant la tête, avant de me lever pour éteindre la lumière qui m'éclairait depuis que j'avais sombré dans le sommeil. Le réveil sonnerait dans trois heures et tout espoir de repos était en vain, mais je tenterais tout de même de fermer les yeux pour être en forme le jour suivant.

Je replongeai sous mes draps, cette fois-ci dans le noir le plus total, je me dis que ma lecture ne m'avait rien apporté de concret. La légende n'était en rien liée à la Sinistri School.

Les statues à l'entrée, leur citation « portons le monde avec notre savoir » et la réaction de Valden à ce sujet m'avaient intriguée. Néanmoins, il me manquait encore trop d'indices pour que je puisse lier les différents éléments.

Je posai mon crâne sur mon oreiller et m'endormis aussitôt avec, comme dernière image en tête, l'air sévère de mon fiancé. Décidément, ce jeune homme énigmatique me donnait du fil à retordre.

L'obscurité me fit frissonner.

Mon cœur battait contre mes tempes, prêt à exploser. Pourquoi étais-je incapable de voir quoi que ce soit ? Les environs n'étaient rien de plus qu'un abysse.

J'étendis mon bras devant moi dans l'espoir d'y trouver une surface contre laquelle m'appuyer. À ma grande surprise, les statues dédiées aux victimes de la tragédie de 1922 apparurent aussitôt. Elles étaient enveloppées d'une brume noire qui fit naître un profond mal-être en moi.

Des particules scintillaient devant mes yeux et bougeaient de façon si vive qu'elles paraissaient presque vivantes. Elles se rassemblèrent tout à coup pour former une grande silhouette ténébreuse qui m'était étrangement familière.

Une fois la créature complète, je me rendis compte que ses mains et bras étaient constitués d'os. Elle pointa son index sur moi et la brume noire commença aussitôt à foncer dans ma direction. Elle était bien trop rapide et habile pour que je puisse l'éviter !

Je tentai tout de même de reculer, mais mes jambes furent arrêtées par des mains squelettiques qui avaient empoigné mes chevilles et mes mollets.

Un cri d'horreur m'échappa alors que le spectre en face de moi rigolait face à ma frayeur. Le son de sa voix était grave et creux, comme s'il provenait d'une dimension toute autre.

Soudain, un tourbillon de plumes noires se forma devant mes yeux, interceptant la brume qui fonçait droit vers moi. J'observai la masse obscure brûler toutes les plumes qu'elle touchait et sentis la panique s'emparer de moi. Si rien n'avait interféré, j'aurais été sa victime...

J'observai mon ennemi avec les mains tremblantes et le cœur serré. Quel genre de présence démoniaque cela pouvait-il bien être ?

— N'aie pas peur, Aylia Hoff..., me murmura-t-on au creux de mon oreille.

La voix masculine familière me donna la chair de poule.

Je me retournai d'un seul coup, mais ne vis derrière moi rien d'autre que le vide et l'obscurité.

— Ton destin viendra bientôt...

Je me réveillai en sursaut, baignée de sueur. Ma gorge était sèche et mes muscles me faisaient mal tant je les avais contractés au cours de mon rêve.

Ce cauchemar était beaucoup trop réaliste. Il m'avait secouée tout entière. Je me doutais que le cadre énigmatique de la Sinistri School contribuait à l'amplification de mes terreurs nocturnes.

Je me levai et allumai la lumière pour vérifier si quelqu'un se trouvait dans ma chambre. Juste au cas où. Après m'être assurée que l'espace était bel et bien vide, je me rallongeai avec les yeux grands ouverts. La seule chose que je parvins à faire fut attendre que mon réveil sonne.

Le matin, mes nouveaux amis étaient venus me chercher pour faire un tour de l'institut avant le début de nos cours. La nuit agitée m'avait vidée de toute mon énergie, mais je n'avais pas osé refuser leur proposition si aimable.

Ils me montrèrent les salles réservées aux différentes licences et s'obstinèrent à me faire découvrir les jardins. D'après eux, c'était le lieu le plus impressionnant de l'académie entière. Pas que le reste ne l'était pas, au contraire.

Néanmoins, dès qu'on atteignit une partie particulièrement bien aménagée des jardins, je dus leur donner raison. Les chemins pavés étaient bordés de rangées de roses blanches et de lavande. Le violet et le blanc s'emmêlaient à merveille et étaient complétés par des buissons taillés au millimètre près.

Une fontaine en marbre se trouvait au centre et des lanternes, qu'on allumait le soir, guidaient les visiteurs à travers cet endroit du moins… extravagant.

— La meilleure partie est le dédale ! s'exclama Félix avec son habituel enthousiasme.

Il était infatigable ! Moi, j'étais déjà épuisée après avoir passé une poignée de jours dans cette école étrange.

— Un dédale ?

Margot hocha la tête avec un sourire aux lèvres.

— C'est un labyrinthe composé de buissons. Seuls les plus courageux osent s'y aventurer, car il est facile de s'y perdre et… de se faire suspendre parce qu'on a raté les cours, m'expliqua-t-elle avec un sourire en coin aux lèvres.

Valden, qui s'était joint à nous, pouffa face à ses paroles que je devinais être exagérées. J'avais tenté de l'ignorer pendant toute la matinée, trop occupée à écouter les explications de Félix et Margot qui me guidaient à travers l'académie.

L'absence de Sanja m'avait attristée, puisque je souhaitais lui parler de son frère et de nos fiançailles. À mes yeux, il était important qu'elle sache que je n'avais pas l'intention d'épouser son jumeau. En espérant que ces aveux aideraient à réduire la tristesse qui hantait son regard depuis mon arrivée.

— Monsieur Valden se moque alors qu'il n'est encore jamais entré dans le dédale ?

Le principal concerné secoua la tête avec un rire.

— Ce ne sont que des histoires pour effrayer les enfants. Puis, j'ai autre chose à faire que de perdre mon temps dans un labyrinthe.

Une lueur prit place dans le regard de Margot, et je sentis mon cœur se serrer. Son sourire amusé confirma mes pires craintes.

— Alors, je te mets au défi : tu dois sortir au plus vite du dédale et battre le record d'Orpheus !

Valden leva les yeux au ciel face à l'air enfantin de Margot. Cependant, son expression n'avait rien de méchant ou de condescendant, contrairement à celle qu'il arborait en ma compagnie.

Étais-je vraiment si détestable ?

— Très bien, si ça te fait plaisir, céda le jeune homme.

Il savait que Margot aurait insisté jusqu'à ce qu'il acquiesce.

— Et il faut que tu complètes ce challenge avec Aylia ! ajouta la jeune femme d'un air défiant.

Je serrai les dents jusqu'à m'en faire mal.

Pourquoi était-elle si obsédée avec nous ? Je fermai les yeux, baissai la tête et me massai les tempes. Au moins, une chose était certaine : Valden refuserait d'explorer le dédale avec moi. Il ne se rabaisserait jamais à s'allier à moi pour une demande aussi ridicule.

— Défi accepté !

Je me tournai vers lui d'un seul coup et le fusillai du regard.

Quoi !?

Il haussa les épaules, avant de me prendre par la main et de me traîner jusqu'à l'entrée du labyrinthe composé de buissons. Les murs étaient si hauts qu'on ne pouvait pas voir du tout ce qu'il se passait à l'intérieur de la structure.

Quel calvaire !

Valden serra ma main dans la sienne avec fermeté, comme pour empêcher que je tente de m'enfuir.

— N'oublie pas qu'ils pensent que nous sommes amis, me chuchota-t-il de sa voix grave.

— Un ami me témoignerait un minimum de respect, grommelai-je en serrant les poings.

Il se pencha vers moi, jusqu'à se trouver bien trop proche.

— Heureux hasard que nous ne sommes que des fiancés et pas des amis.

Je sentais sa haine couler de chacune des syllabes qu'il prononçait. Il me détestait, il n'y avait pas le moindre doute possible.

Tout à coup, sans le moindre avertissement, il me traîna derrière lui dans le dédale, et je ne pus qu'imaginer l'air triomphant qui figurait sur le visage de Margot. Si seulement elle savait…

***

Valden faisait partie de l'équipe d'athlétisme de l'école et cela se ressentait dans son allure soutenue. Il me l'imposait depuis bientôt vingt minutes, mais nous n'avions toujours pas atteint la sortie du labyrinthe.

J'aurais pu partir de mon côté pour ne pas avoir à endurer sa présence, j'y avais même réfléchi plusieurs fois. Néanmoins, ce serait contreproductif, puisqu'il était bien plus motivé que moi pour trouver la sortie. Alors je le suivais du mieux que je le pouvais. Au moins, notre immense envie de ne pas nous retrouver coincés ensemble nous rendait efficaces.

Les buissons autour de nous étaient épais et hauts, semblables à des murs impénétrables. Aucune tricherie n'était possible.

— Ça te dérangerait d'être utile pour une fois ?

Je levai les yeux au ciel lorsque j'entendis les reproches de Valden. Il était tellement plus charmant lorsqu'il était silencieux !

Je m'arrêtai net et croisai les bras.

— Ça te tuerait d'être plus agréable ?

Il m'attrapa par le bras, prêt à me traîner derrière lui une fois de plus. Sauf que, cette fois-ci, je résistai.

— Avance, je n'ai pas le temps pour tes conneries, Hoff.

Je me libérai de sa poigne, fatiguée de devoir endurer ses reproches.

— Tu crois que, moi, j'en ai ? Je n'ai pas choisi de participer à cette activité inutile. À vrai dire, tu ne m'as pas laissé le choix. Si tu n'avais pas envie de traîner avec moi, tu n'avais qu'à refuser le défi de Margot !

Je savais que j'étais toute rouge, que je venais d'élever la voix contre quelqu'un de plus grand et fort que moi, mais je n'en pouvais plus d'être traitée comme une moins que rien. Et je n'avais pas encore terminé ma tirade :

— Tu crois vraiment que quiconque souhaite être ta fiancée ? Tu es insupportable, et je n'ai aucune envie d'être ta femme. Cet arrangement me dérange autant qu'il t'agace. Tu aurais pu avoir cette information si tu avais pris le temps de me parler de façon civilisée au lieu de me traiter telle une ordure.

J'avais encore tant d'insultes à lui balancer. Cependant, je devais faire de mon mieux pour ne pas me rabaisser à son niveau.

— Je plains ta future fiancée, parce que si tout se déroule comme je le prévois, je ne le serai plus dans quelques semaines.

L'espace d'un instant, il parut choqué de mes révélations. Il était sûrement scandalisé d'apprendre qu'il existait une fille qui n'était pas intéressée par lui.

Son expression surprise ne tarda pas à s'évanouir pour laisser place au masque insensible et hautain que je connaissais si bien.

— C'est quoi ton problème ?

Il secoua la tête avec désapprobation.

Je fronçai les sourcils face à cette réaction inattendue. Il ne s'énervait pas ? Ne s'excusait pas ? Au lieu de cela il... se comportait comme un enfant ?

Je clignai des yeux en silence, incrédule.

— Sortons d'ici, je n'ai pas toute la journée à te consacrer, Hoff.

Il se détourna de moi sans attendre que je le suive, comme si rien ne s'était passé.

Est-ce que mon monologue avait eu lieu dans ma tête ? Devenais-je folle ?

En un rien de temps, Valden avait disparu dans la végétation.

Je ne le suivis pas.

Lorsque je réussis enfin à sortir seule, saine et sauve du dédale, Valden avait déjà disparu. Margot, Félix et Sanja m'attendaient à la sortie et Orpheus nous rejoignit sur le chemin.

Personne n'avait évoqué le fait que mon fiancé m'avait abandonnée au beau milieu d'un labyrinthe et l'enthousiasme de Margot quant à notre possible rapprochement romantique s'était tu.

Lorsque Valden se manifesta devant notre salle de cours, je l'ignorai avec la tête haute. À mon grand bonheur, il paraissait s'être calmé après mes aveux. Il paraissait avoir compris le message. Moins on interagissait à partir de maintenant, mieux ce serait.

Les enseignements du matin m'avaient permis de réfléchir à une façon de parler de la situation à sa sœur jumelle. Même si son frère me détestait, je souhaitais au moins faire l'effort d'être honnête avec Sanja.

Le midi, je décidai de passer à l'action, car le repas se déroulait de façon plutôt calme... et que Valden ne se trouvait plus dans les parages.

Felix jouait avec sa nourriture dans le but d'énerver Orpheus et, visiblement, son plan fonctionnait, vu que ce dernier lui donnait des coups de coude dans l'espoir qu'il cesse. Margot, elle, se retint de rire et rajouta une couche en intervenant de temps à autre. Leur bonne humeur avait réussi à chasser ma fatigue et ma frustration.

Cependant, toute mon attention n'était focalisée que sur une personne.

– Sanja ?

La jeune femme aux origines asiatiques avait le regard perdu dans le vide. Lorsqu'elle comprit que j'essayais de lui parler, elle m'adressa un sourire mélancolique, avant de se concentrer sur ce que j'avais à lui dire.

– Est-ce que tu vas bien ? Tu as l'air triste, et si ça a quelque chose à voir avec ton frère et moi, sache que...

– Oh non, les occupations de Valden ne me concernent pas, me coupa-t-elle avec lassitude.

Elle n'avait pas répondu à ma question initiale au sujet de ses problèmes. Que nous cachait-elle ?

Peu à peu, elle posa sa main sur mon bras pour tenter de me rassurer. Elle souhaitait paraître bienveillante, même si j'avais du mal à y croire. Quelque chose d'obscur brillait au fond de son regard, quelque chose de dangereux. J'ignorai le mauvais pressentiment qui compressa ma poitrine. Elle avait cette même aura à glacer le sang que son jumeau.

– Tant mieux, car il ne m'intéresse pas du tout, articulai-je plus fort que je ne l'aurais dû.

Maintenant que j'avais mis ça au clair, il ne devrait plus y avoir de malentendus au sein du groupe. J'aurais aimé observer la réaction de Margot, mais m'en retins.

– Tu n'as pas à te justifier, Aylia. Vous êtes tous les deux des adultes responsables.

J'étais consciente qu'on ne se connaissait pas plus que cela, mais elle n'avait pas l'air d'être dans son état normal. Pas celui que j'avais connu jusque-là, en tout cas. Elle paraissait mélancolique, dans la lune.

– Merci, j'avais peur que la situation ne soit mal interprétée, clarifiai-je avec un rire nerveux.

Il fallait que je fasse enfin comprendre à tous que Valden était le dernier être qui m'intéressait à la Sinistri School.

– Mouais, il faut être aveugle pour ne pas voir votre attirance. Vous vous chuchotez toujours des petits mots doux lorsque vous n'êtes que tous les deux, intervint Margot avec un clin d'œil.

Elle paraissait déjà s'imaginer toute une histoire d'amour entre moi et le jeune homme et j'en aurais été ravie si je n'avais pas connu le caractère... détestable, de ce dernier.

Il était évident qu'elle n'avait jamais entendu le contenu de nos conversations qu'elle pensait être romantiques.

– Margot, nous nous connaissons à peine, ne te fais pas d'idées, lui répondis-je, les yeux levés au ciel.

La jeune femme haussa les épaules et se concentra de nouveau sur les bêtises de Felix et d'Orpheus afin de cacher sa déception. Je savais qu'elle ne me lâcherait pas jusqu'à ce que ses scénarios imaginaires ne deviennent réalité. Cependant, elle pouvait encore longtemps attendre un tel miracle. J'avais d'autres chats à fouetter !

— Sanja, est-ce que les agressions te préoccupent ? demandai-je aussi franchement que possible.

Inutile de tourner autour du pot.

« Reste trop longtemps au-dessus du pot de miel et tu finiras avec une cuillère vide » m'avait si souvent répété ma mère, afin de me pousser à me lancer dans l'inconnu de temps à autre.

— Un peu, on ne se sent jamais vraiment en sécurité ici, avoua mon interlocutrice.

Elle laissa glisser ses doigts de mon bras et se leva en saisissant son plateau vide. Le repas, constitué d'une salade, d'un taboulé oriental bien garni et d'une mousse au chocolat, lui avait plu. Quant à moi, je n'en avais même pas encore avalé la moitié.

— Je vous retrouve cet après-midi, j'ai quelques petites choses à faire, nous annonça-t-elle avec hâte.

En quelques mouvements, elle s'éclipsa sans que j'aie obtenu la réponse que je convoitais. Confuse, je la suivis du regard jusqu'à ce qu'elle disparaisse au sein de la masse d'étudiants de la cafétéria.

— Ne le prends pas mal, me rassura Felix.

Il avait cessé d'embêter Orpheus et s'était penché vers moi. Le sérieux dans ses yeux me surprit.

— Elle a des problèmes familiaux, mais refuse d'en parler, poursuivit-il.

Orpheus jouait avec sa fourchette et évitait mon regard.

— Lors de notre rencontre, nous avons compris que sa famille possède le plus vaste empire financier de nous tous. Le poids qui pèse sur les épaules de Sanja et de Valden est immense.

Margot expira et secoua la tête.

– Une fratrie maudite, effrayant, n'est-ce pas ?

Felix agita ses mains comme s'il racontait un récit d'horreur. Des jumeaux riches scolarisés dans une université élitiste ? Il y avait en effet de quoi nourrir les esprits les plus inventifs.

– Des rumeurs disent qu'ils sont les descendants d'une immense fortune japonaise, mais Sanja ne parle jamais de sa famille.

Oui, le clan des Kazoku détient la richesse de tout un continent, confirmai-je par la pensée.

Mes parents m'en avaient assez parlé pour que je connaisse l'héritage de mon fiancé. Au Japon, il était perçu comme un prince, puisque sa lignée possédait une fortune plus grande que la royauté elle-même.

Au vu de leurs statuts extraordinaires, Sanja et Valden ne devaient pas vivre des existences faciles. En y réfléchissant, il était normal que mon fiancé ne me fasse pas confiance. On avait à coup sûr essayé de l'influencer et le contrôler toute sa vie. Avais-je été trop dure avec lui ?

— Donc, au final, vous ne savez rien de concret d'elle ? demandai-je, surprise.

Moi qui pensais qu'ils se connaissaient si bien…

– On préfère ne pas s'attarder sur le passé des autres. Après tout, nous avons tous un passé, et on a intégré cette école pour échapper à nos démons.

Silence.

Plus cette histoire progressait, plus Sanja m'intriguait. Elle semblait cacher un secret qui ne demandait qu'à être découvert et, bien que je sache que ce n'étaient pas mes affaires, j'avais envie de l'aider si elle me le permettait.

Puis, une pensée troublante traversa mon esprit : et si elle était connectée aux agressions ?

Peut-être qu'elle paraissait si préoccupée, car elle en savait plus au sujet de l'agresseur que nous ? Était-elle rongée par le regret de ne pas pouvoir nous en dire plus ? Ou peut-être que son propre frère jumeau était le coupable et qu'elle ne souhaitait pas le dénoncer ?

À cette idée, je me rendis compte que les éléments que je venais d'énumérer pouvaient potentiellement s'emboîter. Cela expliquerait pourquoi Valden s'obstinait à m'effrayer pour éviter que je ne creuse l'affaire des agressions. De plus, il s'était éclipsé de la salle de classe juste avant qu'on entende la dernière victime crier dans les couloirs.

Je me sentis bête de ne pas y avoir pensé plus tôt, même si je ne pouvais pas encore affirmer quoi que ce soit de concret. Il n'y avait qu'une façon de confirmer mes doutes : me confronter à la personne en question.

Néanmoins, je n'osai pas demander à mes nouveaux amis s'ils savaient où Valden se trouvait à cette heure-ci. Cela ne créerait qu'encore plus de rumeurs à notre sujet.

Tant pis, je m'en occuperais plus tard. Après tout, mon interrogatoire improvisé n'était pas bien urgent.

Ce midi-là, ce fut la première fois que les lumières rouges et bleues des véhicules de police éclairèrent l'entrée de la Sinistri School, mais ce ne serait pas la dernière.

Une plaie au niveau de la gorge avait été fatale à la jeune étudiante blonde qui venait d'être assassinée. D'autres blessures, plus superficielles, ornaient son corps sans vie qui était allongé sur la pierre froide du couloir. La pauvre fille s'était battue avec son agresseur et s'était étouffée dans son propre sang. Cette idée me pétrifia.

— C'est vraiment arrivé..., murmurai-je avec les yeux rivés sur la scène.

Quelques agents de police et employés demandaient à la foule d'étudiants de reculer afin qu'ils puissent délimiter la scène de crime. Puis, les officiers passèrent en revue cette dernière afin de récolter tous les indices que le tueur avait laissés derrière lui. Ils prenaient des clichés de tout ce qu'ils jugeaient être suspect.

Perdue dans mes pensées, je ne pouvais pas m'empêcher de penser que les éléments ne s'emboîtaient pas. L'agresseur n'était jamais passé à l'acte jusque-là, alors pourquoi changerait-il de stratégie à présent ? Peut-être que le coupable n'avait pas eu pour intention d'achever sa victime ? Peut-être que ceci n'avait été qu'un accident ? Un bien cruel et malheureux concours de circonstances ?

Une multitude de théories s'emmêlèrent dans mon esprit brouillé, mais la réalité me faisait à chaque fois perdre tous mes sens : quelqu'un venait d'être tué.

— Aylia ?

Valden se tenait à mes côtés et surveillait le moindre de mes faits et gestes, comme pour éviter que je ne fasse une bêtise. Il était vrai qu'on aurait pu croire que j'allais me jeter sur le cadavre tant je le fixais avec insistance.

Les cours avaient été annulés pour la journée et la plupart des étudiants s'étaient enfermés dans leurs chambres par peur d'être la prochaine cible du tueur.

— Qu'est-ce que tu veux, Valden ? lui répondis-je sans quitter le corps immobile de la jeune femme blonde du regard.

Deux hommes masqués ne tardèrent pas à poser une couverture blanche sur la dépouille afin de la cacher des yeux du public. Une fois à la morgue, elle serait étudiée plus en détail. Scruter les morts était une pratique qui ne m'avait jamais dégoûtée ou effrayée le moins du monde. C'était même plutôt intéressant.

Du coin de l'œil, je vis la directrice parler aux enquêteurs. Ses cheveux frisés partaient dans tous les sens et elle esquissait de grands mouvements de main. Elle était insatisfaite de la situation actuelle et il y avait de quoi. Son établissement était le théâtre d'un spectacle macabre auquel personne n'aurait jamais cru devoir assister.

— J'ai quelque chose à te proposer.

La voix grave de Valden me sortit de mes pensées et ses mots m'intriguèrent. De quoi pouvait-il bien s'agir ? Je croisai les bras et lui fis face sans cacher ma curiosité naissante.

Pour une fois, son air condescendant avait disparu de son visage.

— Je t'écoute.

— Pas ici, c'est un sujet confidentiel.

J'avais tant envie de lui dire que je n'étais pas intéressée, sans pour autant pouvoir me le permettre maintenant que les probabilités qu'il me dévoile des informations importantes étaient si élevées. Les langues se délient en temps de crise.

J'acquiesçai avec réticence et le suivis en direction de la bibliothèque universitaire, qui était devenue notre point de rendez-vous malgré nous. Je savais que je prenais un grand risque en faisant confiance à ce jeune homme que je connaissais si peu, mais j'étais incapable de tourner le dos aux inquiétants événements qui se produisaient ici. Était-il enfin décidé à m'aider ? Étais-je préparée à encaisser les révélations à venir ? Mes mains tremblaient d'appréhension.

Dès que j'arrivai à destination, mon guide s'engagea entre les nombreux meubles qui comportaient des livres et s'arrêta à l'endroit précis où il avait confronté Regg.

— Il est temps de te confier quelques vérités.

— Laisse-moi deviner : tu en possèdes ?

Je croisai les bras et arquai un sourcil. Il serait enclin à les partager avec moi comme ça ? Sans contrepartie ? J'étais trop futée pour croire à ces bêtises.

— En effet.

Un silence envahit la pièce alors qu'il se tournait vers moi en soupirant.

— J'aimerais qu'on travaille ensemble pour résoudre le meurtre, Hoff.

Son annonce eut l'effet d'une bombe. J'hésitai à rigoler face à ce revirement de situation improbable. Se moquait-il de moi ?

Je lui adressai un regard interrogateur. Il m'en fallait plus que cela s'il voulait que je lui fasse confiance. Pourquoi souhaitait-il d'un seul coup que nous coopérions ? À moins qu'il ne désire me mettre sur la mauvaise piste, car il était bel et bien le tueur ?

Garder ses ennemis plus proches que ses amis.

Était-ce sa stratégie ?

— Qu'est-ce qui te dit que je souhaite travailler avec toi ?

— Tu as besoin de moi, des informations que je détiens au sujet de cet institut et de ses résidents.

Il avait raison et il le savait. Son sourire en coin en attestait. Cependant, je restai silencieuse, perdue dans mes pensées. Avais-je vraiment un autre choix que d'accepter ? Notre petit pacte me permettrait de garder mon suspect numéro un à l'œil… mais à quel prix ?

— Crois-moi, cette collaboration me ravit aussi peu que toi, ajouta Valden de son habituel air condescendant.

— Alors, pourquoi venir vers moi ?

Il se massa les tempes, agacé par ma question.

— C'est simple : tu es la seule qui es assez bête pour te poser les bonnes questions par ici. Puis, depuis ton arrivée, tu m'as prouvé que tu pourrais être une alliée de taille.

Est-ce qu'il venait de m'insulter ? Ou de me complimenter ? Avec lui, chaque intention demeurait un mystère.

— Depuis le début des présumées attaques, il y a quelques semaines de cela, je n'ai pas cessé d'essayer de trouver un sens aux phénomènes étranges qui se produisent entre les murs de cette école. À chaque fois que je pensais tenir une bonne hypothèse, elle m'emmenait sur une mauvaise piste.

Il marqua une pause lourde de sens et me fixa avec une intensité dont seul lui était capable. Pour la première fois, je voyais dans ses yeux autre chose que de la haine.

— Ça me fait mal de devoir l'avouer... j'ai besoin de ton aide, Hoff. Le meurtre a tout changé.

— Parce que je suis la seule folle qui remet en question quoi que ce soit dans cet institut ? lui demandai-je d'un air espiègle.

Il secoua la tête, et je crus voir apparaître un sourire sincère sur ses lèvres, sans pour autant en être certaine.

— Parce que je nécessite un point de vue extérieur et objectif. Tu n'es pas prête à détourner le regard des crimes qui se produisent ici et, je dois l'avouer, tu es intelligente et vive d'esprit. Une adversaire redoutable...

— ...ou une alliée de taille, complétai-je en réfléchissant à sa proposition.

Notre petite rivalité avait animé mes jours à la Sinistri School, mais c'était avant qu'un meurtre n'ait lieu. Ma priorité était d'élucider cette affaire, et Valden pouvait m'y aider. Il connaissait cet endroit mieux que moi, cependant notre collaboration ne signifiait pas que je lui faisais confiance pour autant.

Peu importe combien de fois je me forçais à m'éloigner du mystère, il semblait toujours me rattraper.

— Je dois avouer que je me suis intéressé à ton profil dès que je t'ai aperçue devant les colonnes de l'entrée. Le commun des élèves ne s'arrête pas pour observer les statues ou pour lire la plaque suspendue au-dessus de la porte.

Ma curiosité m'avait démarquée des autres ; était-ce positif ou négatif ? Sortir du lot finirait par m'attirer des problèmes.

— Donc tu m'observes depuis mon arrivée ?

Mes doutes et appréhensions se confirmèrent.

— Je me rendais à un entraînement de l'équipe de course. Nous nous retrouvons toujours devant l'entrée avant de commencer, m'expliqua-t-il aussitôt.

Il paraissait réellement passionné par la course à pied. Je tâcherais de m'en souvenir par la suite. Que ce soit pour m'en servir pour ou contre lui.

— Et il était temps que je découvre celle qui m'a été promise, que je le veuille ou non. Au moins, notre souhait de ne pas se marier est quelque chose que nous avons en commun.

Je hochai la tête, heureuse qu'il ait enfin compris cela.

— Qu'attends-tu de moi, Valden ?

« Tu ferais mieux de te méfier de ceux qui t'entourent. »

Les mots inquiétants de Regg tournaient toujours dans mon esprit. Il m'avait avertie d'un danger dont j'ignorais tout. Au vu des récents événements, les menaces fatales se cachaient dans les moindres recoins de l'école. Je ne pouvais donc faire confiance à personne, ni même à mes amis. Surtout pas à Valden.

Il m'avait observée à mon insu, et notre premier contact visuel dans les couloirs des dortoirs n'avait pas été un hasard. Il m'avait repérée dès que j'avais mis les pieds sur cette propriété. Que savait-il d'autre à mon sujet ?

Notre collaboration ne serait en aucun cas synonyme de confiance.

— J'ai besoin de ton œil affûté pour chercher des indices dans les ouvrages que j'ai sélectionnés au sujet des Porteurs du Monde. Si je m'y mets tout seul, je n'en verrai jamais le bout.

La paix soudaine qu'il me proposait ne pouvait pas être gratuite. « Les autres ne se souviennent de notre existence que lorsqu'ils voient en nous une opportunité. » Les dires de mes parents avaient leur part de vérité.

Néanmoins, Valden ne me demandait pas beaucoup. Pas encore. Alors, je me laissai tenter par sa proposition.

— Donc tu crois que les attaques ont un rapport avec les Porteurs du Monde ? Ce ne sont que des légendes, non ? Je pense que la possibilité que ceci soit un jeu malsain, qui a tourné au drame, pour commémorer la nuit du quinze octobre 1922 est une possibilité. Après tout, la victime était sacrément amochée, ce qui me pousse à croire que ce meurtre n'était pas intentionnel.

J'entrais dans le vif du sujet. Après tout, nous étions là pour cela. Nous n'avions pas de temps à perdre.

Après un court silence, il partagea son avis d'un air calme :

— C'est une théorie plausible, mais il faudrait vraiment avoir l'esprit tordu pour reproduire cette tragédie. Et encore plus pour en faire un jeu…

Il m'observa d'un air pensif, aussi dégoûté qu'intrigué par l'idée que je proposais. Venait-il d'insinuer que j'avais l'esprit tordu ?

Il passa une main dans sa chevelure noire et se gratta la nuque, avant de poursuivre :

— Il est vrai que je connais quelques individus capables d'un tel manque de logique.

— On est deux, affirmai-je observant les nombreux livres présents dans la bibliothèque.

Il y en avait tant... À cause de ma matinée chargée, *Les Porteurs du Monde* se trouvait toujours dans ma chambre. Je l'avais caché en dessous de mon lit dans l'espoir que personne ne le trouve.

— Nous allons devoir amasser plus de preuves avant de pouvoir déduire quoi que ce soit, conclut Valden.

J'étais étonnée par ses raisonnements matures et acquiesçai d'un hochement de tête.

Notre alliance temporaire nous permettrait de dégoter des informations importantes tant que nous avions le même but en tête : trouver le tueur. Je savais que rien n'était écrit dans la pierre et que les alliances pouvaient changer au fil du temps. Rester sur mes gardes était donc une priorité.

Tout ce qu'il nous restait à faire était de mettre en commun nos connaissances, nos théories et nos soupçons.

– Dis-moi, par où veux-tu commencer, Valden ?

Cela faisait bientôt une heure que Valden m'expliquait chacune des pistes peu concluantes qu'il avait explorées au cours de son enquête. En une poignée de semaines, il avait réussi à récolter une quantité terrifiante d'informations au sujet des habitants de la Sinistri School. Il avait dédié quelques lignes à quasiment chaque étudiant qu'il avait rencontré. Âge, études, passions, tout ce qu'on lui avait raconté se trouvait dans un petit carnet qu'il gardait en permanence sur lui.

Je savais que je n'échappais pas à la règle, mais n'eus pas le courage de chercher mon nom parmi les centaines qui avaient été écrits sur les pages. Je savais déjà que ce qu'il pensait de moi était péjoratif.

— Tu as des suspects en tête ? lui demandai-je pour accélérer les choses.

On avait passé bien trop de temps sur des détails inutiles qui n'avaient mené qu'à des impasses. Je n'avais pas pour ambition de passer tout mon temps libre en sa compagnie.

– Deux ou trois, rien de concret. Ils semblent toujours avoir des alibis fiables.

Je grimaçai. Qui était vraiment fiable ici ? Ces agressions pouvaient bien être organisées en groupes dont les membres se couvraient les uns et les autres. Ce serait même plutôt intelligent comme organisation.

– Et des indices au sujet des caractéristiques physiques de l'assassin ?

Était-il vraiment possible que personne ne l'ait aperçu alors qu'il était passé à l'acte tant de fois ?

– Le responsable des agressions se servait d'une lame tranchante pour intimider ses victimes, est de taille moyenne et disparaît avant que quiconque ne puisse l'attraper. Une chose est certaine : il couvre bien ses traces.

— Les seuls témoins dont nous disposons sont les victimes des agressions et aucun d'entre eux n'a aperçu le visage du coupable ?

Valden hocha la tête en soupirant.

— Je les ai tous interrogés, et pas un seul ne possédait la moindre information utile. Peu importe l'identité du tueur, il est extrêmement habile... et bien préparé.

Le désespoir était perceptible dans sa voix grave qui était, je devais l'avouer, agréable à écouter. Vous connaissez ces timbres qui semblent vous plonger dans un état second et vous détendre ? Voilà l'effet qu'il me procurait.

– Ou elle.

Il me jeta un regard interrogateur.

— « Il » pourrait très bien être une « elle », expliquai-je.

Pas toutes les femmes étaient des créatures douces et innocentes. Lexie en était le parfait exemple...

– Seulement si on trouve une « elle » assez forte pour immobiliser un membre de l'équipe de basket, me répondit Valden d'un air dubitatif.

Il parlait de la troisième victime des agressions : Jace. Le jeune homme sportif et musclé s'était fait attaquer en pleine journée après son cours de basket. Il s'en était sorti avec une plaie au niveau de l'épaule et avait juré que le coupable l'avait immobilisé sans la moindre difficulté. L'intégralité de son témoignage figurait dans le carnet de mon interlocuteur.

– Je sais que ce n'est pas ta théorie préférée, Valden, mais si ce n'était qu'une mascarade qui a tourné au drame ? Une bande d'amis pourrait trouver ça drôle d'inventer une menace afin d'effrayer leurs camarades. Sauf que ça ne s'est pas tout à fait passé comme prévu.

L'espoir que tout ceci ne soit parti que d'une mauvaise blague hantait mes pensées. Après tout, ce ne serait pas la première fois qu'un challenge absurde finissait mal.

– Gardons cette possibilité dans un coin de notre tête. Toutefois, le fait que les victimes n'aient rien en commun et que certaines aient été en état de choc après avoir vécu l'attaque me chiffonne. Ce serait sacrément malsain de continuer à nous confiner dans la terreur. Puis, un jeu ne pousserait pas à commettre un meurtre.

Il se tut, pensif, comme pour prêter hommage à la victime de la tragédie.

Personne n'avait eu des informations utiles à apporter à l'enquête, donc qu'est-ce qui nous disait qu'ils ne jouaient pas juste le jeu pour répandre des rumeurs terrifiantes ? Néanmoins, le meurtre ne collait pas à ce raisonnement.

Que se tramait-il par ici ?

— Mon instinct me dit que ceci a bel et bien un rapport avec les événements de 1922, tout autant qu'avec les Porteurs du Monde. Tout est lié, tenta-t-il de me convaincre.

Il se gratta le menton et referma le livre qu'il consultait et dont la lecture ne lui avait rien appris de nouveau. Puis, il expira et s'affala sur sa chaise. Il était à court de pistes. C'était la première fois que je le voyais aussi désemparé.

— Tu penses que ce n'était pas un simple incendie ?

— Je sais que ce n'était pas un simple incendie. Cette histoire est plus complexe qu'on nous le fait croire.

Il avait l'air si sérieux qu'il me mit mal à l'aise. Est-ce qu'il croyait aux complots qu'on m'avait racontés à mon arrivée ? Cette réflexion me donna des sueurs froides.

— Les seuls documents dont nous disposons sont des articles de presse de 1922 qui relatent tous la même histoire. Leur homogénéité est assez pour nous faire douter de leur véridicité. C'est comme si quelqu'un leur avait fourni une trame à respecter.

Il sortit les bouts de papier de son petit carnet et les déplia.

« *Tragédie à la Sinistri School.* »

« *Le feu a frappé une école d'élite.* »

« *Le brasier du drame : cinq vies perdues.* »

Tous les titres étaient en effet similaires, mais pas pour autant qu'ils étaient faux. Cependant, cela me paraissait tout aussi plausible que la Sinistri School veuille contrôler la circulation des informations.

— Le plus étrange dans cette histoire est que ce sont les seuls documents que j'ai pu trouver. Aucun autre dossier n'est disponible et les plans de la Sinistri School de 1922 ont disparu. Il m'était même impossible de trouver quoi que ce soit au sujet des membres de la direction de l'époque.

— Comme si on avait souhaité effacer toute trace du drame, murmurai-je.

Valden hocha la tête et remit les articles de presse dans son carnet.

— Encore une piste qui ne mène à rien, se résigna-t-il.

Je me massai les tempes, incapable de me concentrer correctement.

— Arrêtons-nous en là pour aujourd'hui, lui dis-je avant de me frotter les yeux.

J'ignorais quelle heure il était ou combien de temps nous avions passé dans la bibliothèque universitaire, mais j'étais épuisée.

— Tu abandonnes aussi vite, Hoff ? s'étonna-t-il.

Je fronçai les sourcils face à sa question.

— Arrête de m'appeler comme ça.

— Et que feras-tu si je n'obéis pas ?

Il s'était penché vers moi et me scrutait. Son parfum envoûtant se fraya un chemin jusqu'à mes narines et ma tête se mit à tourner. Son regard obscur et intense ne lâchait pas le mien et son sourire en coin était bien trop frustrant. L'espace d'un instant, j'eus envie de passer ma main dans ses cheveux en bataille.

Pourquoi de telles pensées traversaient-elles mon esprit ? Je devais vraiment être épuisée...

— Je vais voir si je trouve le temps entre mes cours pour poursuivre nos recherches.

Ce fut la seule phrase cohérente que je parvins à faire sortir de ma bouche.

Je ne pouvais pas lui laisser remarquer les émotions contradictoires qui traversaient mon esprit.

— Ça me va, Madame la bosseuse. S'il le faut, je viendrai te voir pour te rappeler mon existence, ricana-t-il.

Il faisait semblant de blaguer, même si je savais qu'il était sérieux. Il ne me lâcherait pas tant que nous n'aurions pas trouvé les réponses à nos questions.

Dans quoi m'étais-je encore embarquée ?

— On verra si tu réussis à me trouver.

Je lui souris d'un air espiègle et fermai l'ouvrage que je tenais. De la poussière flotta dans l'air, comme pour combler le vide entre lui et moi.

Entre les nombreux détails que Valden avait été impatient de me raconter, j'avais à peine eu le temps de lui poser des questions au sujet des Porteurs du Monde.

— Il faudrait que j'y aille si je veux être en forme demain, conclus-je en me levant.

Il m'imita et j'aurais juré pouvoir sentir sa main effleurer mon bras, chose qui était impossible, puisqu'il s'était reculé et se trouvait à presque un mètre de moi. Je secouai la tête, certaine que la fatigue me jouait des tours.

— Se reposer pour échapper au tueur n'est pas une mauvaise idée, acquiesça Valden, tandis qu'il me suivit jusqu'à la sortie.

Je jetai des coups d'œil furtifs autour de nous. Même si la pièce était vide en apparence, un curieux pouvait se cacher entre les nombreux meubles remplis d'ouvrages. Après tout, je n'avais pas aperçu Valden lorsque je m'étais retrouvée confrontée à Regg. Si quiconque nous observait, je n'en remarquai rien.

Je retins ma respiration au cours de ma traversée de l'immense porte à battants du lieu. Cette bibliothèque avait quelque chose d'un lieu magique qu'on ne trouvait que dans les livres.

— Oh et, Aylia..., m'interpella soudain mon allié temporaire lorsqu'on se fit face dans le couloir.

Il parut à court de mots l'espace d'un instant, comme si ce qu'il avait souhaité me dire s'était effacé de sa mémoire. Le silence me permit d'assimiler qu'il venait d'utiliser mon prénom pour la première fois.

— Prends soin de toi, me dit-il enfin, avant de me tourner le dos.

Suite à son départ, j'étais heureuse de retrouver un semblant de calme, bien que rentrer seule avec un tueur dans les parages ne soit pas optimal.

Les corridors obscurs étaient effrayants, mais je ne possédais pas le luxe d'hésiter. Alors, je pris mon courage à deux mains et me mis à courir en direction de ma destination.

Debout dans ma chambre, je ne pus m'empêcher de réfléchir à ma collaboration improbable avec Valden. J'avais posé le livre *Les Porteurs du Monde* sur mon lit et avais fermé ma porte à clé après avoir vérifié que personne ne se trouvait dans mon espace personnel. Derrière la porte, en dessous du lit et dans l'armoire, j'avais regardé partout.

Une fois que je m'étais assurée être seule et en sécurité, je sentis du soulagement m'envahir. Je m'apprêtais à m'asseoir sur mes draps lorsque, soudain, un étrange phénomène me prit de court.

— Aylia..., me murmura une voix grave.

Je sursautai, les bras couverts de frissons et restai immobile avec les dents et les poings serrés. Était-ce mon imagination ?

— Aylia…

Mon cœur tambourinait à toute vitesse dans ma poitrine. Après un long silence, je décidai de m'avancer en direction de la salle de bain dont la voix provenait. J'avais pourtant vérifié que personne ne s'y cachait...

La porte se ferma derrière moi aussitôt que je fus entrée, et je découvris un visage dans le miroir brillant de l'espace. L'inconnu me fixait comme s'il attendait quelque chose, comme s'il voulait que je m'approche. Cette pensée me donna la chair de poule et me coupa le souffle.

Un nouveau rêve ?

Non. Mes sens m'indiquaient que ceci était réel et mon instinct me criait de m'enfuir aussi rapidement que possible.

Je voulus reculer de toutes mes forces, mais mes jambes avancèrent malgré moi. C'était comme si je ne contrôlais plus mon propre corps.

Que se passait-il ?

— Approche, ma chère… Je t'attendais…

Comment était-ce possible ?

Sa voix n'était rien de plus qu'un chuchotement et ses yeux entièrement blancs me fixaient. Le reste de ses traits étaient indistincts, comme recouverts d'un voile d'obscurité.

— Qui êtes-vous ? Comment me connaissez-vous ? Que faites-vous ici ? le questionnai-je en rassemblant tout mon courage.

Si mon corps n'avait pas été contrôlé par une force extérieure, il aurait à coup sûr tremblé de frayeur.

— Je suis celui que tu cherches, Aylia Hoff.

La vérité me frappa enfin. Était-il le tueur ? Comment se pouvait-il qu'il se trouve dans mon miroir ? Était-il surnaturel ? Mon cœur se serra à cette idée et une boule se forma au creux de mon ventre. Comment pourrais-je affronter une entité qui n'était pas humaine ?

Non. Le surnaturel n'existe pas ! Il faut que je cesse de croire à de telles bêtises.

J'aurais aimé lui crier toutes les questions qui me hantaient, mais en fus empêchée par la puissance qui me contrôlait. Le tueur se trouvait dans mon esprit, j'étais son pantin.

— Que me voulez-vous ? demandai-je finalement d'une voix neutre qui ne me ressemblait pas.

Mon cœur s'emballait de plus en plus dans ma poitrine et tambourinait à un rythme effréné contre mes tempes.

La créature leva peu à peu son index squelettique vers moi.

— Ce sera bientôt à ton tour, Aylia Hoff.

L'air me manqua.

Je sentis une larme couler sur ma joue et de la bile remonter le long de mon œsophage. Je n'étais ni plus ni moins qu'une proie prise au piège.

— Notre rencontre ne saurait tarder.

Non ! Aidez-moi !

Mes cris restèrent coincés dans ma gorge.

Quelques instants plus tard, l'inconnu avait disparu du miroir, me laissant seule avec mes frayeurs. Serais-je la prochaine à mourir ? À bout de souffle, je m'effondrai par terre, absorbée par l'obscurité.

Tout à coup, je me réveillai et me redressai d'un coup sec. Je touchai mes joues mouillées de larmes avec mes mains tremblantes et tentai de calmer ma respiration.

Un rêve ? Tout avait paru si réel !

Cesse tes bêtises, Aylia. Les fantômes n'existent pas.

Je jetai un coup d'œil au livre *Les Porteurs du Monde* qui était posé à côté de l'oreiller sur lequel je m'étais endormie. Dehors, le soleil levant colora le ciel d'un rouge écarlate qui me rappelait trop le sang.

Je me levai et secouai la tête. Valden serait-il à se lancer dans la suite des recherches aussi tôt dans la journée ? J'avais besoin de me changer les idées, de sortir mon état de détresse de mon esprit. Et rien n'était plus efficace que de me concentrer sur un mystère comme celui des meurtres.

Au fond de moi, je savais que quelque chose d'étrange se tramait ici. Je n'étais simplement pas encore consciente de l'étendue des horreurs qui m'attendaient…

Il était tôt, mais certains résidents de la Sinistri School étaient déjà levés.

Après avoir fait le tour de l'institut, j'avais demandé à plusieurs étudiants où l'équipe de course que Valden chérissait tant passait son temps libre. Puis, après avoir visité les lieux énumérés, comprenant bien sûr les terrains d'entraînement, je m'apprêtai à baisser les bras. Je n'avais aperçu le jeune homme nulle part lors de ma traversée de l'immense université. À croire qu'il avait disparu de la surface de la Terre !

Je n'étais pas autorisée à mettre les pieds dans l'aile des garçons et m'étais donc résolue à me rendre au dernier endroit auquel je pouvais penser : la bibliothèque universitaire où nous nous étions retrouvés la veille.

Si on m'avait dit que je m'y rendrais aussi souvent au cours de mon séjour ici, je ne l'aurais pas cru. Disons que je préférais étudier ou recueillir les informations nécessaires sur Internet plutôt qu'au milieu de quelques milliers de livres poussiéreux. C'était bien plus pratique et efficace de faire des recherches informatiques de nos jours.

Il était bientôt l'heure du début des cours et l'endroit était désert. Même la bibliothécaire avait délaissé l'accueil. En effet, personne ne se tenait derrière le comptoir en bois situé à côté de la grande porte d'entrée à battants.

Il faut que je me dépêche si je souhaite parler à Valden avant le début des cours !

Debout au milieu de l'espace plongé dans le silence, je ne pouvais m'empêcher de penser que je tournais en rond, que ma quête était vaine. Peut-être qu'il serait plus judicieux de faire venir celui que je cherchais à moi plutôt que l'inverse ? Je me doutais qu'il ne tarderait pas à venir me déranger pour qu'on poursuive notre enquête. Au moins, ma petite mission improvisée avec pour but de trouver mon fiancé avait réussi à me changer les idées.

Soudain, un son de voix me fit sursauter car, contrairement aux apparences, je n'étais pas seule ici. Je me collai aussitôt contre un des nombreux meubles en chêne et m'approchai précautionneusement des personnes qui conversaient un peu plus loin. Pris dans leur flot de paroles, ils ne remarquèrent pas ma présence.

— Tu ne peux pas rejeter la faute sur moi ! Ce n'est pas moi qui nous mets en danger en flirtant avec une humaine trop curieuse !

La voix de Sanja me fit sursauter. Parlait-elle de moi ? Je savais que c'était mal d'espionner, mais je ne pouvais pas m'en empêcher. Satanée curiosité...

— Je ne flirte pas avec elle, je fais en sorte de contrôler les informations qu'elle recueille. Tu devrais être reconnaissante.

La voix de Valden résonna dans mon esprit, et mon cœur se serra. Malgré ses belles paroles, ses intentions n'avaient pas changé. Depuis le début, il ne cherchait qu'à me manipuler, et une partie de moi en était déçue. Je lui avais accordé de la confiance malgré moi.

— C'est ça, oui. Je t'interdis de continuer ta petite enquête avec elle, nous avons plus urgent à faire si nous souhaitons mener notre mission à bien, poursuivit la sœur sur un ton tranchant.

Elle me donna des frissons. Je n'attendais pas autant de directivité de sa part. Surtout pas envers son propre jumeau.

— Tu sais bien qu'elle ne peut pas tourner le dos aux récents événements, Sanja. Cette humaine est intelligente et peut nous aider.

Un frisson parcourut mon échine. Humaine ? Ma tête se mit à tourner à cause de la fatigue, mais je me forçai à rester concentrée. Mon cauchemar m'avait plus épuisée que je l'avais anticipé.

— Est-ce que tu t'entends, Valden ? Cette fille est en train d'accaparer toute ton attention, et la dernière chose dont on a besoin est une distraction !

— Puisque je te dis que j'ai tout sous contrôle. Elle ne mettra pas notre secret en danger.

— Rappelle-toi que si tu fais une bêtise, tu m'entraînes avec toi dans ta chute. Je te conseille de t'en tenir au plan initial.

Ces paroles avaient quelque chose de menaçant, de venimeux. Mon sang se glaça et je ne pus qu'imaginer la punition qui serait réservée au jeune homme s'il désobéissait.

« Tu m'entraînes avec toi dans ta chute. » Quel sombre secret pouvaient-ils bien cacher ? Étaient-ils vraiment les tueurs ?

— C'est compris, Sanja, capitula le jeune brun avant de s'éloigner de sa sœur.

Ses pas approchaient de l'endroit où je m'étais cachée. Pour être tout à fait honnête, j'avais pris refuge derrière le premier meuble qui s'était présenté à moi. Le risque qu'il m'aperçoive était donc grand.

La panique commença à me monter à la tête, et je réalisai un peu trop tard que je devais sortir au plus vite de la bibliothèque. Mes membres en manque de repos bougèrent plus lentement que je ne l'aurais voulu et, en un rien de temps, je me retrouvai face à un Valden médusé. Ses yeux noirs ne lâchaient pas les miens et de la peur les animait. C'était la première fois qu'il paraissait aussi effrayé.

— Merde, marmonna-t-il.

Lorsque mon regard remonta le long de son corps, je découvris pourquoi il avait l'air si contrarié : deux grandes formes obscures sortaient tout droit de son dos !

Je faillis m'étouffer face à cette découverte et me retins de me frotter les yeux. D'immenses ailes ornées de plumes noires s'étendaient de chaque côté de son corps athlétique et frémissaient face à notre rencontre inattendue. Ce ne pouvait en aucun cas être des accessoires d'Halloween, bien que la fête en question approche.

J'ouvris la bouche, mais aucun son n'en sortit.

L'expression de Valden paraissait me supplier de ne pas crier, de ne pas le dénoncer auprès des autres étudiants. Toutefois, j'étais sûre que personne ne m'entendrait ou ne me croirait, ce qui était assez inquiétant. J'ignorais ce qu'il était, je savais juste que les créatures de ce genre n'étaient pas censées exister dans notre monde. Dans les films et les livres, oui. Dans la réalité, non.

Pourquoi avait-il prétendu ne pas croire au surnaturel lors du cours de Madame Nottun alors qu'il n'était pas humain ?

Face à cette situation inexplicable, je ne pouvais faire qu'une chose : prendre la fuite avant qu'il n'ait le temps d'agir. Et c'était ce que je fis, telle une lâche.

Mes jambes ne m'avaient encore jamais paru aussi lentes et mes muscles se crispaient avec douleur à chaque nouveau pas. Les yeux fermés et la tête baissée, je fonçai tout droit en direction de ma chambre sans me retourner même une seule fois.

J'entendais Valden crier mon nom au loin, mais mon cerveau n'était pas encore prêt à accepter ce que j'avais vu et me retrouver de nouveau confrontée à lui ne ferait qu'empirer les choses. Alors je continuai à courir jusqu'à m'épuiser. Mes poumons brûlaient et le souffle me manquait.

Au fond, je savais que j'avais plus peur de ma propre imagination que de lui ou de ce qu'il pouvait bien être. Et si ce que je venais de voir n'était qu'une illusion que je m'étais créée ? Et si je devenais folle ? Il était impossible que ce que je venais de découvrir soit vrai. Les créatures humanoïdes ailées n'existaient pas ! Frustrée par ces pensées, je serrai les poings jusqu'à m'ouvrir les paumes avec mes ongles et accélérai une fois de plus.

Qu'est-ce qu'il se tramait par ici ?

Arrivée au milieu du chemin, je me rendis compte que j'étais épuisée et faillis foncer tout droit sur des groupes d'étudiants qui discutaient en toute sérénité. Prise en étau par mes frayeurs, j'avais oublié l'existence des autres résidents de la Sinistri School.

Ils me fixaient comme si j'avais perdu la tête, ce qui était peut-être vrai. Ma vision devint de plus en plus indistincte, comme si une présence s'était infiltrée dans mon cerveau pour y causer un court-circuit.

Je connais cette sensation...

— Non...

J'avançai du mieux que je le pus jusqu'à atteindre un corridor vide. Mes jambes étaient sur le point de lâcher et le monde entier paraissait tanguer autour de moi. Je peinais à marcher droit et à respirer correctement. Que se passait-il ?

Faisais-je une crise de panique ? Non, ceci était une sensation différente. Glaciale. Comme si la mort venait de m'envelopper.

— Aylia Hoff...

Je m'arrêtai net et observai le couloir désert avec les yeux plissés et les poings serrés.

Une figure squelettique se tenait au loin et sa voix grave envahit mes oreilles. Je reculai en chancelant et sentis des larmes couler sur mes joues. Mon heure était-elle venue ? Plus personne ne se trouvait dans les parages, personne ne serait en mesure de m'aider.

— Non...

Je secouai la tête, sentis mes muscles perdre en résistance et m'écrasai sur le sol en pierre. Je n'éprouvai pas la douleur de la chute, juste la frayeur inimaginable qui traversa mes veines. L'adrénaline aurait dû me pousser à fuir, à courir, mais elle fit tout le contraire : elle me pétrifia.

La figure approcha et je me mis à ramper par terre après avoir essayé de me relever deux fois, en vain. Au fil des secondes, j'avais l'impression d'étouffer, de perdre ma vie au compte-goutte. Je tremblais tant que ma vue floue perdait davantage de précision. Le seul élément qui m'apparaissait clair comme de l'eau de roche était mon ennemi.

Ses yeux blêmes me fixaient avec insistance, son sourire satisfait dévoilait des dents d'une blancheur surhumaine et ses traits cadavériques s'accordaient à sa main squelettique dont l'index me désignait. Cette créature entourée d'ombre, qui la rendait impossible à reconnaître, était un contraste de blanc et de noir. Un mélange de deux extrêmes qui lui correspondaient étrangement.

— Aylia...

Je recouvris mes oreilles de mes mains et plantai mes ongles dans mon crâne dans l'espoir que cela empêche la présence de me tourmenter avec sa voix cauchemardesque. Néanmoins, cela l'encouragea à approcher.

— Ne me touche pas...

Ma voix n'était rien de plus qu'un murmure.

Avant que la figure ne puisse m'atteindre, un nouveau venu nous interrompit.

— Hoff !

Je sentis une présence me rejoindre et mon esprit sombrer dans l'inconscience.

— Bientôt, Aylia Hoff..., me chuchota l'inconnu squelettique au moment où mes paupières se fermèrent.

Au fond de moi, je savais que ceci était mon dernier avertissement.

Une lumière blanche m'aveugla.
Un râle s'extirpa de ma bouche, et je m'étirai en inhalant profondément. J'arrivai de nouveau à respirer sans que mes poumons soient écrasés par la terreur. Je fus soulagée de découvrir que je n'étais pas décédée. Du moins, pas encore.

Mes paupières étaient néanmoins lourdes, et je sentis mon cœur tambouriner contre mes tempes à une allure affolante. Tout me faisait mal. De mes muscles jusqu'aux souvenirs de ma rencontre avec la créature terrifiante.

Je tentai à plusieurs reprises d'ouvrir les yeux, sans succès. Je réessayai encore et encore et, lorsque je réussis enfin mon coup, je tombai nez à nez avec Valden. Je refermai aussitôt les paupières et sentis mon cœur s'emballer. La peur traversait mes veines et me rendait de nouveau nauséeuse.

Il n'est pas humain.

Quelques sueurs froides parcoururent mes membres figés. Chaque muscle de mon corps se crispait peu à peu face à l'idée que je me trouve seule avec une créature surnaturelle, avec une potentielle menace. Du moins, si ce que j'avais vu de lui n'avait pas fait partie d'une hallucination. Se pourrait-il que je me sois tout imaginé ?

Quoi qu'il en soit, lui faire face restait une épreuve.

M'avait-il emmenée jusqu'à ma chambre ? M'avait-il arrachée aux griffes de la créature menaçante ? Je me souvenais avoir entendu sa voix avant de perdre conscience, mais mon esprit paraissait toujours prêt à lui accorder le bénéfice du doute.

Après quelques longues secondes de répit, je retentai ma chance en ouvrant de nouveau les yeux. Valden m'observait avec le regard rempli d'inquiétude. Ses ailes avaient disparu, et je me rassurai en me convainquant qu'elles n'avaient été qu'une illusion. Mon cerveau me jouait de sacrés tours en ce moment.

Valden et ses ailes. La créature squelettique. Avais-je à ce point besoin de sommeil ?

— Tu vas bien...

Valden parut si soulagé de me voir me réveiller. Combien de temps avait-il attendu à mes côtés ?

— Que s'est-il passé ? As-tu aperçu la créature dans le couloir ?

Il m'observa et la tendresse présente dans son regard ressemblait de plus en plus à de la pitié. Je détestais qu'on me contemple de la sorte. Et encore plus lorsque c'était lui qui me regardait ainsi.

— Créature ?

Je fronçai les sourcils face à sa question.

Tu es bel et bien folle, ma chère.

— Il n'y avait vraiment personne d'autre dans les parages lorsque tu m'as rejointe ?

Il ouvrit la bouche, sans qu'aucun son sorte pour autant. Après une brève pause, il se racla la gorge et poursuivit :

— Il n'y avait personne d'autre que toi lorsque je t'ai trouvée, Aylia.

Silence. Du vide envahit mon esprit.

— Tu as fait une crise de panique, tu criais et gesticulais dans tous les sens. Je t'ai donc ramenée à ta chambre avant que quiconque n'aperçoive la scène.

Il se pencha par-dessus moi avec le visage recouvert de regrets.

— Je suis désolé si je t'ai fait peur à ce point, j'aurais aimé que tu ne voies jamais ma vraie forme.

Je levai le visage vers lui à une vitesse folle.

Donc ses ailes étaient bien réelles ? Mais la créature squelettique que je fuyais ne l'était pas ? Ma réalité s'effritait peu à peu et j'avais du mal à tout assimiler.

Croyait-il que ma crise de panique avait été causée par lui ? J'avais envie de lui annoncer que ce n'était pas le cas, mais n'en étais plus tout à fait certaine. J'avais encore trop d'informations à digérer, trop de mystères à élucider.

— Je comprends ta réaction, avoua-t-il.

Malgré l'animosité que j'éprouvais envers lui, son air abattu me touchait en plein cœur. Je décidai donc de jouer la carte de l'empathie :

— Ça ne doit pas être facile de cacher un tel secret au monde entier.

Ma satané curiosité se mêla aussitôt à mes doutes.

— Je suis né comme ça. Sanja et moi, nous... Nous avons dû nous débrouiller seuls dès qu'on a vu le jour, et nos parents ne nous ont pas donné la moindre instruction. Ils étaient beaucoup trop occupés à soigner leur empire financier japonais pour pouvoir nous parler de nos ancêtres ou de leur histoire.

Je ne pouvais m'empêcher de ressentir de la pitié pour eux. Aucun enfant ne méritait de grandir sans l'affection de ses parents. Il était dommage que ce soit le cas de la majorité des étudiants de la Sinistri School.

— On savait qu'on était différents des autres lorsque nos parents nous ont dit de cacher nos ailes. Au début, on les attachait fermement à notre corps avec des bandes de tissu ou des fils, avant qu'on ne nous apprenne à les rendre invisibles. C'est la seule leçon à laquelle nous avons eu droit de la part de nos géniteurs qui n'avaient pas tardé à disparaître de nouveau dans leurs bureaux et leurs salles de réunion. Ils nous ont répété toute notre enfance qu'on devait cacher notre vraie nature, que moins on en savait, mieux ce serait.

Il serra les poings à ce souvenir. Son air révolté me fit mal au cœur.

Je me rappelai le contact que j'avais ressenti sur ma peau lorsqu'il se trouvait à presque un mètre de moi et me rendis compte que ses ailes invisibles m'avaient sûrement frôlée. De la chair de poule recouvrit mes bras à cette idée. C'était de la folie, mais aussi très intrigant. Comme toujours, ma fichue curiosité prit le dessus.

— Je suis désolée d'avoir réagi comme ça, avouai-je en me doutant que mon visage devait être recouvert de terreur lorsque je m'étais enfuie.

— Je pense que j'aurais fait la même chose à ta place. C'est assez... improbable, de se retrouver face à une créature comme moi.

J'émis un rire nerveux.

— Tu sais, cette révélation fait de vous deux les suspects les plus probables de l'affaire des meurtres...

Mon honnêteté cinglante ne le surprit pas. Je l'y avais habitué depuis notre première rencontre.

Contre toute attente, il me sourit. Mon cœur fit un bond dans ma poitrine face à son air rêveur. Avec ses cheveux noirs en bataille, ses yeux brillants et son expression innocente, on aurait pu le méprendre pour un enfant.

Était-il vraiment le même Valden qui m'avait humiliée et insultée jusque-là ?

— Je sais, mais Sanja me dit de ne pas m'en préoccuper. Elle a toujours été la plus responsable de nous deux.

La douceur de ses mots me détendit et, l'espace d'un instant, je me sentis heureuse de pouvoir lui parler en toute tranquillité. Nous n'étions qu'une fille et un garçon moqués par les aléas de la vie.

— J'ai entendu ce qu'elle a dit à mon sujet... Tant que vous ne me faites pas de mal, je me tairai.

Il fallait que je pense à mon propre bien-être, à ma survie dans cette académie parsemée de mort.

Mon aveu, teinté de méfiance, l'amusa.

— Ne fais pas attention à Sanja. Elle n'apprécie pas que notre secret ne soit plus seulement à nous, mais elle n'est pas méchante. Même si parfois elle peut être assez... froide.

Froide ? Glaciale même !

Dès qu'il comprit que cette conversation m'avait rendue muette, Valden changea de sujet :

— Je savais que tu serais digne de confiance. C'est pourquoi je t'ai laissé emporter *Les Porteurs du Monde*. Crois-moi, tu ne l'aurais pas trouvé si je n'avais pas souhaité que tu poses tes mains dessus, m'avoua-t-il.

Puis, il me tendit l'ouvrage que j'avais volé de la bibliothèque.

Je l'acceptai lentement et le contemplai en déglutissant.

Étais-je censée le remercier ? Je n'en fis rien.

— Leur légende était pour le moins... intéressante, poursuivis-je dans l'espoir de pouvoir lui arracher quelques informations au sujet des Porteurs.

Ma réplique était dubitative et incertaine.

— Mais la version que tu connais n'est pas entière.

Sa réponse m'intriguait, et je l'incitai à poursuivre. Il se pencha peu à peu vers moi.

— Les Porteurs du Monde existent partout autour de nous, ils veillent sur la planète et entretiennent sa fertilité. Cependant, lorsque les premiers humains se sont présentés à eux, certains porteurs curieux ont coupé le cordon ombilical qui les reliait à leur territoire afin de pouvoir entrer en contact avec les nouveaux venus. Ils sont alors apparus devant ces derniers et leur cordon, initialement relié à leurs omoplates, s'est transformé en deux grandes ailes noires...

Il s'arrêta et sa voix mourut dans sa gorge. Deux formes obscures recouvertes de plumes apparurent de nouveau dans son dos. Je fus envahie par l'envie de reculer, de m'éloigner de ces apparitions inexplicables. Mon cœur s'emballa dans ma poitrine et l'air fut compressé dans mes poumons, même si ma terreur fut peu à peu remplacée par de la fascination.

Il était sans le moindre doute un descendant des Porteurs du Monde !

Tout ce que je pensais impossible ne l'était pas en fin de compte. Quelles autres découvertes étais-je sur le point de déterrer ?

— Et les humains n'ont pas apprécié cette vue, devinai-je.

Ils ont pris peur… et je ne fais pas exception à la règle. Je suis incontestablement humaine.

Il hocha la tête.

— Mes ancêtres ont été persécutés, car on les voyait comme des démons, comme des êtres surnaturels corrompus et dangereux. Certaines religions ont même fait d'eux des anges déchus. Ils se retrouvèrent alors confrontés à l'humiliation et à la mort.

La mélancolie était perceptible dans son regard couleur noisette, comme s'il avait lui-même assisté à ces instants de torture et de préjudice.

— Mais tous n'ont pas coupé leurs cordons ombilicaux. Certains n'ont pas osé quitter le terrain sur lequel ils étaient censés veiller et, après avoir contemplé le destin qui les attendait auprès des humains, ils décidèrent de ne jamais le faire. Toutes ces histoires de maisons hantées qu'on raconte sont vraies. Ce sont les Porteurs du Monde qui chassent les mortels par peur d'être découverts ou par simple soif de vengeance. Les territoires désertiques, quant à eux, sont ceux que les protecteurs ont abandonnés, leur fertilité a disparu lorsque leur lien a été rompu.

— Ceux qui sont restés à leur place initiale gardent la planète en vie, murmurai-je.

Il y avait tellement d'informations à assimiler et à prendre en compte, alors je n'en ratais pas une seule. Cette conversation était bien plus passionnante que je ne l'avais anticipé.

— Exactement. Sans eux, tout ce que nous connaissons serait précipité dans les bras de la mort et de la destruction.

L'équilibre de ce monde était si fragile. Il ne tenait qu'à un fil, ou plutôt, à des cordons ombilicaux.

— Quel est le rapport avec l'affaire de la Sinistri School ? demandai-je après un bref silence.

— Tous les Porteurs ne sont pas bienveillants. Certains ont été rongés par la colère et n'ont jamais pardonné aux humains le sort qu'ils ont infligé à leurs semblables. Ils passent des pactes avec les mortels et leur promettent de réaliser leurs plus grands rêves, afin de plonger leurs esprits dans le chaos et de les pousser à commettre les pires atrocités.

Les liens se formèrent enfin dans mon esprit.

— Comme tuer, devinai-je.

Les mots sortirent à peine de ma gorge asséchée. Rien qu'en les prononçant, je sentais leur menace peser sur moi.

— Oui. En échange de leurs services surnaturels, les Porteurs du Monde corrompus demandent le plus souvent des âmes humaines. Nos vies ne signifient rien à leurs yeux. Si ça ne dépendait que d'eux, nous serions déjà tous morts.

Je sentis de la bile remonter le long de mon œsophage. Utiliser l'essence de vie de quelqu'un en tant que paiement était si horrifique !

— Tu penses que notre coupable est quelqu'un qui a passé un pacte avec un Porteur ?

Je n'avais même pas à attendre sa réponse pour la connaître : évidemment que c'était ce qu'il suggérait !

Bien que mon esprit souhaite trouver une tournure rationnelle à la situation, l'explication qu'on me fournissait justifierait mes visions et cauchemars qui avaient eu l'air si réels.

Valden... M'aurais-tu confié la vérité si je n'avais pas aperçu ta vraie forme ? Ou aurais-tu préféré me faire tourner en rond comme tu l'as promis à Sanja ?

Je compris que le jeune homme avait eu une longueur d'avance sur moi tout au long de notre enquête. Je baissai la tête et réfléchis aux possibilités dont nous disposions. Comment pouvait-on démasquer un être intouchable, un esprit ?

Une des ailes de Valden m'effleura l'épaule comme pour me rassurer. Lorsque je levai de nouveau la tête, mes yeux s'ancrèrent dans ceux de leur propriétaire et je ne pus m'empêcher de lui adresser un sourire en coin. S'il était honnête avec moi à présent, je lui en étais reconnaissante.

De plus, il m'avait ramenée ici en toute sécurité, alors qu'il aurait pu me laisser me débattre dans le vide au milieu des couloirs. Ainsi, tout le monde m'aurait prise pour une folle et aurait cessé de me croire. Son secret aurait pu être protégé sans même qu'il ait à lever le petit doigt.

Pourquoi as-tu volé à mon secours, Valden ?

Je l'observai, captivée par la lueur bienveillante que je découvris dans son regard. C'était la première fois qu'il paraissait si... vivant ?

Il posa sa grande main sur ma joue et le contact de sa peau sur la mienne aurait dû me dégoûter... mais je ressentais tout le contraire. Une chaleur agréable envahit mon visage et des fourmillements se manifestèrent au niveau de mes joues et de mes oreilles.

— Je suis soulagé que tu ne souhaites pas m'épouser, Aylia Hoff.

Sa voix grave me ramena à la réalité, et j'eus un mouvement de recul pour échapper à son toucher intoxicant.

J'avais presque oublié qu'il ne m'appréciait pas.

— Moi aussi.

Je dus forcer les mots à sortir de ma bouche. Néanmoins, je savais que la sympathie que j'éprouvais pour lui à cet instant-là finirait par s'estomper. Je devais encore être sous le choc de tout ce que je venais de vivre et mon bon sens en souffrait.

Il hocha la tête.

— Ma famille souhaitait t'utiliser pour des raisons financières. Tu mérites mieux que ça, Aylia.

Je restai silencieuse et manquai d'écarquiller les yeux. Le voir attacher de l'importance à mon futur était étrange. Personne ne s'en était jamais préoccupé, surtout pas mes parents.

Jusque-là, j'avais eu pour habitude de me battre seule contre les aléas de la vie sans savoir où j'allais. Et je m'étais convaincue que cela me convenait très bien.

— Merci, Valden.

Si quiconque m'avait dit qu'il serait le premier à se soucier de moi, je n'y aurais pas cru.

27

Valden m'avait laissée seule pour que je puisse me reposer. Toutefois, au lieu de cela, j'avais commencé à feuilleter *Les Porteurs du Monde* en espérant que sa lecture m'aiderait à assimiler la réalité du monde qui m'entourait.

Je consultais chacune des pages avec grande attention et ignorais les personnes qui toquaient de temps à autre à ma porte. Je savais que j'avais raté quelques-uns de mes cours de l'après-midi à cause de ma crise de panique, mais Valden m'avait promis qu'il préviendrait tout le monde de mon absence. Je ne lui faisais pas encore entièrement confiance, bien que j'estime cette tâche assez facile pour qu'il tienne parole.

À la suite des récents événements, je n'avais plus d'autre choix que de croire à la légende des Porteurs du Monde. Si

Valden possédait bel et bien des ailes noires, alors pourquoi les Porteurs n'existeraient-ils pas, eux aussi ? La panique se frayait un chemin à l'intérieur de mes veines à cette idée.

    La présence qui m'avait hantée dans mes rêves et visions, était-elle une de ces créatures énigmatiques ? Le souvenir de nos rencontres fit naître des sueurs froides en moi. Devais-je en parler à Valden ?

    Même si les morceaux s'emboîtaient peu à peu dans mon esprit, je n'avais aucune idée de l'identité de l'humain qui servait le Porteur du Monde corrompu. Ni de pourquoi il avait fait un pacte aussi néfaste avec la créature.

    Face à mes incertitudes, je refermai l'ouvrage et me levai pour rejoindre l'unique fenêtre de ma chambre. Au-dehors, le soleil commençait déjà à se coucher, pourtant je n'avais pas eu la force de sortir. Même des heures après avoir eu droit aux explications de Valden, mon cœur battait encore à une allure affolante.

    Cependant, la noirceur naissante de la nuit me réconfortait, elle me permettait de fermer les yeux et d'oublier mes soucis. Je restai dans cette position pendant un long moment, immobile et silencieuse, jusqu'à ce que je vois la lune apparaître dans le ciel. De la buée fut créée par le froid qui entrait dans la pièce à travers la vitre. La nuit serait fraîche.

    Les bourgeons des fleurs se fermaient progressivement et les oiseaux se faisaient de plus en plus rares dans les jardins. Les ailes noires des quelques corbeaux restants me donnèrent la chair de poule. Leurs plumages me rappelaient celui de mon fiancé.

    Des êtres surnaturels se trouvaient parmi nous... Je peinais toujours à y croire, alors que je l'avais vu de mes propres yeux.

    — Aylia Hoff...

Une vague silhouette apparut dans le reflet de la fenêtre et je reculai vivement. J'avais tout à coup l'impression d'étouffer dans cette pièce. Je devais en sortir à tout prix avant que la créature squelettique ne me piège de nouveau dans son illusion. Sans réfléchir, je me détournai de la vue et me dirigeai vers la sortie de la chambre en accélérant le pas à chaque mètre que je franchissais.

Il fallait que j'échappe à ces visions cauchemardesques ! En toute honnêteté, je n'avais pas la force de les affronter ce soir-là.

Comme anticipé, les corridors en pierre étaient désertés, puisque tous les résidents s'étaient réfugiés dans leurs chambres. Malgré le froid automnal, je me mis tout de même à avancer et scrutai les environs avec vigilance.

Je poursuivis ma route, les yeux rivés sur la cour intérieure qui était située face à la porte de ma chambre. C'était de l'autre bout de cette dernière que j'avais aperçu Valden pour la première fois. Face au grand nombre de vitres qui me faisaient face, j'accélérai le pas afin de m'en éloigner. Après ce que je venais d'apercevoir dans ma chambre, je devais éviter les surfaces réfléchissantes à tout prix.

Il ne me fallut que quelques instants pour atteindre les magnifiques jardins de la Sinistri School. Le décor paisible me poussa aussitôt à me détendre. Je vagabondai entre ses différents arbustes et la lune s'était hissée haut dans le ciel, illuminant les alentours de façon féerique.

Finalement, je m'assis sur un banc vide situé sous les branchages d'un chêne au tronc imposant. Depuis cet emplacement, je parvenais à voir une grande partie de l'espace extérieur aménagé de l'académie. Son entretien devait prendre tant de temps.

La voûte étoilée surplombait l'ensemble, ce qui y donnait une ambiance mystique. Le silence me faisait plus de bien que je ne l'aurais pensé, alors que j'inspirais l'air devenu glacial. La douleur qu'il provoquait au niveau des alvéoles de mes poumons me fit du bien malgré moi.

— Je suis heureux de te voir enfin sortir de ta chambre. Je croyais que tu n'en aurais jamais le courage.

Je sursautai lorsque j'entendus cette voix sarcastique se manifester à côté de moi et me levai aussitôt pour me retourner vers le nouveau venu.

— Je viens en paix, me dit aussitôt Valden en levant les mains pour appuyer ses propos.

Aucune aile n'était visible dans son dos alors qu'il s'avançait peu à peu en ma direction.

— Désolée, je suis un peu… nerveuse.

Je tentai d'adopter un ton léger et me demandai si je devais lui parler plus en détail de mes visions. Me croirait-il ? Pouvais-je lui faire assez confiance ?

— La lune est magnifique, poursuivit-il avant de s'asseoir sur le banc.

Son allure hésitante dévoilait qu'il pensait être la source de ma nervosité, même si mon état n'avait rien à voir avec lui.

— Ce ne sont ni ta nature ni tes révélations qui me tracassent.

Il parut soulagé, et je vis ses muscles se détendre.

— Et le meurtre ?

Je secouai la tête, à la recherche des bons mots pour lui expliquer les visions qui me hantaient. Je n'étais pas habituée à me confier aux autres. Je portais le plus souvent mes fardeaux toute seule.

Après m'être raclée la gorge, je me lançai avec les poings serrés et un nœud dans l'estomac :

— Depuis mon arrivée à l'institut, je suis victime d'étranges rêves obscurs. Puis, la nuit dernière, j'ai eu une vision d'une figure terrifiante. C'est elle que j'ai aperçue lors de ma crise de panique.

Il assimilait les informations que je lui transmettais, mais paraissait encore dubitatif quant à leur véracité.

— Je n'ai jamais vécu des rêves aussi vifs, aussi terrifiants. Je ne sais pas les distinguer de la réalité et la présence obscure me poursuit partout où je me rends. Je l'ai même entendu murmurer mon nom dans ma chambre tout à l'heure.

La brise jouait avec mes mèches blanches, tandis que mon regard partait en direction de la lune ronde et brillante. J'avais l'impression de me mettre à nu devant lui en lui avouant le fond de mes pensées.

— J'ignore si c'est réellement possible… Toutefois, il y a peut-être une chance que le Porteur du Monde se soit immiscé dans ton esprit. J'ignore cependant pourquoi…

Prononcée à haute voix, cette possibilité était presque risible. Mon cœur et ma raison se battaient en duel à l'intérieur de mon corps. La situation entière était absurde.

— La figure m'a annoncée que ce serait bientôt mon tour.

Je sentis aussitôt des larmes me monter aux yeux.

Je déglutis avec difficulté et sentis un poids peser sur mes épaules. J'avais peur.

Valden fronça les sourcils et se gratta le menton d'un air pensif.

— À quoi ressemblait cette créature ?

— Elle était squelettique et ses yeux étaient blancs. Le reste de son visage était recouvert d'un voile d'obscurité, même s'il ressemblait à celui d'un humain. Des filets d'ombre le suivaient partout.

— Il y a une possibilité que le Porteur emprunte en partie l'image de son serviteur pour communiquer avec toi. En tout cas, j'aimerais que tu m'en parles si tu as encore des visions ou des rêves de ce genre. On pourra y trouver des indices au sujet du physique du meurtrier humain.

— Compris.

— Et si la créature évoque une fois de plus que tu seras une des prochaines victimes, viens me voir. Je te protègerai autant que je le peux.

Son aveu me fit perdre mon souffle. Je dus me contrôler de toutes mes forces pour ne pas rougir. Savoir que j'avais quelqu'un à qui confier mes cauchemars et mes peurs me faisait le plus grand bien.

Ne t'attache pas, Aylia. Il ne veut pas de toi, après tout, me rappelai-je en serrant les dents.

Je hochai la tête et plaçai une mèche de cheveu derrière mon oreille, avant de poser mes mains de chaque côté de mon corps sur la surface du banc. La paix qui régnait autour de nous me fit oublier mes soucis pendant une poignée de minutes.

Soudain, je sentis quelque chose effleurer mes doigts. Je relevai la tête et remarquai que les ailes noires de mon interlocuteur étaient de nouveau apparues. Les extrémités de quelques-unes de leurs plumes étaient posées sur ma peau froide. Leur propriétaire, perdu dans ses pensées, fixait intensément la lune radieuse qui paraissait nous contempler depuis le ciel. À quoi pouvait-il bien penser ?

C'était aussi effrayant que magique de le voir dans cet état. On aurait pu croire qu'il était un ange déchu qui fixait sa maison : le ciel. Je réprimai une sensation brûlante qui remontait le long de ma colonne vertébrale et tentai de me concentrer sur les magnifiques jardins pour me calmer.

L'espace d'un instant, j'aurais tout donné pour pouvoir passer un peu plus de temps sous la lueur des constellations, pour pouvoir rester là jusqu'à ce que le soleil se lève, mais je savais que je ne tarderais pas à m'endormir. Mon organisme était épuisé et j'allais devoir rattraper les cours que j'avais ratés ce jour-là si je voulais éviter de m'attirer des problèmes.

Même si cette histoire de surnaturel n'augurait rien de bon, je me contentai d'oublier toute ma négativité en me concentrant sur le silence reposant des environs et le parfum envoûtant du jeune homme assis à mes côtés.

Je pouvais bien me permettre de m'accorder un peu de répit.

Après notre petite rencontre nocturne, Valden m'avait raccompagnée à ma chambre. Quelque part au fond de mon cœur, j'avais espéré qu'il me rassure concernant mes rêves étranges, même si ça le poussait à me mentir. Il s'en était abstenu.

Lorsque je me retrouvai enfin seule dans mon espace privé, je me rendis compte que, malgré sa soudaine gentillesse, je ne pouvais pas lui faire confiance. Son histoire paraissait plausible, mais il n'en restait pas moins un suspect dans l'affaire du meurtre. De plus, ses ailes lui permettraient de s'éclipser rapidement sans être aperçu. Sur papier, il était le parfait coupable.

« Je ne flirte pas avec elle, je fais en sorte de contrôler les informations qu'elle recueille. Tu devrais être reconnaissante. »

Mon cœur se serra lorsque je me remémorai les paroles que le jeune homme avait prononcées devant sa sœur. Quelle version de lui était le vrai Valden ? Est-ce que ses révélations étaient une énième ruse ou m'avait-il enfin avoué la vérité ?

L'idée que le seul individu auquel j'avais osé me confier puisse me trahir à tout moment m'attrista. Il ne me restait qu'une seule solution : résoudre cette affaire avant qu'il n'ait le temps de me berner.

***

Lorsque je sortis de ma chambre le matin suivant, je ne pus m'empêcher de sourire en repensant à ma rencontre nocturne avec Valden. Je m'étais retrouvée sous les étoiles avec un être ailé à mes côtés, peu de gens pouvaient s'en vanter. La scène avait été si mystique ! Toutefois, avec l'arrivée du matin, ma fascination avait laissé place à de la frayeur qui ne cessait pas de s'immiscer dans mon esprit.

J'avais obtenu des réponses à mes questions, mais étaient-elles réelles ou étaient-ce de nouveaux mensonges ?

— Bonjour Aylia, m'interpella soudain une voix que j'aurais aimé ne plus jamais entendre.

Lexie avançait vers moi en toute discrétion. Sa chevelure dorée et ses yeux bleus lui donnaient un air innocent, pourtant je savais qu'elle était loin de l'être.

— Lexie.

Ma voix resta coincée dans ma gorge. Je m'efforçai pourtant de masquer ma nervosité. J'aurais voulu employer un ton plus sec, cependant la surprise de croiser la jeune femme ici, devant ma porte, me déconcerta.

— Tu m'en veux toujours ?

Elle s'arrêta devant moi en me scrutant de ses iris bleus.

Je n'avais aucune idée de la raison pour laquelle elle était venue me voir et espérais la voir partir au plus vite. Peut-être que notre rencontre était une pure coïncidence ?

— Ne sois pas si rancunière envers Regg. Tu sais, il est vraiment mal à cause de son comportement. Il avait décidé de s'excuser auprès de toi dans la bibliothèque, avant que vous ne soyez interrompus.

Ça n'en avait pas l'air.

Je doutais de la véracité de ses paroles. Après tout, le jeune homme n'avait pas paru enclin à avouer ses erreurs.

— Tu peux me détester autant que tu le souhaites, mais Regg n'a rien à voir dans cette histoire.

Sa voix aiguë était devenue plus grave, sérieuse.

Son comportement inhabituel, dénué de moquerie, me poussa à froncer les sourcils. Se pouvait-il qu'elle soit sincère ? La jeune étudiante commença à jouer nerveusement avec ses mèches, et je me maudis de ressentir de la pitié pour elle. Ce ne devrait pas être le cas après ce qu'elle m'avait fait subir. Néanmoins, le fait qu'elle défende son ami de la sorte était noble.

« Parfois, il est mieux de mettre ses rancœurs de côté pour montrer qu'on est plus mature que son ennemi. »

Oui, c'était vrai, je n'avais pas le temps ni l'envie de faire la gamine ou de faire persister de l'amertume dans mon esprit. Cette sensation occupait souvent trop de place pour rien. De plus, le destin de l'étudiante qui venait d'être assassinée prouvait que la vie était trop courte pour les conflits.

— C'est pardonné. Je ne veux pas créer des tensions supplémentaires dans le climat actuel, mais je ne veux plus rien avoir à faire avec vous dans le futur, affirmai-je.

Cela ne servait à rien de continuer de leur en vouloir. La seule chose que je souhaitais était oublier la soirée infernale au milieu de laquelle ils m'avaient projetée lors de mon arrivée. À mon grand malheur, je ne pouvais pas en effacer les souvenirs.

Néanmoins, plus Lexie et Regg restaient loin de moi, plus tous les souvenirs qui leur étaient liés s'estomperaient.

— Merci, Aylia.

Mon interlocutrice baissa la tête, avant de me sourire. Elle avait l'air bien moins intimidante à présent que tout avait été dit.

— Fais quand même attention à toi. À la Sinistri School, le danger et les mensonges se cachent dans les moindres recoins, poursuivit-elle en se grattant la nuque.

Ces affirmations faisaient écho à la légende qu'elle m'avait racontée lors de mon arrivée à l'académie. À l'époque, je l'avais interprétée comme une petite histoire conçue pour faire peur aux étudiants, avant que les événements des derniers jours ne me prouvent le contraire.

L'expression de Lexie paraissait devenir de plus en plus grave et sévère. Son silence pesant fut rythmé par sa respiration saccadée qui trahit sa nervosité. Que se passait-il ?

J'avais l'impression qu'elle ne m'avait pas encore tout dit.

— À plus, Aylia, me salua-t-elle avant de me tourner le dos et de s'éclipser dans le couloir à une allure folle.

Ses paroles ressemblaient étrangement à celles de Regg. Peut-être essayaient-ils de me déstabiliser pour me rendre plus vulnérable ? Pourquoi s'acharnaient-ils à me prévenir d'un quelconque danger ? Nous n'étions pas amis, après tout.

Non. Lexie avait paru bien trop sincère et sérieuse. À en voir l'once de frayeur qui avait habité son regard froid, on aurait pu croire qu'elle avait pris un risque en venant me voir.

Connaissait-elle la vérité au sujet des jumeaux ? Était-ce d'eux qu'elle et Regg avaient peur ? Cela expliquerait leur attitude étrange. En même temps, il y avait de quoi être terrifié après s'être retrouvé confronté à des créatures dotées d'ailes noires !

Cependant, ils ignoraient que tant que je gardais le secret des jumeaux, ils ne me feraient pas de mal. Pour l'instant.

Je secouai la tête et me remis en route, mon emploi du temps à la main, afin de rejoindre mes amis pour le petit-déjeuner. Les couloirs déjà déserts indiquaient que j'avais un léger retard sur le planning du jour. J'aurais mieux fait d'obéir à mon réveil dès la première sonnerie.

— Aylia ! vociféra soudain une voix masculine familière.

Je vis apparaître Valden au loin et fronçai les sourcils face à son air paniqué. Que se tramait-il encore ?

— Tu vas bien !

Il me prit au dépourvu et fonça droit sur moi pour me serrer dans ses bras. Son parfum envoûtant flotta jusqu'à mes narines et m'arracha un sourire, alors que mon cœur bondissait à l'intérieur de ma poitrine. Cependant, je ne tardai pas à me libérer de son emprise.

Il ne voulait pas de moi en tant que fiancée, et je ne devais donc pas éprouver quoi que ce soit pour lui en retour. Il était temps que je dresse des murs autours de mon cœur confus. Pour ma propre sécurité.

— Pourquoi tant d'enthousiasme, Monsieur Kazoku ? lui demandai-je sur un ton sarcastique.

Même si j'étais dans l'incapacité de voir ses ailes, je ne pouvais pas m'empêcher de visualiser leur présence.

Mon attention fut vite déviée et attirée par le regard inquiet de l'étudiant. Il avait l'air chamboulé et tracassé.

Encore de nouvelles émotions à ajouter à la liste de celles que je n'avais encore jamais aperçues sur son visage.

— Que se passe-t-il ?

Mon ton était grave alors qu'il me lâcha en reculant comme si ma peau avait brûlé la sienne.

Il ne veut pas de moi. C'est mieux ainsi.

— Valden ? insistai-je face à son mutisme.

Il recula et se gratta le menton.

— Il s'est passé quelque chose, Aylia.

Son expression sérieuse fit naître en moi une grande appréhension. J'avais envie de savoir au plus vite de quoi il s'agissait. Sa mine déconfite ne présageait rien de bon.

— Une nouvelle victime a été retrouvée, annonça-t-il enfin.

— Elle va bien ? Est-ce que quelqu'un a aperçu l'agresseur ?

Mon cœur se serrait de plus en plus dans ma poitrine.

— Elle est morte.

L'air semblait soudain me manquer et mon rythme cardiaque accéléra d'un coup face à cette annonce. Pendant un instant, j'eus l'impression que j'allais vomir mes tripes, mais il n'en fut rien. Ma tête tournait et je me mis à trembler.

Encore une mort. Ç'aurait pu être moi.

— Quand ? peinai-je à articuler.

Je savais que j'étais livide.

— Ce matin. Les cuisiniers l'ont découverte dans les couloirs et personne n'a aperçu le tueur.

Cela signifiait qu'elle avait été assassinée pendant la nuit, pendant que je me rendais dans les jardins, pendant que je traversais les couloirs toute seule. Une unique pensée me resta en tête : j'aurais pu me trouver à sa place !

J'avais du mal à reprendre mes esprits, mais ne pouvais pas me permettre de m'effondrer dans les bras du jeune homme en face de moi. Mon ego ne me donnait pas le droit d'être faible à ce point. J'avais des meurtres à élucider. Avant que ce ne soit mon tour…

Ce matin-là était le seul instant au cours duquel nous pouvions rassembler des indices supplémentaires qui nous en diraient plus sur le tueur. Ils pourraient inculper ou disculper celui qui me faisait face.

— Pourquoi es-tu venu me voir ?

Je cachai mon désarroi au mieux et croisai les bras pour camoufler les tremblements qui les envahissaient peu à peu. L'assassin pouvait repasser à l'acte à tout moment.

— La description de l'étudiante tuée te correspondait, je voulais m'assurer que tu ailles bien.

Ça aurait vraiment pu être moi, pensai-je une fois de plus.

Des larmes brûlaient les coins de mes yeux, que je fermai avant de me pincer l'arête du nez. Cette position, qui donnait l'impression que je réfléchissais, camouflait ainsi mon mal être et ma faiblesse.

— Il faut qu'on aille jeter un coup d'œil à la scène de crime avant l'arrivée de la police, conclus-je en cachant toutes mes émotions derrière mon sérieux.

Si Valden se trouvait à mes côtés au moment du meurtre la nuit dernière, cela signifiait qu'il était innocent. Dans le cas contraire, il aurait pu passer à l'acte avant ou après notre petite rencontre. Connaître l'heure du meurtre pouvait mettre un terme à tous mes doutes.

— Ils sont déjà venu chercher le cadavre, affirma-t-il, déçu.

Je fronçai les sourcils.

— Comment ça ?

— Je les ai vu l'emporter, le corps était déjà recouvert d'un drap blanc.

Non ! J'arrivais trop tard !

Est-ce que cette situation arrangeait mon interlocuteur ? Avait-il attendu que le corps soit évacué avant de venir m'avertir ?

— J'ai entendu la directrice décrire la victime auprès d'un officier et me suis lancé à ta recherche avant que je ne puisse entendre la fin de son discours. Après ce que tu m'avais confié au sujet de tes rêves et visions, je craignais que la créature ne soit vraiment venue te chercher.

Je hochai la tête et gardai mon calme. Plus le temps avançait, plus je sentais mon destin approcher et la mort m'enlacer dans son étreinte glaciale.

— Heureusement, ce n'est pas le cas, répondis-je sur un ton optimiste.

Cependant, l'idée que la victime me ressemble ne me rassurait guère. Était-ce un avertissement pour moi de la part du tueur ? Visait-il juste des filles aux physiques similaires ? Ou s'était-il trompé de cible ?

Quoi qu'il en soit, un nouveau pion venait de quitter l'échiquier et ce n'était qu'une question de temps avant que d'autres ne suivent...

— Tout le monde fait comme si rien ne s'était passé, me murmura Margot.

Elle regardait autour d'elle tel un suricate agité. Ses mouvements de tête furtifs et rapides lui donnaient un air suspicieux et inquiet, tandis qu'elle se mordillait la lèvre inférieure.

— Je pense qu'ils tentent de nier la réalité de la situation.

Ma voix était enrouée et la fatigue marquait mon visage à cause de mon escapade nocturne de la veille. Je ne savais pas jusqu'à quelle heure j'étais restée éveillée mais, à en voir la lenteur de mes mouvements et de mes réactions, j'avais à coup sûr retrouvé mon lit bien après minuit. Au moins, je n'avais pas été entraînée dans un autre rêve obscur. Le cauchemar m'avait attendue dans le monde réel.

À présent, assise dans la salle à manger immense, chaque battement de cils paraissait me demander un effort considérable. La foule présente dans la cantine se transformait peu à peu en une masse floue et bruyante plongée dans des chuchotements spéculatifs et des conversations inutiles.

L'adrénaline de la découverte du meurtre m'avait quittée. Le climat était beaucoup plus tendu maintenant que tous avaient eu la confirmation que le premier meurtre n'était pas un accident.

— N'importe qui dans cette salle pourrait être un assassin, poursuivit mon amie.

Des sueurs froides parcoururent son corps, tandis qu'elle inspirait. La frayeur se lisait dans les regards des quatre étudiants qui se trouvaient à ma table et aucun d'entre eux n'avait touché à son petit-déjeuner. Si seulement ils apprenaient la vérité au sujet de Sanja et Valden... La sœur me surveilla du coin de l'œil, comme pour me menacer de ne rien dévoiler de leur secret, et je m'attelai à rassurer Margot.

— Ne t'inquiète pas de la sorte, tout va s'arranger.

Même si je ne croyais pas une seule seconde à ces mots, je posai tout de même ma main sur son épaule afin de la calmer. Son air perdu et impuissant me fendait le cœur.

— Mais... c'est le deuxième meurtre. Le premier aurait pu être un malheureux accident... Peut-être que nous serons les prochaines victimes.

Margot attrapa ma main et la serra avec fermeté jusqu'à m'en faire mal. Elle avait raison, et je le savais très bien. Nous étions tous en danger.

J'avais tenté d'envoyer un message à mes parents, mais mon réseau ne fonctionnait toujours pas. Je me retrouvais donc coincée ici sans la moindre aide extérieure. J'avais même pensé à envoyer des lettres manuscrites, qui arriveraient sans le moindre doute trop tard à leur destination.

La directrice nous avait promis qu'elle avertirait nos parents du danger. Cependant, j'étais certaine que les miens ne liraient même pas son email. Ils seraient, une fois de plus, trop occupés.

— En attendant, concentrons-nous sur les cours, dis-je pour changer de sujet.

Les professeurs poursuivaient les cours comme s'il ne s'était rien passé. Je me doutais qu'en réalité, personne ne savait comment agir face à cette situation tragique et qu'ils faisaient de leur mieux pour contenir leur panique.

Leur comportement menait les élèves à penser que les enquêteurs avançaient bien dans leurs recherches et qu'ils avaient dégoté des pistes assez fiables pour prétendre pouvoir assurer notre sécurité. En effet, d'après les rumeurs, plusieurs étudiants avaient été convoqués pour un interrogatoire au cours des dernières vingt-quatre heures.

Cependant, si le meurtrier était surnaturel comme je le soupçonnais, mobiliser les forces de l'ordre ne suffirait pas à l'arrêter. Ils ne croiraient jamais à la légende des Porteurs du Monde. Valden et moi ne pouvions donc en aucun cas laisser tomber notre enquête si nous souhaitions accéder à la vérité.

Alors que l'étau se resserrait peu à peu autour de nous tel un piège mortel, l'hypothèse du Porteur du Monde machiavélique et de son serviteur assassin paraissait plus plausible que jamais.

Toutefois, je ne pouvais pas écarter l'idée que le coupable puisse aussi être un humain dérangé. Cette pensée, pourtant affreuse, me mettait plus à l'aise, puisqu'elle était plus réaliste que la théorie surnaturelle. Du moins, elle était plus ancrée dans ma réalité.

En observant les nombreux jeunes présents dans la salle, je ne tardai pas à repérer Valden. Il parlait avec quelques élèves et je me demandai s'il les interrogeait au sujet du meurtre. Nos regards se croisèrent, mais il se détourna aussitôt de moi.

— Mmmh, je vois.

Margot s'était penchée en avant pour me chuchoter ces mots. Un coude posé sur la table, elle suivait mon regard et comprit la source de ma distraction. Un sourire satisfait ornait ses lèvres pulpeuses et elle m'adressa un clin d'œil.

Aussitôt sortie de ma transe, je secouai la tête pour nier les faits.

— Non, Margot, ce n'est pas du tout ce que tu penses. Je cherchais juste des visages familiers dans la foule, me défendis-je.

Ma voix était lasse et mon interlocutrice arqua un sourcil. Avec une simple action, Valden venait de me rappeler que nous n'étions pas des amis, juste des alliés temporaires.

— Laisse-la tranquille, Margot, lui ordonna Sanja avec les yeux levés au ciel.

Son intervention autoritaire me surprit. Margot hocha aussitôt la tête et se mit à discuter avec Felix et Orpheus.

Merci, Sanja.

Elle ne souhaitait pas que des rumeurs courent au sujet de son frère.

— Que pensez-vous de l'idée de démasquer le tueur ensemble ? demanda soudain Felix.

Il était toujours aussi énergique malgré les circonstances.

— Vous savez qu'il y a la police pour ça ? intervint Sanja.

Son ton était sceptique et glacial.

— Au moins, ça nous donnera l'impression de ne pas être impuissant.

Je ne savais pas si me plonger dans cette affaire m'avait vraiment apporté autre chose que des cauchemars et des révélations dérangeantes. Seraient-ils prêts à encaisser tout ça ?

— Je dois avouer que je suis intriguée. J'ai toujours eu un sens de l'aventure mal venu, avoua Margot avec le regard brillant.

— Nous ne savons pas grand-chose au sujet du tueur, mais on peut essayer de dégoter quelques informations. Même si c'est juste pour pouvoir lui échapper lors de sa prochaine attaque.

— Ou ça peut nous tuer…, leur avouai-je.

Je savais très bien que c'était une possibilité plus que probable et n'avais aucune envie de les entraîner dans cette affaire dangereuse.

Je sentais mon cœur se serrer. En soi, je ne leur mentais pas en omettant que je détenais plus d'informations qu'eux, si ?

Ils m'avaient si bien accueillie dans leur groupe d'amis et, moi, je leur cachais la vérité. Mais qu'aurais-je pu faire d'autre ? Leur avouer que les créatures surnaturelles existaient et que des esprits nommés Porteurs du Monde nous entouraient ?

Non, c'était un secret que je devais porter seule.

— Je n'avais pas réfléchi à ça…, avoua Felix.

Ils paraissaient tous moins emballés d'un seul coup, et je fus soulagée de voir qu'ils n'étaient pas prêts à risquer leurs vies en échange de quelques informations. Valden et moi le faisions déjà, donc il était inutile d'entraîner d'autres âmes innocentes dans notre quête de vérité. J'espérais que je ne regretterais pas mon choix de taire nos activités.

Après un long silence, Felix et Orpheus se mirent à se disputer une fois de plus tels des enfants devant Sanja, qui leva les yeux au ciel d'irritation. Margot, quant à elle, éclata de rire en les écoutant. Ils étaient tous si différents que le fait qu'ils s'entendent si bien était un miracle.

— Je pense que quelqu'un souhaite te parler, Aylia.

Margot me sortit de mes pensées et désigna un individu qui se trouvait derrière moi. Je me retournai avec un sourire aux lèvres en pensant qu'il s'agissait de Valden, mais me retrouvai confrontée au visage livide de Regg. J'étais si étonnée de le voir là que je ne sus pas comment réagir face au jeune homme.

— Aylia, as-tu un instant ? murmura-t-il d'une voix tremblante.

Il avait l'air mal à l'aise et on aurait pu croire qu'il était sur le point de s'évanouir. Il ne cessait pas de serrer et de desserrer ses poings. Son visage livide se décolorait au fil des secondes et il s'humidifiait les lèvres avec sa langue de façon frénétique. De la sueur, qu'il ne prenait pas le temps d'essuyer, perlait de son front.

Intriguée et inquiétée par son état, et rassurée par la présence de mes amis, j'acquiesçai.

— J'aimerais te parler en privé, s'il te plaît, poursuivit-il en voyant que je restais assise à table.

L'espace d'un instant, j'aurais pu jurer que j'entendais ses dents claquer. Dubitative, je jetai un coup d'œil à Margot dont l'expression figée ne m'était pas d'une grande aide.

— D'accord, soupirai-je.

Je n'avais aucune idée de ce que l'étudiant me réservait, mais espérais du fond du cœur que ce soient de simples excuses. En tournant la tête, je remarquai que Valden nous observait du coin de l'œil avec attention. Une jeune fille lui parlait, bien qu'il ne paraisse pas du tout intéressé par le flot de paroles qu'on lui adressait. Face à son expression renfrognée, je le rassurai avec un hochement de tête. Pourtant, cela ne semblait pas aider.

Il paraissait plus intéressé par Regg que par moi.

Après avoir suivi ce dernier jusqu'à la sortie de la cafétéria, je m'appuyai contre un des murs du couloir visibles depuis les tables à manger. J'étais préparée au pire. Mon interlocuteur pouvait très bien être celui qui attaquait les jeunes de la Sinistri School bien que, s'il tentait de m'achever maintenant, il serait démasqué en un rien de temps.

Toutefois, le meurtrier était plus habile que ça et quelque chose me disait que Regg n'était pas là pour me faire du mal. Il avait l'air bien trop fébrile pour cela.

— Il se trame quelque chose d'obscur par ici, me chuchota le jeune homme.

Il regardait autour de lui avec de la panique au fond des yeux et sa respiration saccadée me donnait presque l'impression qu'il faisait un infarctus !

Je sais, avais-je envie de lui dire, mais je demeurai silencieuse.

— Je pense que je sais qui est à l'origine de ce chaos, poursuivit Regg.

Il se frottait nerveusement les mains et sa voix partait dans les aiguës tant la tension était puissante dans son organisme. J'attendais qu'il poursuive, qu'il m'éclaire.

— Je ne peux pas te confier son nom par risque de te mettre en danger, juste... fais attention aux faux-semblants et aux beaux discours, Aylia. N'importe qui peut se cacher derrière un masque fait de puissance et d'inquiétude. Il arrive.

« Il » ? Qui était « il » ?

Ses propos étaient énigmatiques, ses mouvements étaient incontrôlés et la terreur déformait son visage. Si quelqu'un l'avait aperçu en dehors du contexte actuel, il aurait pu le méprendre pour un fou. La sueur coulait de son front en grande quantité et sa respiration irrégulière témoignait de sa difficulté à se contenir.

— Regg ? Ça va ?

Qu'est-ce qui l'avait mis dans cet état ? Son état second était tout sauf normal. J'étais, malgré moi, inquiète face à son comportement inhabituel. Étrangement, l'étudiant ne semblait pas m'entendre et chancela.

— Regg, insistai-je alors que j'avançais vers lui.

— Je m'en occupe, intervint aussitôt une voix féminine.

Lexie sortit de la cafétéria et posa sa main sur le front de son ami, tout en le retenant par le bras pour éviter qu'il ne tombe par terre.

— Je crois qu'il a de la fièvre, conclut-elle après l'avoir observé de plus près.

Cela expliquerait pourquoi il avait l'air si absent, comme pris dans une transe…

— Qu'est-ce qu'il t'a dit ? me demanda la blonde comme si ma réponse était d'une importance capitale.

— Je ne l'ai pas vraiment compris.

Je ne pouvais pas me permettre d'en parler avec elle, par peur de l'impliquer dans cette affaire, elle aussi.

Regg parut déçu et me fixa pendant un long instant. C'était la seconde fois qu'il me mettait en garde, qu'il m'avertissait d'un danger à venir. « Un masque de puissance et d'inquiétude » ? Intrigant.

— Aylia ? Tout va bien ? m'interpella soudain Valden en faisant irruption dans le couloir.

Lexie le foudroya du regard et Regg recula d'un seul coup. Connaissaient-ils donc tout de même sa nature ? C'était la seule explication que je trouvais à leurs réactions étranges.

— Oui, ne t'inquiète pas.

Je le rejoignis et remarquai qu'il paraissait contrarié de me retrouver en compagnie de Regg. Leur animosité était évidente.

Valden m'observa, comme pour lire mes pensées. Prise dans une situation étrange, je ne pouvais pas m'empêcher de penser que cette rencontre était louche et les avertissements que je venais d'entendre ne cessaient de créer des échos dans mon esprit.

« Un masque de puissance et d'inquiétude ».

Quand est-ce que les mystères cesseraient-ils enfin de se multiplier ?

— Qu'est-ce que tu fais ici, Valden ?

Regg et Lexie venaient de quitter le couloir, et j'interrogeai celui qui les avait chassés du regard.

Le jeune homme m'observa et soupira. La fatigue tirait ses traits et il ne paraissait pas avoir la moindre envie de m'expliquer ses motivations.

— Viens avec moi, m'ordonna-t-il simplement.

Je dus serrer les dents pour ne pas prononcer des paroles que je regretterais et secouai la tête. Que me voulait-il ? Où était la gentillesse et tendresse dont il avait fait preuve le matin même ?

— Je dois te confier quelque chose et je ne pense pas que le couloir adjacent à une pièce remplie d'étudiants soit l'endroit idéal, m'expliqua-t-il à voix basse.

Je me tournai vers la salle à manger pour constater qu'il avait bel et bien raison. N'importe qui pourrait surprendre notre conversation ici. De plus, Sanja nous fixait avec le regard rempli de reproches.

— Bien, allons-y.

Je détestais m'avouer vaincue face à lui, mais je n'avais pas la force de me battre. Puis, nous avions convenu de nous entraider au cours de notre enquête.

Lors de notre traversée des couloirs, nous passâmes à côté des statues qui portaient les noms des victimes de la tragédie de 1922. Je les avais contemplées la nuit de mon arrivée, sans pour autant connaître leur sinistre signification, avant qu'elles ne se manifestent dans mes rêves. L'école érigerait-elle de tels monuments pour les nouvelles victimes ? J'aurais préféré qu'ils n'aient pas à le faire.

En un rien de temps, nous nous retrouvâmes dans la bibliothèque universitaire. Valden vérifia immédiatement chaque rayon pour éviter que quiconque ne nous écoute depuis l'ombre. Mieux valait être trop prudent que pas assez.

— Tu avais quelque chose à me dire ? lui demandai-je pour accélérer les choses.

Les cours de l'après-midi ne tarderaient pas à commencer et je n'avais aucune envie de les rater.

— Toujours aussi impatiente à ce que je vois.

Son sourire amusé m'agaça. Je savais que je ne devais pas le laisser jouer avec moi de la sorte, mais ne pus m'empêcher de grincer des dents. Comme tous les autres, j'étais sur les nerfs à cause des meurtres.

— Seulement parce que tu es toujours aussi lent.

Il parut surpris par la répartie. J'étais trop agacée et fatiguée pour faire l'effort d'être gentille. Ce serait parfait s'il pouvait aller droit au but.

— Bien.

Il s'engagea dans un des rayons de la bibliothèque et me fit signe de le suivre. J'obéis et espérais que notre rencontre aboutirait à un résultat constructif.

Le jeune homme paraissait chercher quelque chose parmi les ouvrages présents et son air concentré faillit me faire sourire. Je ne parvenais pas à ôter mon regard de son expression sérieuse et douce à la fois. Une ride apparut entre ses yeux, accentuant l'effort qu'il fournissait pour trouver ce qu'il convoitait.

— Ah ! Te voilà !

Son regard noisette s'illumina et son sourire enfantin fit naître une vague de chaleur au creux de ma poitrine.

Pour me donner une contenance, je me concentrai sur la note que Valden venait de sortir d'entre deux livres. Le papier jauni indiquait qu'elle ne datait pas d'hier.

— Je sais que je t'ai fait attendre, mais j'ai enfin trouvé un indice qui pourrait nous être utile.

Il se tourna vers moi d'un air si satisfait que je sentis mon cœur bondir. Qu'était ce sentiment étrange ?

— Il était temps, me forçai-je à articuler pour camoufler les émotions déroutantes qui traversaient mon esprit.

Le jeune homme déplia le bout de papier et nos regards tombèrent sur une date qui me donna la chair de poule : le 14 octobre 1922.

Des phrases désordonnées traversaient la page, rédigées à l'encre noire.

Il viendra me chercher.
Je ne serai bientôt plus, je le sens au plus profond de moi.
Les images deviennent de plus en plus réelles, elles envahissent mon quotidien.
Les ombres m'enveloppent, elles contrôlent mes actions.

Je le sais. Je le sens.
Personne n'est à l'abri.
Les âmes sont partout. Elles crient. Elles pleurent.
Je suis parmi elles.

Je sentis la nausée m'envahir et me détournai de la lettre remplie de révélations. Tout ce qui y était décrit, je le vivais. La possibilité que mes rêves ne soient que des fragments de mon imagination venait de voler en éclats.

— Aylia ?

Valden parut inquiet face à ma réaction soudaine.

Je n'eus pas la force de lui répondre, trop occupée à retenir mes larmes et à tenter de me calmer.

Je serais une des prochaines victimes. Combien de temps me restait-il ?

— Qu'y a-t-il, Aylia ? me questionna Valden avant de s'approcher de moi.

Paniquée à l'idée qu'il découvre l'état vulnérable dans lequel je me trouvais, je repris mes esprits et me tournai vers lui d'un coup sec. À mon grand malheur, je me cognai contre son torse et tombai en arrière contre une des nombreuses étagères remplies de livres.

Je me maudis d'être aussi maladroite face à celui que je considérais comme mon plus grand rival. Contre toute attente, Valden ne se moqua pas de moi et me tendit sa main, que j'acceptai avec une grimace.

— Tu vas bien ? Je suis désolé si le contenu de la lettre t'a rappelé tes cauchemars, Aylia. Je ne voulais en aucun cas t'effrayer.

Il me tira debout avec tant de force que j'atterris contre son torse. Lorsque je levai les yeux vers lui pour lui répondre, je me rendis compte que son visage ne se trouvait qu'à quelques centimètres du mien.

Son air inquiet me fit perdre mon souffle et ses grandes ailes noires étaient apparues dans son dos. Je les observai avec fascination et sentis mon cœur battre à tout rompre.

— Je vais bien.

Valden se trouvait trop près de moi, mais je ne pouvais pas me résoudre à le repousser. Sa respiration caressait mon visage pâle et ses ailes formaient un cocon autour de nos deux corps. Je ne savais pas quoi faire ou penser, donc je le laissai s'approcher sans protester tandis qu'une chaleur inattendue se développait au creux de ma poitrine.

Je ne devais pas céder à la tentation qu'il représentait, pas alors qu'un tueur rôdait dans l'académie à la poursuite de sa nouvelle victime, pas alors que lui-même pouvait être ce criminel. Toutefois, je ne pouvais nier que j'étais attirée vers lui tel un aimant.

— Tiens, tiens, j'ai réussi à te faire rougir, Hoff.

Je l'observai, surprise par ses paroles teintées d'amusement, et me retins de recouvrir mes joues de mes mains.

— Tu n'es vraiment qu'un imbécile, grommelai-je dans l'espoir de masquer mon embarras.

Valden s'approcha peu à peu de moi et posa son front contre le mien. Nous restâmes là pendant de nombreuses minutes, immobiles, complices et silencieux. Rien ne semblait pouvoir rompre la transe dans laquelle nous étions pris et le monde autour de nous disparut. Les ailes noires de l'homme en face de moi entouraient mon enveloppe charnelle en toute douceur, comme l'auraient fait deux bras rassurants.

— Aylia...

Sa voix grave me donna des frissons, et me poussa à séparer nos deux fronts et à relever la tête. Sa peau lisse, ses lèvres rosées fines, mais bien dessinées, ses yeux intenses aux iris noisette, sa chevelure noire en désordre initialement peignée en arrière, son nez trop grand, tout ça me paraissait soudain si parfait. Je l'observai dans le but de graver le moindre détail de cet instant dans ma mémoire.

Quel envoûtement m'avait-il jeté ? Pourquoi ma haine s'était-elle effacée ?

— Tu ne serais pas en train d'essayer de me charmer, Valden ?

Il rigola, émettant le plus beau son que j'avais pu entendre au cours de ma vie.

— Je ne vois pas de quoi tu parles, Hoff.

Son air sérieux me fit aussitôt regretter mon élan de courage. Il m'avait répété à de nombreuses reprises qu'il n'était pas intéressé par moi, et je venais de le pousser dans ses retranchements. Quelle débile j'étais !

Je ne savais plus quoi prendre au sérieux et faillis m'éloigner pour ne pas le mettre mal à l'aise. Avant que je n'aie le temps de trop m'éloigner, il me retint par le poignet et se pencha en ma direction. Son visage ne se trouvait plus qu'à quelques centimètres du mien et je rougis davantage malgré moi. À ma grande surprise, il ne tarda pas à m'adresser un sourire espiègle qui fit taire mes doutes.

— Mais peut-être bien… si ça marche.

J'étais convaincue qu'il se moquait de moi, que me voir désemparée l'amusait.

— Qu'est-ce qu'il y a, Hoff ? Nerveuse ?

Son rictus faisait fourmiller quelque chose au creux de mon ventre.

Hoff.

Il n'utilisait mon nom de famille que pour me taquiner. Alors, je décidai d'en faire de même.

— Rêve toujours. Comme si quelqu'un comme toi serait capable de me rendre nerveuse, Kazoku.

Je mis l'emphase sur son nom en l'articulant syllabe par syllabe.

Il cligna des yeux et son expression changea peu à peu. Une lueur inconnue s'alluma dans son regard d'habitude si obscur.

— Est-ce un défi ?

Il passa ses bras autour de ma taille et m'attira lui.

— Sache que je ne sais pas résister aux challenges, me chuchota-t-il à l'oreille.

Je sentais ses ailes frémir et ses muscles se tendre.

Des milliers de sensations traversaient mon corps, et une chaleur inconnue continua à se propager en moi jusqu'à se muer en désir. Mon rythme cardiaque élevé lançait une alerte à mon organisme entier. Je ne m'étais plus éprise de quiconque depuis des années et avais du mal à savoir comment réagir face à cette situation inédite.

J'en voulais plus, toujours plus, sans pour autant vouloir forcer Valden dans quoi que ce soit. Alors, je m'immobilisai en tentant de reprendre mes esprits.

— Tu vas regretter de m'avoir provoqué, Hoff, me murmura tout à coup mon interlocuteur en guise de réponse.

Il passa une de ses mains le long de ma colonne vertébrale, ce qui me fit frissonner de bonheur. J'ouvris la bouche, mais aucun son n'en sortit. Cela aurait été inapproprié vu la nature du lieu dans lequel nous nous trouvions. Même à travers le tissu de mon uniforme, je pouvais sentir ses doigts brûler ma peau.

Je clignai des yeux à plusieurs reprises et me redressai pour que nos deux regards brillants puissent se croiser. Le sien abritait une telle douceur et affection que mon cœur en devint plus léger. Personne ne m'avait jamais contemplée de la sorte. On aurait dit que j'étais la plus belle chose qu'il ait pu voir au cours de son existence, ce qui était de toute évidence faux.

— Tu ne me fais pas peur…, lui assurai-je d'une voix affaiblie par l'émotion.

Ni ses provocations taquines ni sa réelle nature ne m'effrayait.

Les ailes noires de Valden se déployèrent alors qu'il me serrait contre son torse jusqu'à ce que nos bouches se frôlent presque. La splendeur de sa nature me laissait sans voix. C'était si magnifique et irréaliste à la fois que je ne pouvais pas m'empêcher de me demander si je rêvais ou non. Ne le détestais-je pas ?

« Il n'y a qu'un pas entre l'amour et la haine. »

— Pourtant, tu devrais. Je ne suis pas humain, me dit-il en passant une de ses grandes mains dans mes cheveux.

L'espace d'un instant, je me donnai la permission de fermer les yeux et d'oublier que je me trouvais au sein d'une université où rôdait un assassin… et dans les bras d'un être surnaturel.

— Ta nature ne change pas la personne que tu es, Valden.

Il m'observa avec fascination, et je remarquai qu'il parut soulagé de m'entendre prononcer ces paroles. Son secret devait tant lui compliquer la vie.

— Toi, tu me changes, Hoff. Tu m'obliges à redoubler d'efforts à chaque fois que nos chemins se croisent.

Son souffle caressait mon visage. Il se trouvait si près de moi.

Mon silence pouvait être mal interprété, mais j'avais juste besoin de reprendre mon souffle, car mon pauvre petit cœur semblait être sur le point d'exploser face à l'intensité de notre étreinte. J'étais certaine qu'il pouvait l'entendre battre.

J'avais tant envie de me laisser tenter par ses lèvres. Cependant, je n'osais pas faire le premier pas, par peur de découvrir que j'interprétais toute la situation de travers depuis le début. Tout à coup, il fit taire tous mes doutes en touchant le bout de mon nez avec le sien.

Mon visage se colora aussitôt d'un rouge tomate peu flatteur. J'avais l'impression d'étouffer face à Valden et son regard si intense et doux à la fois. Ce jeune homme s'avérait si surprenant !

Je fus envahie de frissons de bonheur, et une chaleur agréable se répandit dans mon organisme entier à l'idée de l'embrasser.

Je ne pouvais plus le nier : cet homme ne me laissait pas indifférente.

— Tant pis si ça ne fait pas partie du plan, marmonna-t-il en posant une main sur ma joue.

Parlait-il du chemin que Sanja l'avait poussé à suivre ? J'aurais aimé l'interroger à ce sujet, mais mon cerveau ne demandait qu'une seule chose à présent : qu'il pose enfin ses lèvres sur les miennes.

Soudain, sortie de nulle part, une voix féminine nous interpella.
— Eh ! Toi !

Je sursautai et me détournai de Valden. Il retint sa respiration, et je sentis sa chaleur corporelle s'éloigner de moi. La nouvelle venue ne tarda pas à approcher.

— Qu'est-ce que tu fais ici ? Tu n'es pas censée être en cours ? me reprocha une femme petite et menue.

J'ouvris la bouche et me tournai en direction de l'endroit où Valden se tenait quelques instants plus tôt. À mon grand malheur, je n'y trouvai que des étagères et des livres. Il s'était évaporé !

— Tu vas bien ? Tu es toute pâle, s'inquiéta l'employée aux cheveux bouclés grisonnants.

Sa colère s'était transformée en curiosité face à ma réaction.

Un froid glacial s'était manifesté dans ma poitrine lorsque j'avais découvert que Valden m'avait abandonnée, mais je secouai aussitôt la tête pour faire disparaître ma confusion. Je ne pouvais pas me permettre d'attirer l'attention sur moi. J'étais nouvelle, une intruse, et donc une parfaite suspecte quand c'en venait aux meurtres.

— Je vais bien, merci beaucoup. Vous m'avez juste un peu prise au dépourvu, m'excusai-je avec la tête basse.

Je n'avais aucune envie de paraître insolente. Cela ne ferait que jouer contre moi.

— Je suis navrée de ne pas m'être rendue en cours. Je suis nouvelle et j'avais besoin d'être seule après les événements de ces derniers jours.

Je forçai quelques larmes à me monter aux yeux. C'était une technique qui avait fonctionné sur la majorité des adultes dans ma vie, hormis mes parents.

— Je peux comprendre. Et tu es ?

— Aylia Hoff.

Elle expira et plissa les yeux.

— Aylia. Tu es arrivée au mauvais moment. Cette école est plutôt calme en temps normal. Au vu des circonstances actuelles, je vais quand même devoir t'emmener chez la directrice.

Je blêmis aussitôt face à ses mots qui n'avaient pourtant rien de menaçant. Même si je n'étais pas une élève des plus sages, je n'avais encore jamais été convoquée dans le bureau d'un directeur. Je ne leur avais jamais donné de raison de le faire.

— Rassure-toi, elle ne va pas te faire de mal. Elle tient à expliquer les règles en détail à chacun de nos étudiants. Cette fois-ci, tu auras juste le droit à un avertissement.

J'ignorais si elle croyait à mon excuse ou pas, mais je penchais pour le non. Ses années d'expérience dans l'éducation lui avaient sans le moindre doute permis de démasquer les élèves rebelles et leurs manigances.

— D'accord, Madame... ?

Je laissai ma phrase en suspens en la fixant. J'attendais qu'elle me confie son nom afin que je puisse savoir plus en détail à qui j'avais à faire. À mon grand malheur, elle ignora ma demande muette.

— Parfait ! C'est la première fois que j'arrive à convaincre un étudiant de me suivre avec une telle rapidité.

Elle pouffa, et je devinai qu'elle se remémorait un instant amusant du passé. J'aurais aimé savoir de quoi il s'agissait. Est-ce qu'un étudiant s'était ridiculisé dans une tentative de lui échapper ? Cela ne m'étonnerait pas le moins du monde.

L'espace d'un instant, je me demandai si elle était le tueur et si j'étais sur le point de me faire avoir. Puis, en remarquant à quel point elle était petite et que ses mouvements étaient lents, je conclus qu'elle ne pouvait pas être assez forte pour immobiliser des étudiants qui faisaient deux fois sa taille.

Je la suivis donc sans protester dans l'objectif de ne pas m'attirer d'ennuis supplémentaires.

Nous ne tardâmes pas à atteindre le bureau de la directrice. Cette dernière était assise dans un fauteuil confortable et paraissait déjà nous attendre avec une tasse de thé à la main.

— Bonjour, Miss Hoff, me salua-t-elle.

— Bonjour, Madame.

Mon regard explora la pièce et parcourut les centaines de dossiers, classés par ordre alphabétique, qui étaient empilés dans sa bibliothèque. Je devinai qu'il s'agissait des fichiers de tous les étudiants que comptait l'institut. Plusieurs d'entre eux avaient été posés sur son bureau.

— Myrthe, est-ce que tu peux me passer les classeurs, s'il te plaît ?

La petite employée qui m'avait menée ici obéit et tendit les trois piles de papiers à sa supérieure qui les attrapa aussitôt. J'avais l'étrange impression que Myrthe était terrifiée par la présence de son interlocutrice. Peut-être que ma propre frayeur déteignait sur elle.

La directrice laissa tomber un des dossiers par terre par inadvertance et je détaillai vaguement la photo de son détenteur. Je le connaissais... Il n'était autre que Regg. Qu'avait-il encore fait pour attirer l'attention de la direction ? Myrthe se précipita pour ramasser les feuillets et ranger les fichiers comme sa supérieure le lui avait demandé.

Mon regard parcourut les étagères qui se trouvaient à ma droite, et j'y découvris cinq classeurs vieillis dont les noms m'étaient familiers. Leur importance me frappa lorsque je vis les dates qui figuraient sur leurs dos : 1921-1922. C'étaient les fiches des élèves de la tragédie, ceux dont les noms étaient inscrits sous les statues des couloirs. Étaient-ce les seules qui avaient été conservées ?

— Aylia, tu as un dossier vierge. Aucun écart, aucune mauvaise appréciation, aucune matière ajournée.

La voix de la directrice coupa court à mes pensées. Elle feuilleta le contenu d'un dossier sur lequel avait été marqué mon nom en de grandes lettres noires.

Pour la première fois depuis mon arrivée ici, elle me faisait peur. Est-ce qu'elle s'intéressait à mon passé dans le cadre de l'enquête en cours ? Est-ce qu'enfreindre les règles avait fait de moi un potentiel suspect ?

— C'est pour ça que nous avons décidé de t'accepter en troisième année de licence à la Sinistri School. C'est un privilège dont peu disposent.

Son regard ne cessait pas de chercher la moindre faille dans mon formulaire d'inscription, en vain. Mes parents avaient fait en sorte que rien de négatif y figure.

Soudain, elle referma le classeur et soupira en posant sa main sur son front. Les événements des derniers jours l'avaient sûrement épuisée et ses cernes en témoignaient.

— Nous t'autorisons un seul écart. La direction n'est pas clémente avec les élèves qui sèchent les cours.

Je hochai la tête et espérais qu'elle me libère bientôt. La tension présente dans mon organisme tétanisait peu à peu mes muscles.

— Nous faisons tout ceci pour vous protéger. Il est dangereux de se balader seul dans l'université ces jours.

Malgré son ton sévère, elle me sourit avec une grande bienveillance au fond du regard. Elle était la seule qui n'avait rien à gagner dans cette situation atroce.

— Je suis navrée d'avoir enfreint les règles, ce n'était pas mon intention, m'excusai-je avec humilité.

Je ne regrettais en aucun cas d'avoir passé ces quelques instants avec Valden dans la bibliothèque, mais ne l'avouerais pas à mon interlocutrice.

— Bien. Retourne suivre tes cours, jeune fille.

Myrthe écarquilla les yeux et s'apprêta à contester la décision de sa supérieure hiérarchique. Cette dernière lui jeta un regard noir qui la poussa à se taire.

De la reconnaissance envahit mon visage.

— Merci beaucoup. Bonne journée, Madame.

Je m'éloignai en direction de la porte. J'avais hâte de pouvoir retrouver mes amis en cours.

L'un d'entre eux avait une disparition à expliquer.

J'étais sagement retournée en cours tout le reste de la journée. Néanmoins, aucun élève n'avait paru concentré, et même certains professeurs n'étaient pas à l'aise. Tout le monde aurait préféré rentrer chez soi.

Pas moi. J'avais un mystère à résoudre.

Puisque Valden n'avait pas suivi les enseignements du jour, je n'avais pas eu la chance de l'interroger comme je le souhaitais. Cela ne voulait pas dire qu'il y échapperait pour autant.

Le fait qu'il me laisse affronter ma punition seule m'avait heurtée malgré moi. En fin de compte, il n'était pas aussi fiable que je l'avais cru. J'étais déçue de devoir le découvrir de cette façon, mais au moins, je ne referais pas deux fois la même erreur.

Lors d'une pause, j'avais décidé de m'aventurer dans les jardins dans l'espoir d'y retrouver le jeune homme. En vain. Il paraissait s'être volatilisé pour de bon.

Même après être retournée dans ma chambre, je n'étais pas parvenue à penser à autre chose que sa disparition. La directrice avait été compréhensive, mais je me doutais que ce ne serait pas tous les jours le cas. Était-ce la raison pour laquelle il avait fui ? Je secouai la tête à cette pensée. Non, je ne devais pas chercher à excuser son comportement. Il avait commis une erreur et devait en affronter les conséquences.

J'étais assise sur mon lit et attendais avec impatience que le soleil se couche. Des enseignants surveillaient les couloirs pour éviter que les élèves ne sortent seuls de leurs chambres. J'avais l'impression d'être piégée, mais savais que les employés ne tarderaient pas à s'éclipser lorsqu'ils penseraient les étudiants endormis. Je me rendrais alors une fois de plus dans les jardins dans l'espoir de calmer mes pensées négatives de plus en plus envahissantes.

Je me sentais prise au piège, dénuée de tout allié de confiance et de nouvelles pistes à explorer. Peu importe combien je détestais devoir l'avouer, j'avais besoin de Valden et ses connaissances du surnaturel.

Pour me changer les idées, je m'étais mise à lire les notes que Margot avait prises au cours des leçons que j'avais ratées, et qu'il me fallait rattraper sans tarder pour ne pas être perdue par la suite.

À mon grand malheur, mon taux de concentration était bien trop bas, et je ne pouvais pas me résoudre à me plonger dans cet apprentissage pourtant essentiel à la réussite de mon cursus universitaire. Je finis par capituler et attrapai mon téléphone en m'allongeant sur mon lit. Comme d'habitude, je n'avais aucune notification et décidai d'envoyer un message à mes parents afin de leur montrer que j'étais encore en vie, même s'ils ne semblaient pas vraiment s'en soucier.

Hey ! Est-ce que vos clients ont validé les dossiers ? Tout se passe bien de mon côté.

Mensonge. Rien ne se passait bien à la Sinistri School. Après tout, deux élèves avaient été tués. Mais cela, ils le sauraient déjà s'ils avaient pris le temps de lire l'email que la direction leur avait envoyé.

Non pas qu'ils prendraient le temps de s'en occuper.

J'appuyai sur « envoyer » sans ajouter mon nom ou la moindre formule de politesse. En temps normal, mon contact était enregistré dans leurs téléphones et leur permettrait de connaître sans le moindre problème l'identité de l'expéditeur. Dans le cas contraire, ce serait d'autant plus blessant. Sans pour autant être étonnant.

Mon téléphone vibra quelques secondes plus tard et sur l'écran s'afficha en grand « ÉCHEC D'ENVOI ». Je renouvelai l'action, en vain. La même notification fut ma seule réponse. C'était étrange, puisque mon portable indiquait que j'avais du réseau.

On était coupés du monde. Piégés comme des rats.

Je fronçai les sourcils et retentai ma chance en écrivant un simple « Hey ! » à mon propre numéro. Une fois de plus, l'envoi échoua. Je haussai les épaules et posai mon mobile sur ma table de chevet sans m'en préoccuper. Après tout, c'était ainsi depuis mon arrivée à l'académie.

Il se pouvait que la direction ait fait installer des brouilleurs de signal, mon lycée l'avait fait pour empêcher les élèves d'envoyer des textos en cours. Peut-être était-ce pour cela que personne ne m'avait contactée depuis mon arrivée ici ? N'arrivaient-ils pas à me joindre ?

Si c'était le cas, ils devaient être morts d'inquiétude... Quoique, ce n'était pas trop le genre de mes parents. Ils m'avaient peut-être même envoyée ici, parce qu'ils savaient que je ne serais pas en mesure de les déranger.

À cette pensée, j'attrapai le livre *Les Porteurs du Monde* que j'avais glissé sous mon lit. Une couche de poussière collait à la couverture, témoignant de la quantité de saleté qui se trouvait sous le matelas sur lequel je dormais toutes les nuits.

Ils auraient quand même pu employer une femme de ménage avec la somme astronomique que tous les parents leur payaient. Peut-être que cette dernière avait fui le lieu à l'annonce des meurtres comme tant aimeraient le faire ?

Je secouai la tête et me concentrai de nouveau sur l'objet que je tenais entre mes mains. J'avais lu les introductions des différentes parties de l'ouvrage, qui faisaient quatre à cinq pages, afin de mieux cerner son contenu. Aucune ne parlait de Porteurs du Monde corrompus ou de leurs serviteurs. Ni de cauchemars ou de visions.

Deux mots me marquèrent et paraissaient figurer de nombreuses fois dans l'ouvrage : le pouvoir et la responsabilité. Ils étaient liés à la création et au rôle des Porteurs du Monde.

Bien évidemment, je n'avais pas le temps ni le courage de passer en revue chacun des cinq cents feuillets qui constituaient l'objet. Je me demandais ce que l'auteur pouvait bien avoir à raconter pour en remplir l'intégralité. L'histoire des Porteurs était perçue comme un mythe, une légende urbaine depuis longtemps oubliée et reniée. Alors, pourquoi avait-il pris le temps de se documenter à leur sujet sans même inscrire son propre nom dans son œuvre ?

Si Valden disait vrai, les Porteurs du Monde pouvaient être aussi bienveillants que machiavéliques, même si seul le premier aspect avait été traité dans le livre que je tenais entre mes mains. Peut-être que l'auteur avait eu trop peur de la vérité pour l'écrire. Ou peut-être qu'une de mes sources mentait ? Je ne possédais aucun moyen de vérifier ce qu'on m'avait raconté et cela me frustrait. Moi qui aimait tant prendre les choses en main.

— Pourquoi est-ce que rien ne peut jamais être facile ici ? demandai-je à haute voix.

Je savais, bien sûr, que personne ne me répondrait et que je parlais dans le vide. Au moins, cette pratique me permettait de me rendre compte que ce que je vivais était réel. Même si, vu de l'extérieur, on aurait pu croire que j'étais folle !

— Quel est mon rôle ici ?

Je me levai et avançai jusqu'à la fenêtre de la chambre. Comme toujours, le paysage constitué de nature était magnifique et son calme faisait presque oublier la tension qu'avaient créé les événements de la journée. Le meurtre de la nuit dernière ne serait pas le dernier tant que je n'arrêtais pas le tueur.

La terreur avait habité les yeux de tous les étudiants dont j'avais croisé la route. J'aurais tant aimé pouvoir leur apporter une explication, mais mes propres incertitudes m'en empêchaient.

En fin de compte, je ne savais pas grand-chose non plus.

Le seul auquel je pouvais me confier était Valden. Du moins, c'était ce que j'avais cru. Il était temps de considérer la piste qu'il me menait en bateau et qu'il avait fait en sorte que je me fasse surprendre à la bibliothèque pour potentiellement m'inculper.

Si on m'avait un jour dit que je me laisserais autant influencer par un homme comme lui, je ne l'aurais pas cru. Il n'était pas magnifique comme certains autres individus que j'avais pu croiser au cours de mon existence, mais il possédait un charme toxique et une douceur surprenante. Et je m'étais fait avoir par sa fausse sincérité.

Pourtant, même si mon bon sens ne cessait de me pousser à m'éloigner de lui, il avait quelque chose de fascinant que ma curiosité ne demandait qu'à explorer. Son existence même dépassait l'entendement et y croire allait à l'encontre de toutes les convictions sur lesquelles ma vie avait été fondée. Heure après heure, je sentais ma santé mentale se détériorer.

« Crois seulement en ce qui peut être expliqué par la science. » Si seulement c'était possible de dicter une telle conduite à mon cerveau rempli de légendes surnaturelles...

J'étais assise dans l'herbe humide et en arrachais des brindilles pour m'occuper et me calmer.

Le soleil était couché depuis à peine une heure, mais je m'étais précipitée dehors dès que les enseignants s'étaient éclipsés du couloir.

J'avais eu l'espoir de retrouver Valden assis sur le banc en bois où nous nous étions retrouvés auparavant. Sans succès. Nos explications n'avaient qu'à attendre.

Optimiste que j'étais, je n'avais pas pensé au fait qu'il avait d'autres occupations. Comme sécher les cours et jouer à l'étudiant mystérieux.

J'expirai et contemplai les jardins de l'académie. Le silence, qui aurait dû me paraître inquiétant, m'apaisait. En traversant les couloirs vides de l'université, j'avais fait attention au moindre bruit, consciente du danger auquel je m'exposais. J'aurais pu être tuée en un rien de temps, on aurait pu cacher mon cadavre sanglant dans un coin du couloir sans que personne le remarque. Toutefois, dormir et atterrir dans un nouveau cauchemar n'était pas une meilleure alternative.

Maintenant que je me trouvais à l'extérieur, mes frayeurs s'étaient envolées, même si des images du corps de la première victime traversaient encore mon esprit. Les plaies infligées par le mystérieux criminel s'étaient transformées en de cruelles incisions sans queue ni tête. Il avait achevé sa victime de façon brutale et violente. Je chassai aussitôt ces pensées inquiétantes de mon esprit et levai la tête pour contempler la voûte céleste qui s'étendait au-dessus de ma tête.

Il m'avait été impossible d'apercevoir les constellations depuis le petit balcon de mon précédent logement étudiant. Les nombreuses lumières de la ville au cœur de laquelle il était situé avaient camouflé les astres.

Ici, la fraîcheur automnale me réconfortait. Les manches longues de mon uniforme me tenaient chaud, même si mes collants fins n'étaient pas idéaux face à la température basse des environs. Je passai ma main sur mes cicatrices rendues invisibles par la couche de nylon.

« On préfère ne pas s'attarder sur le passé des autres. Après tout, nous avons tous vécu des passages difficiles au cours de nos vies. » Les mots de Margot résonnaient dans mon esprit.

— Ravi de voir que je ne suis pas le seul à apprécier les étoiles.

La voix grave de Valden me fit sursauter et me sortit de mes pensées au moment où il s'installa à côté de moi. Je sentis une aile obscure caresser mon bras et ne pus m'empêcher d'être fascinée par la douceur de ses plumes noires. La chaleur et le parfum épicé de leur propriétaire vinrent à ma rencontre.

— Tu es là.

— Tu m'attendais, Hoff ? me demanda-t-il avec un sourire en coin aux lèvres.

Je me détournai de lui et répondis à son ton amusé par une expression glaciale.

— Tu dois avoir une tonne d'occupations pour t'être éclipsé aussi vite à la bibliothèque.

— C'est vrai, mais aucune d'entre elles ne m'empêche de regarder les étoiles à tes côtés.

Il posa une de ses mains sur la mienne. Je ne le regardai pas et la retirai d'un coup sec. Il n'avait pas compris ce que je lui reprochais.

— Je suis navré de t'avoir abandonnée plus tôt. Je ne pouvais pas me permettre de me faire repérer par Myrthe. Surtout pas avec ça dans le dos, s'excusa-t-il en désignant ses ailes.

Ne pas se le permettre ? Avait-il déjà été convoqué dans le bureau de la directrice auparavant ? Après tout, elle m'avait affirmé qu'on n'avait le droit qu'à un seul écart.

— Et tu crois que moi, je pouvais me le permettre ?

Je laissai toute ma rage monter à la surface et serrai les poings.

— Aylia...

— Ce n'est pas le moment de se faire repérer et tu m'as mise dans une situation très délicate.

Mon regard trouva le sien et y vit des regrets. Je ne pouvais pas moins m'en soucier à cet instant-là.

— Veux-tu me faire porter le chapeau, Valden ? Cherches-tu à m'inculper des meurtres ? Parce que c'en a tout l'air.

Il parut choqué d'entendre ces accusations.

— Quoi ? Pas du tout !

— Alors, pourquoi m'as-tu laissée seule dans cette situation délicate ?

Je le fixai avec insistance. S'il souhaitait que je poursuivre notre collaboration, il me fallait des explications.

— La directrice... elle...

J'arquai un sourcil et attendais qu'il poursuive. Il baissa aussitôt la tête et courba le dos tel un petit enfant vulnérable.

— Nos lignées ont des rapports... conflictuels. Son grand-père a tout perdu à cause du nôtre, c'est pourquoi elle cherche la moindre excuse pour prendre sa revanche.

Je ne connaissais rien de l'homme en face de moi, mais pouvais comprendre ses craintes dans la situation actuelle. Du moins, s'il disait la vérité.

— C'est ironique..., murmurai-je sans être sûre qu'il puisse m'entendre.

Je me laissai tomber en arrière pour m'allonger dans l'herbe froide dont le contact me calma aussitôt.

— Qu'est-ce qui l'est ?

— Qu'on doive toujours porter et justifier les erreurs de notre famille.

Je soupirai, lassée de devoir démêler le vrai du faux en permanence. Cela faisait des nuits que je ne dormais pas correctement et la fatigue brouillait mon esprit.

— Je sais que tout ceci doit être dur pour toi, Aylia. Sache que je ne veux en aucun cas te garder prisonnière de notre alliance. Si tu souhaites arrêter notre travail de détective, dis-le moi, m'assura-t-il, avant de caresser ma joue avec sa main chaude.

Je sentis un poids s'ôter de mes épaules, une obligation s'effacer du fin fond de ma conscience. Je me tournai vers mon interlocuteur pour lui adresser un sourire sincère.

Yeux dans les yeux, nous nous faisions des promesses silencieuses sous le ciel nocturne. Mon cœur se trouva tiraillé entre deux extrêmes : l'affection que j'éprouvais pour Valden et la possibilité qu'il soit le tueur.

Depuis petite, mes parents m'avaient appris à ne jamais faire confiance à quiconque d'autre qu'à moi. Néanmoins, en voyant où ça les avait menés, je compris que je n'avais aucune envie de suivre le même chemin qu'eux.

— Si je pouvais arrêter le temps, je le ferais à cet instant précis, chuchota mon fiancé.

Je sentais mon cœur battre à mille à l'heure. Il se trouvait si... proche de moi.

— Merci d'avoir été là avec moi, Aylia.

Je lui adressai aussitôt un regard interrogateur.

— Tu m'acceptes comme je suis, je n'ai pas à prétendre être quelqu'un que je ne suis pas, je n'ai pas à cacher ma nature. Pendant des années, j'ai craint l'instant où quelqu'un d'autre que ma sœur découvrirait mes ailes et mon histoire. Même si ça ne s'est pas déroulé dans les meilleures conditions, je suis heureux que ce soit tombé sur toi.

Sa sincérité me toucha en plein cœur et je rougis d'embarras. Je ne m'attendais pas à ce qu'il se confie autant à moi. Je me sentais presque coupable de ne pas lui faire entièrement confiance.

— Sanja a toujours été la seule personne que j'avais, la seule en laquelle je pouvais placer ma confiance. Mais j'ai l'impression que c'est sur le point de changer, poursuivit-il d'un air nostalgique.

La douleur qui brillait dans ses yeux me donnait envie de le serrer dans mes bras et d'apprendre à le connaître un peu mieux. Il me dévoilait peu à peu le jeune homme blessé qui se cachait derrière son masque d'indifférence.

— Mais tu me détestais.

Il secoua aussitôt la tête.

— Je ne t'ai jamais détestée, Aylia Hoff.

Il caressa ma joue avec une tendresse que je n'avais encore jamais connue.

— Alors, pourquoi m'as-tu traitée comme une ennemie ?

— Parce que j'avais peur de l'inconnu, de me rapprocher de quiconque. Peur que ma nature te mette en danger.

Allongés au milieu de la pelouse froide, nous nous contemplions en silence.

— Tu es si forte et fascinante.

Valden me regardait avec des yeux brillants et, l'espace d'un instant, nous fûmes seuls au monde. Mes parents absents, mes nouveaux amis, le mystère des meurtres, tout s'était effacé pour ne laisser place qu'au visage de l'homme devant moi. Les plumes noires de ses ailes, étendues des deux côtés de son corps, étaient aussi douces que de la soie et plus scintillantes que de l'or.

J'aurais aimé pouvoir rester là, avec lui, mais je ne pouvais m'empêcher de songer que notre affection était vouée à l'échec.

Même s'il était mon fiancé.

— J'aimerais te montrer quelque chose de spécial.

Il se leva, fit disparaître ses ailes et me tendit sa main, que j'attrapai avec hésitation. Que me réservait-il encore ?

Valden me guidait à travers les jardins et s'arrêta devant le dédale que nous avions exploré ensemble quelques jours plus tôt. Je fronçai les sourcils et l'interrogeai du regard. Était-ce un piège ?

— Je te promets que ça va te plaire, me rassura-t-il avec un sourire aux lèvres.

Le ciel étoilé se reflétait dans son regard obscur et sa chevelure fut recouverte d'un éclat argenté.

Il me lâcha la main et s'engagea dans le labyrinthe de buissons en m'observant du coin de l'œil. Une partie de moi criait de ne pas le suivre, de ne pas me laisser berner par son air soudain gentil. Néanmoins, ma curiosité me poussa à poursuivre le jeune homme dans la noirceur de la nuit.

— On verra ça, lui répondis-je enfin lorsque je décidai de lui laisser sa chance.

Je n'avais aucune envie de me battre avec lui, je n'en avais plus la force.

Laisse-toi porter, Aylia, et tu verras.

La brise du soir était douce et emplissait mes poumons du parfum frais de la végétation. Quelques hiboux poussèrent la chansonnette et des criquets les accompagnèrent dans leur mélodie. L'espace d'un instant, je crus me trouver au beau milieu d'un conte de fées.

Je laissai mes doigts caresser le feuillage du dédale alors que mes pas suivaient ceux de mon guide. L'idée de me perdre dans cette structure étonnante à ses côtés m'enchanta autant qu'elle me terrifia. Au moins, mon esprit fut enfin peu à peu libéré des doutes et peurs qui le rongeaient.

Nous ne tardâmes pas à atteindre le centre du labyrinthe. Un banc en pierre y était installé, au bord d'un petit bassin sur lequel flottaient des plantes aquatiques.

— Tu as trouvé cet endroit super vite, fis-je remarquer à Valden d'un air sarcastique.

Il hocha la tête avec un air amusé.

Lorsque Margot l'avait défié de sortir d'ici au plus vite, il avait prétendu ne jamais avoir exploré le dédale. Je savais à présent que c'était faux. En soi, il n'avait pas menti, seulement omis des informations.

— C'est mon talent inné, répondit-il avec un sourire espiègle aux lèvres.

Je secouai la tête en pouffant.

Il parut amusé et s'agenouilla auprès de l'étendue d'eau à laquelle nous faisions face tandis que je contemplais nos reflets de toute ma hauteur. Nos visages étaient déformés par les petites vagues que le vent créait à la surface du miroir naturel.

Je parvins à y identifier les constellations qui nous surplombaient et me réjouis de retrouver la petite et grande ourses.

— Plus sérieusement, je me rends souvent ici la nuit pour réfléchir.

Il laissa ses doigts survoler la surface aqueuse qu'il observait d'un air absent. L'élégance inattendue de ses mouvements me captiva malgré moi. Il parut dessiner des illustrations éphémères dont j'étais incapable de deviner le contenu.

Soudain, il se releva, accompagné d'un essaim de lucioles qui étaient jusque-là posées sur les plantes aquatiques et les buissons des environs.

Ce spectacle de points lumineux me poussa à lever les yeux. On aurait pu croire à une explosion de paillettes aux éclats dorés contrastées par le voile argenté que la lumière de la lune projetait sur les environs.

— Waouh...

Ma voix n'était rien de plus qu'un murmure rempli d'émerveillement. Je me sentais tout à coup si petite, si insouciante, comme si j'étais retombée en enfance.

Le vent joua avec mes mèches blanches sur lesquelles la lueur magique émise par les lucioles scintillait. Les insectes en question ressemblaient à des étoiles vivantes, à des lanternes minuscules qu'on avait abandonnées à la volonté des courants d'air.

Je tentai d'en attraper, en vain. Elles s'échappèrent avant même que je puisse les localiser avec précision. Un rire amusé s'échappa de ma gorge avant même que je m'en rende compte. L'insouciance dont je pouvais faire preuve ici me revigora.

Puis, dans une nouvelle tentative de capturer un des points lumineux, je tombai nez à nez avec Valden. Nous étions si proches l'un de l'autre que je pouvais sentir sa chaleur corporelle se projeter sur ma peau. Son parfum boisé et épicé n'avait encore jamais été aussi envoûtant.

Le rouge me monta aux oreilles et une joie inexplicable me réchauffait le cœur.

— Merci de m'avoir montré ton havre de paix secret, chuchotai-je.

Je n'osais pas élever la voix, de peur de briser la magie de l'instant. Son expression ravie était remplie de tendresse.

— Ce n'est que le début.

Ses ailes noires apparurent aussitôt dans son dos et ses plumes scintillantes bougèrent à chacune de ses inspirations. De la poussière d'étoile paraissait danser sur leur surface, enveloppant leur étendue de leur éclat surnaturel. Je ne les lâchai pas des yeux et faillis même tendre le bras pour caresser leur surface à l'apparence si soyeuse.

Avant que je ne puisse procéder, il glissa sa grande main autour de ma taille avec délicatesse et m'attira à lui. Collée contre son torse, je sentais ses muscles se tendre à travers ses vêtements et fis de mon mieux pour ne pas rougir davantage.

Il baissa son regard vers le mien et remit une mèche de cheveu derrière mon oreille. Lorsque sa peau caressa la mienne, je me rendis compte que je ne demandais qu'à être touchée par lui. Par celui qui m'avait insupportée depuis mon arrivée à la Sinistri School. Cette découverte me prit au dépourvu. Quand Valden s'était-il immiscé à ce point dans ma vie ?

— Accroche-toi, me conseilla-t-il avec le regard brillant de malice.

J'ouvris la bouche pour protester, mais tout mon souffle me quitta lorsqu'il décolla d'un seul coup. Ses grandes ailes noires nous projetèrent en l'air sans que cela ne leur coûte le moindre effort. Elles avaient été conçues pour voler et ça se ressentait dans leurs mouvements fluides et rapides.

J'eus du mal à assimiler que mes pieds avaient quitté le sol, que je me trouvais dans les airs. Tout défila à une vitesse si incroyable que j'eus du mal à distinguer les environs. Le ciel, la terre, l'Académie, la forêt, tout n'était plus qu'un immense mélange de couleurs et de formes. Je m'accrochai de toutes mes forces à Valden jusqu'à planter mes ongles dans son dos. Il était mon seul point de repère à présent. Même si je peinais à garder les paupières ouvertes et à assimiler le périple que nous avions entamé contre la gravité, son parfum épicé me rassura. Il m'était devenu familier depuis notre première rencontre.

À mon grand bonheur, notre vélocité ne tarda pas à se stabiliser, et un nouveau monde s'offrit à moi. Un que je n'avais encore jamais eu l'occasion d'explorer jusque-là.

À cette altitude, le monde paraissait différent. L'intimidante Sinistri School n'était plus qu'une petite bâtisse sombre, les cimes des arbres de la forêt environnante ressemblaient à une mer verte aux vagues déchaînées et la lune n'avait encore jamais paru aussi proche. Valden s'était éloigné du labyrinthe et de l'école afin de réduire les risques d'être aperçus par un étudiant insomniaque.

— C'est... incroyable...

Même les parfums des environs étaient différents lorsqu'on se trouvait dans le ciel. Celui de l'herbe avait été remplacé par celui des feuilles de chêne et les notes sucrées des fleurs avaient disparu pour laisser place à une fraîcheur revigorante.

Je savais que j'aurais dû être effrayée par l'acrobatie dans laquelle Valden m'avait embarquée, mais ce n'était pas le cas. Loin de là.

Il m'avait offert une paix que seule la mélodie du vent et de ses battements d'ailes brisait.

Merci, Valden.

— Prête pour un petit tour de la propriété ?

Je hochai aussitôt la tête, avide d'en découvrir plus.
— Avec grand plaisir.

Je rêvassais en repensant à la nuit précédente. J'étais retournée dans ma chambre avec un sourire aux lèvres et le cœur léger. Le fait que Valden se soit davantage ouvert me ravit. J'avais découvert son monde incroyable et lui en étais reconnaissante. Mon cœur ne demandait qu'à retrouver la liberté que ses ailes m'avaient offerte.

Ma bonne humeur dura jusqu'à ce que mon réveil ne sonne beaucoup trop tôt le lendemain. À ce stade, je ne cachais même plus ma fatigue à ceux qui m'entouraient et fixais les professeurs avec le regard perdu dans le vide. Mes amis parlaient peu, plongeant notre groupe dans un silence inhabituel.

Du moins, jusqu'à ce qu'on vienne nous annoncer une mauvaise nouvelle de plus en plein cours d'analyses sociétales. La directrice s'était présentée à la porte de la salle de classe avec une mine mélancolique et ses yeux rougis avaient immédiatement annoncé le ton. Toutefois, son désarroi n'avait pas empêché son discours d'être structuré et formel.

— Malgré toutes les mesures mises en place, un troisième meurtre s'est produit entre les murs de notre institution cet après-midi. La plupart de vos tuteurs ont accusé le courrier urgent que nous leur avons fait parvenir concernant le premier meurtre. Ils viendront vous chercher à la suite de cette nouvelle tragédie, avait-elle articulé haut et fort.

Tout ce qu'elle avait construit paraissait s'effondrer à cause d'un seul et unique individu détraqué. L'idée que personne ne parvienne à attraper ce dernier devait la frustrer plus que n'importe qui d'autre. Je me surpris à éprouver de la compassion pour cette femme à l'apparence si forte.

— Certains tuteurs nous ont fait part de leur incapacité de venir vous chercher et estiment que vous êtes plus en sécurité entre nos mains que dans un des villages environnants. C'est pourquoi nous avons décidé de maintenir l'internat ouvert, bien que les cours soient suspendus.

Quel fou pensait que son enfant était mieux protégé dans une académie où rôdait un tueur ? La probabilité que mes parents puissent faire partie de ce groupe de parents était trop élevée à mon goût.

— Je vais appeler les noms de ceux qui quitteront bientôt la Sinistri School. Vos tuteurs ont convenu d'un créneau horaire pour venir vous chercher aujourd'hui.

Évidemment, mon nom ne figurait pas sur cette liste de chanceux.

Au moins, je pourrai poursuivre mon enquête, tentai-je de me rassurer.

Après l'annonce, la majorité des étudiants avaient été évacués en vitesse par leurs tuteurs. Ils étaient, pour la plupart, les héritiers de l'empire familial, et risquer leurs vies était impensable pour leurs lignées.

Même si je souhaitais demander à mes parents s'ils envisageaient d'en faire de même, j'étais dans l'incapacité de les contacter à cause de mon problème de réseau.

Lorsque j'en avais parlé à mes amis, ils avaient nié détenir le moindre téléphone portable et ne savaient donc pas s'ils auraient eu de la connexion. Résignée, je n'avais pas remis en question leurs propos. Ce n'était pas le moment de créer des conflits en interne. La tension était déjà à son comble, après tout.

Ce jour-là, pour la troisième fois, les voitures de police occupèrent l'allée de l'académie. Leurs phares bleus et rouges dansaient devant mes yeux comme ils l'avaient fait quelques jours auparavant.

Le plus terrifiant était la révélation de l'identité de la victime. J'avais eu la nausée en entendant son nom : Regg. Son cadavre, dont le visage était traversé d'une immense plaie, avait été retrouvé au beau milieu d'un couloir. La police scientifique était en pleine analyse de la dépouille, tandis que je fixais la scène avec les bras croisés.

Regg.

Je lui avais parlé récemment, il m'avait confié ses frayeurs, mais j'avais ignoré sa panique. Je m'en voulais tant… Mon cœur semblait se briser en mille morceaux, et j'avais du mal à respirer. De la bile remontait le long de mon œsophage à chaque fois que je me remémorais l'état dans lequel il avait été lorsqu'il était venu me voir. J'aurais dû l'interroger davantage, le croire et tenter de le comprendre. J'aurais pu empêcher sa mort si j'avais réagi plus tôt !

— Ça va, Aylia ? me demanda la directrice.

Puis, elle posa une main sur mon épaule dans l'objectif de me réconforter.

Sa voix cassée témoignait de sa fatigue et sa peau métisse autrefois si scintillante paraissait fade. Ce cauchemar l'empêchait à coup sûr de dormir.

D'après ce que j'avais entendu, elle connaissait les victimes depuis plusieurs années, puisqu'elles avaient toutes intégré la Sinistri School des années plus tôt. Les voir mourir une à une devait être un cauchemar. Sans parler de la réputation de son institut qui avait été réduite en cendres !

— Si tu ressens le besoin de parler avec quelqu'un, nous avons fait appel à un professionnel.

Elle se préoccupait de l'état psychologique de ses élèves et essayait de passer un petit instant avec chacun d'entre eux dans le but de mieux les comprendre. Une chose était sûre : elle était faite pour diriger à merveille ce genre d'établissement.

— Ne vous inquiétez pas, je vais bien. Malgré l'horreur de la situation, je ne connaissais pas si bien que ça les défunts, répondis-je afin de la rassurer.

Je ne pouvais qu'imaginer la terrible épreuve que Lexie traversait à cause de la mort de Regg. Les deux étudiants avaient paru si proches, mais la jeune blonde ne se trouvait pas dans les parages. Elle n'avait sans le moindre doute pas envie de voir son ami dans cet état ni le courage de s'aventurer hors de sa chambre. Alors, ce serait à moi d'aller à sa rencontre pour l'interroger.

Mon regard parcourut la dépouille du jeune homme. Cette fois-ci, le tueur avait été plus méthodique. La blessure qui traversait le crâne de sa victime était nette et si profonde qu'il fallait posséder une puissance énorme pour pouvoir trancher les couches de chair de la sorte. Il n'y avait qu'une seule explication : Regg était déjà inconscient lorsqu'on lui avait infligé le coup. Vu sa musculature, l'immobiliser assez longtemps pour pouvoir l'achever ainsi était mission impossible, même pour une personne athlétique.

Il y avait, bien sûr, une autre explication : c'était l'œuvre d'un démon, d'un Porteur du Monde, d'une créature surnaturelle aux pouvoirs obscurs. Une vision similaire à celles qui m'avaient envahie suffiraient à tétaniser une cible.

Le regard meurtrier que Valden avait jeté à Regg lorsque ce dernier était venu me parler me revint aussitôt en tête. Envisager la possibilité que mon fiancé, qui avait paru si fébrile le soir précédent, puisse être un assassin me déchira le cœur. Malheureusement, les pistes les plus probables semblaient encore et toujours mener à cette conclusion.

Une chose était sûre : les frayeurs de Regg avaient eu raison de lui. Cela me poussa à croire qu'il avait bel et bien connu l'identité de celui, ou celle, qui terrorisait l'université depuis des semaines. Et que c'était la raison pour laquelle il avait été éliminé. J'aurais dû lui poser plus de questions...

Se pourrait-il qu'il ait su que son temps était compté ? Qu'il ait tenté de me transmettre des indices avant d'être confronté à la mort ? Vu son état, il me paraissait probable que ce soit le cas. Mais pourquoi avait-il préféré me protéger du tueur plutôt que de me dévoiler la vérité ? On aurait pu lui sauver la vie si on avait connu l'identité de l'assassin.

— Bien. Je reviendrai te voir lorsque j'aurais terminé ma ronde. Puisque tu es nouvelle et que tu ne la connais pas très bien, l'académie doit te paraître encore plus effrayante à présent, affirma enfin la directrice, avant de s'éloigner de moi.

Perdue dans mes pensées, j'avais oublié sa présence à mes côtés.

Depuis notre première rencontre, j'appréciais sa motivation à garder son institut sur le bon chemin. Cependant, elle ignorait que j'avais toujours été habituée à me débrouiller seule et que le mystère ne me faisait pas peur.

Je soupirai et continuai à fixer le cadavre allongé un peu plus loin en me ressassant les paroles du défunt.

« Fais attention aux faux-semblants et aux beaux discours, Aylia. »

Valden. Ses ailes qui lui permettaient de s'échapper. Sa haine envers Regg. Sa facilité à mentir et à garder des secrets. Le fait qu'il ait avoué à sa sœur qu'il me menait en bateau. Sur papier, il était le parfait coupable.

Afin que je puisse enfin trancher une bonne fois pour toutes, je devais m'adresser à une autre source que lui. Et je connaissais une personne en particulier qui pourrait m'en apporter : Lexie.

J'avais fait le tour du dortoir des filles en demandant à toutes les élèves que j'avais croisées si elles connaissaient Lexie. Au final, une d'entre elles avait fini par m'indiquer le numéro de sa chambre.

Debout devant sa porte, je serrai les poings pour contenir ma nervosité. Nous étions loin d'être des amies, et je savais que j'étais sûrement la dernière personne qu'elle souhaitait voir dans cette situation.

Néanmoins, je devais tenter à tout prix de lui parler pour démêler le vrai du faux. Je levai la main droite pour toquer sur la surface en bois devant moi, mais cette dernière s'ouvrit avant même que j'en ai l'occasion.

Lexie se trouvait devant moi, les bras croisés et les yeux rougis. Malgré les circonstances, elle portait toujours son uniforme et ses cheveux blonds étaient attachés à la perfection en un chignon haut.

— Je t'attendais.

J'écarquillai les yeux.

— Vraiment ?

Elle hocha la tête en levant les yeux au ciel. Les récents événements n'avaient pas changé son comportement prétentieux. Du moins, pas en surface.

— Puisque Regg a voulu te parler avant sa mort, je me doutais bien que tu viendrais m'interroger tôt ou tard.

Je pouvais penser ce que je souhaitais à son sujet, une chose était certaine : Lexie était loin d'être bête. J'espérais qu'elle avait des informations intéressantes à m'apporter au cours de notre petit entretien.

Elle me fit signe d'entrer et j'obéis aussitôt. Sa chambre était similaire à la mienne, si ce n'était pour la décoration qu'elle avait installée. Des affiches de films romantiques étaient accrochées aux murs, des draps violets scintillants recouvraient son lit et des boîtes à bijoux et à musique ornées de pierres précieuses étaient empilées sur sa commode.

J'ignorais à quoi je m'étais attendue de sa part, mais je fus surprise par la chaleur que dégageait son espace personnel. Au vu de sa personnalité, j'avais imaginé une ambiance plus... glaciale.

— Je ne sais pas à quoi tu t'attends de ma part, Aylia.

Nous nous installâmes toutes les deux sur son lit propre.

— N'importe quelle information sur le comportement de Regg avant sa mort peut m'être utile.

Elle inspira, perdue dans ses pensées. Je sentais la tension s'accumuler dans l'air autour de nous. De quoi avais-je si peur ? Qu'elle soit incapable de m'apporter des réponses ? Ou qu'elle dispose d'informations capables d'inculper Valden ?

— Peu avant sa..., commença-t-elle.

Incapable de prononcer le mot « mort », elle poursuivit en levant le menton.

— Il m'a parlé de ses étranges rêves et a commencé à être de plus en plus distrait. Il a même été envahi de crises qu'il disait être liées à des visions. Personne ne l'a cru... même si j'aurais dû l'écouter davantage. Avec le recul, il était évident que son comportement était un appel au secours ...

Elle baissa la tête et ferma les yeux. La douleur se lisait sur son visage devenu livide. Je me doutais que cela ne devait pas être facile pour elle de parler de tout ceci, et posai ma main sur son épaule pour la rassurer.

— Tu ne pouvais pas savoir que ça finirait ainsi...

Elle se tourna vers moi et me scruta avec ses yeux rougis.

— Si. J'aurais dû m'en douter après ce qu'il s'est produit avec la précédente victime.

Quoi ?

Je l'observai en silence, attendant qu'elle poursuive. Elle passa ses mains sur le haut de son crâne, comme pour lisser ses cheveux déjà plaqués contre sa tête. Peu à peu, elle retrouva son calme glacial. Le contrôle qu'elle détenait sur ses émotions était impressionnant.

— Les amies les plus proches de la seconde défunte m'ont raconté qu'elle n'arrivait pas à dormir à cause de ses cauchemars et qu'elle se comportait de façon étrange avant son décès. Parfois, elle se mettait même à crier au milieu de la pièce, avant de prétendre qu'elle avait vu un spectre. Elles soupçonnent une drogue d'être responsable de sa paranoïa et de ses états délirants.

Mon cœur se serra, et je sentis de la frayeur m'envahir tout entière. N'était-ce pas ce qui était en train de m'arriver ? Ces rêves, ce spectre... Se pouvait-il vraiment qu'on nous drogue peu à peu ? C'était une piste plausible, mais bien moins que celle des Porteurs du Monde. Du moins, à mes yeux.

Comment Valden avait-il fait pour rater des informations aussi cruciales au cours de son enquête ? S'était-il abstenu de les partager avec moi ? Me faisait-il vraiment tourner en rond comme il l'avait confié à Sanja ?

— Je savais très bien que les symptômes de Regg correspondaient à ceux de la première victime, mais je me suis dit qu'il était impossible qu'un nouveau meurtre ait lieu. Surtout que sa corpulence musclée rendait très peu probable qu'il soit la victime d'un quelconque tueur.

Plus la conversation avançait, plus je voyais la fatigue se dessiner sur les traits de mon interlocutrice. Elle s'obstinait à conserver un air strict, même si elle avait désespérément besoin d'être réconfortée.

— Lexie. Tu n'es pas responsable de cette situation. Tu n'as rien fait de mal.

Je la vis inspirer, alors que ses mains se mettaient à trembler.

— Mais Regg n'a jamais voulu me parler du contenu de ses rêves ou visions... Il ne me faisait pas confiance... Je le considérais comme mon meilleur ami, pourtant... Le seul mot qu'il a murmuré est « démon ailé »... je ne pensais pas que c'était important...

Sa respiration devint de plus en plus saccadée et des larmes brillèrent au coin de ses yeux.

« Démon ailé. »

C'était ce dont Valden pouvait être qualifié. Une boule se forma dans mon ventre. Avais-je épaulé le meurtrier depuis le début ?

Consciente qu'il ne fallait pas que je pousse Lexie à en dévoiler plus, je décidai de la prendre dans mes bras. Au début, son corps se crispa face à ce contact inattendu, avant qu'elle ne se détende enfin. Puis, un torrent de larmes coula le long de ses joues, représentant toute la douleur qu'elle avait dû porter seule jusque-là.

Nous souffrions tous. Chacun à notre manière.

***

Lexie avait fini par se calmer et me remercier de mon soutien. Je savais que nous étions loin d'être amies, cependant ne plus avoir à la considérer comme une ennemie me rassurait.

Je fermai la porte de sa chambre derrière moi, avant de me balader pour réfléchir. Les couloirs étaient vides et silencieux. C'était parfait pour remettre de l'ordre dans mes idées.

— Une humaine ne devrait pas se mêler de ce genre d'affaires dangereuses.

Une voix féminine me sortit de mes pensées, et je me tournai vers sa propriétaire. J'étais surprise de voir que Sanja m'avait rejointe sans que je l'entende approcher.

— J'apprécie que tu saches garder le silence, Aylia, poursuivit-elle avec son sérieux habituel.

Je savais qu'elle parlait de son secret et hochai la tête en guise de réponse. En même temps, ils m'avaient bien fait comprendre qu'il ne me restait pas d'autre choix si je souhaitais poursuivre ma vie tranquillement.

— Toutefois, je n'aime pas les fouines et tu joues avec le feu, humaine.

Elle mit l'emphase sur les derniers mots, et je retins ma respiration face à son air menaçant.

« Elle peut être un peu... froide » m'avait confié Valden. Elle était plutôt terrifiante.

« Démon ailé. »

Ces paroles pouvaient aussi la désigner, elle. Mais serait-elle vraiment capable de tuer quelqu'un ou de me faire du mal ? Si elle le souhaitait, elle l'aurait déjà fait, non ?

— Pour ton propre bien, je te conseille de ne pas fourrer davantage ton nez dans ce mystère.

Je l'observai en silence, peu certaine du tournant que prendrait cette conversation par la suite.

Plutôt mourir qu'abandonner ! Pas maintenant que je suis si proche du but !

— Recule avant que tu n'arrives au bout de l'impasse. Certains démons ont le don de s'immiscer dans ta vie sans que tu t'en rendes compte, avoua soudain Sanja avec le regard triste rempli de nostalgie.

Ces mots étaient plus adressés à elle-même qu'à moi, mais je ne pus m'empêcher d'avoir des frissons en les entendant. S'immiscer dans ma vie ? Dénonçait-elle son propre frère avec discrétion ?

Il détestait Regg qui venait de mourir, il disparaissait de cours pendant une journée entière sans la moindre raison, il me cachait des indices que même Lexie avait réussi à recueillir, il avait promis à Sanja qu'il restait à mes côtés pour contrôler les informations que je recueillais, il était un démon ailé. Puis, le fait qu'il puisse voler expliquerait comment il avait pu s'éclipser avant que quiconque ne puisse le voir.

Je ne pouvais plus le nier : je m'étais trompée à son sujet.

Après l'intervention inattendue de Sanja, je n'avais pas pu m'empêcher de me poser encore davantage de questions au sujet de son frère jumeau.

Ce dernier était assis à mes côtés et lisait l'introduction d'un ouvrage prévu dans notre cursus avec attention. Il ne paraissait pas me reprocher mon silence envers lui depuis l'annonce du meurtre. Après tout, nous traversions tous un instant éprouvant dont le choc rendrait n'importe qui muet. Peut-être savait-il que des présomptions bien plus obscures à son sujet traversaient mon esprit ?

L'école s'était peu à peu vidée, emprisonnant entre ses murs de pierre grise seuls ceux dont la famille était trop occupée pour pouvoir lire ses mails. Comme mes parents, qui ne se rendraient compte de la situation critique qu'une fois qu'elle aurait été résolue. Bien que je me sois doutée de leur absence, je fus tout de même déçue.

Orpheus était parti plus tôt dans la matinée. Il avait été traîné contre son gré dans une voiture noire aux vitres teintées. Le jeune homme avait été coriace, mais les employés de ses géniteurs avaient eu raison de lui, et il avait été contraint de leur obéir.

Fidèle à sa personnalité haute en couleur, Felix avait ajouté une dimension dramatique aux adieux de son meilleur ami. Rien qu'en repensant à ses petits cris de détresse et ses grimaces exagérées, je manquai d'éclater de rire, ce qui serait très malvenu dans la situation actuelle.

La directrice avait salué chaque étudiant en personne jusqu'à avoir l'air prête à s'effondrer sur place. Les cours de la journée, quant à eux, avaient été annulés, et on avait ordonné aux élèves restants de s'enfermer dans leurs chambres. Avec mes amis, nous avions préféré nous rendre dans la bibliothèque universitaire qui n'était plus sous surveillance à cause du manque de personnel. Nos chambres nous donnaient l'impression d'étouffer. Puis, plus nous étions nombreux, moins nous risquions d'être les prochaines victimes du tueur.

— C'est quand même fou ! vociféra soudain Felix au beau milieu de la bibliothèque déserte. Il y a des centaines d'étudiants ici et pas un seul n'a aperçu l'agresseur jusque-là. C'est presque comme s'il se jouait de nous !

Le jeune homme esquissait de grands mouvements de ses mains et sa chevelure partait dans tous les sens à chacun de ses gestes.

Il avait raison.

— Tu sais que ce n'est pas aussi simple d'arrêter ce genre de maniaque, lui répondit Margot dans une tentative désespérée de le calmer.

— Si seulement la police faisait son travail.

Il avait croisé les bras et boudait afin d'extérioriser sa frustration. C'étaient des temps délicats pour tous, et je comprenais la colère qui l'habitait. Au fond, nous ressentions tous cette même déception envers les forces de l'ordre incompétentes.

Margot lui pinça la joue de façon espiègle dans le but de lui remonter le moral et il rougit aussitôt. Je plissai les yeux en observant leur complicité évidente. Avaient-ils déjà compris l'origine de l'affection qui les liait ? À en voir leurs réactions amicales, ce n'était pas le cas.

Pourtant, j'attendais avec grande impatience le jour où ils s'avoueraient enfin leurs sentiments respectifs. Margot et Felix étaient les personnes les plus enthousiastes et adorables que je connaisse. Ils méritaient d'être heureux ensemble. Même un aveugle aurait pu voir la complicité qu'ils partageaient.

Valden, lui, était toujours plongé dans sa lecture et son air sérieux me rappelait celui qu'il arborait lors de nos recherches de détectives improvisés. Il paraissait imperturbable malgré les circonstances.

Sanja était assise à côté de lui et faisait la même tête. Une fois de plus, il était impossible de nier leur lien de sang.

— Peut-être que le meurtrier se trouve plus proche de nous que nous le pensons, murmurai-je.

La fratrie leva aussitôt la tête face à ces paroles teintées d'accusations. Cependant, mon regard était fixé sur le frère dont l'expression était encore et toujours indéchiffrable. Si je souhaitais extraire le moindre indice de sa réaction, c'était raté.

Oui, je le soupçonnais. Oui, il était un suspect évident. Oui, je n'avais plus peur de mettre mes émotions de côté afin de résoudre cette affaire de la manière la plus juste et la plus objective possible. Il le fallait !

Tout le désignait comme le coupable depuis le début. J'avais voulu lui accorder le bénéfice du doute, mais le temps pressait et l'étau se resserrait. Il fallait que je commence à enfin tirer des conclusions basées sur les indices que j'avais récoltés. Mon cœur devait laisser place à ma raison et à l'objectivité des faits.

La tension qui naissait dans l'air ne passa pas inaperçue.

— J'ai entendu dire que certains croient que tu es la source des meurtres, Aylia, annonça Sanja sans me quitter des yeux.

Son ton amer me prit au dépourvu et je demeurai silencieuse. Sa tentative de m'intimider ne fit que la rendre encore plus suspecte. Tentait-elle de protéger son frère ou de couvrir ses propres crimes ?

— Ils disent que tout a dégénéré au moment de ton arrivée. Et tu étais une des dernières à avoir parlé à Regg avant son décès.

Cette révélation eut l'effet d'un choc. J'avais juste été au mauvais endroit au mauvais moment. Mais comment pourrais-je l'expliquer de façon plausible ? De toute façon, les premières agressions avaient eu lieu avant mon arrivée, donc ils ne pouvaient pas m'accuser, si ?

Je savais que ceci était une ruse que Sanja utilisait pour m'empêcher de divulguer son secret. Elle me menaçait, et je devais avouer que cela fonctionnait.

Son regard noir, rempli d'intimidation et de haine, me cloua le bec. Je la vis serrer les poings et contracter la mâchoire. À cet instant-là, je ne doutai pas une seule seconde du fait qu'elle soit capable de me tuer en un battement de cils.

Avais-je couru derrière le mauvais suspect depuis le début ?

« Rappelle-toi que si tu fais une bêtise, tu m'entraînes avec toi dans ta chute. »

Les paroles que Sanja avait prononcées lorsque je les avais surpris dans la bibliothèque résonnèrent dans mon esprit. Et si elle n'avait pas parlé de leur nature, mais de leurs crimes ?

Deux jumeaux qui se couvraient mutuellement. Deux descendants des Porteurs du Monde. Deux assassins intouchables.

Je devins livide en comprenant que leurs masques de puissance et d'inquiétude se fissuraient peu à peu dans mon esprit. La solution m'avait été servie sur un plateau d'argent depuis le début !

— Bien sûr, nous savons que ça ne peut pas être toi, mais que faisais-tu dehors toute seule l'autre nuit ? me demanda la jumelle avec un sourire en coin afin de me pousser à bout.

M'avait-elle aperçue dans les couloirs, alors que je me rendais dans les jardins pour chercher son frère ? J'étais prise au piège entre lui avouer mon enquête secrète avec Valden et nier les faits. Aucun des deux n'était un bon choix. Tentait-elle de m'humilier afin de se venger du rapprochement qui avait eu lieu entre son jumeau et moi ? Je sentais le regard intense de Valden brûler ma peau. Me fusillait-il du regard comme il le faisait si bien ou cherchait-il à cacher sa culpabilité en feignant l'indifférence ?

Tu m'as bien bernée, mais je vois clair dans ton jeu.

Je ne me laisserais pas réduire au silence par eux.

— À l'université, je n'ai jamais été habituée à me retrouver enfermée dans une seule pièce. Je souhaitais sortir pour reprendre mes esprits.

Ma voix était assurée et ne contenait pas la moindre hésitation. Oui, je savais bien mentir, et cette compétence m'avait servi de nombreuses fois au cours de mon adolescence.

— Ça doit être trop bien de vivre en ville ! s'exclama Felix pour apaiser les tensions.

Il semblait déjà s'imaginer l'immensité du lieu et la diversité des activités qui occupaient les étudiants. Avait-il changé de sujet exprès ou ne s'était-il vraiment pas aperçu du conflit naissant entre Sanja et moi ? Avec lui, tout était possible.

Je serrai les poings.

Oui, la ville était bien moins prise de tête que cette maudite académie coupée du monde.

— Tu ne peux pas sérieusement envisager que Sanja et moi avons commis ces atrocités, Aylia ! me cria Valden au milieu du couloir, alors que j'accélérais le pas pour me débarrasser de lui.

Il était tard et nos amis avaient déjà disparu dans le dédale de pierre qu'était l'institut. Le reste de la journée s'était déroulée sans encombre et la bonne humeur de Felix nous avait brièvement fait oublier nos angoisses. Il avait écouté chaque anecdote que j'avais racontée au sujet de ma vie citadine. En tant qu'extraverti, il s'y serait à coup sûr bien intégré.

Le reste de l'après-midi, j'avais gardé mes reproches pour moi afin de ne pas amplifier les tensions déjà existantes. Nous étions tous trop sur les nerfs pour qu'une quelconque discussion sérieuse puisse être constructive.

Néanmoins, mes théories et leurs preuves ne cessaient de tourner dans mon esprit. Avais-je vraiment résolu le mystère ? Pouvait-ce être aussi évident ?

Je ne répondis pas à celui qui me courait après et fus soulagée d'enfin voir apparaître la porte en bois de ma chambre au loin.

— Aylia !

Valden m'attrapa le bras et je me tournai enfin vers lui avec une mine renfrognée. Il paraissait perdu et sa voix grave était devenue suppliante, mais je me rappelai que je ne pouvais pas faire confiance à quiconque ici. Surtout pas à lui.

— Je ne sais plus quoi croire, soupirai-je.

Ma tête me faisait atrocement mal à force de retourner la situation dans tous les sens. Malgré mes efforts, je n'avais trouvé aucune théorie qui disculperait mon interlocuteur. Pourtant, je lui avais assez accordé le bénéfice du doute.

J'avais ressassé encore et encore les informations dont je disposais jusqu'à me perdre entre mes suspicions. Au grand malheur de mon fiancé, plus de pistes menaient à son implication dans l'affaire que l'inverse.

Après avoir inséré ma clé dans la serrure de ma chambre, je me dégageai de son étreinte et entrai dans la pièce. Il ne tarda pas à me suivre, sans même prendre le temps de refermer la porte en bois derrière lui.

— Pourquoi moi ? À cause de ma nature ? m'interrogea-t-il.

Le voir dans cet état me fendait le cœur, mais je ne parvenais pas à me sortir le regard noir qu'il avait jeté à Regg avant son décès de l'esprit.

— Tout le monde est un potentiel suspect.

— N'importe quoi, Aylia. Arrête de me mentir, tu penses que je suis le coupable !

Je soupirai et secouai la tête, perdue. Le parfum envoûtant du jeune homme me poursuivait partout où j'allais. Il paraissait déjà avoir envahi ma chambre entière, se refermant sur moi tel un piège.

— Tu me connais mieux que ça, tu sais que j'ai consacré des semaines à démasquer cet assassin ! sonna sa défense.

C'était en effet ce qu'il m'avait raconté. Était-ce la vérité ? Mes certitudes laissèrent place à des doutes l'espace de quelques secondes.

Je sentais la colère envahir peu à peu ses paroles.

— Je le sais bien.

Des larmes me montèrent aux yeux malgré moi et je les essuyai aussitôt. Il n'y avait pas pire que la confusion. J'étais perdue, déboussolée. Je détestais tout ce que je ressentais. Pourquoi ne parvenais-je pas à accuser Valden, alors que ma raison savait qu'il était coupable ? Pourquoi mon cœur s'obstinait-il à lui accorder des secondes chances ?

— Aylia, je t'ai confié mon plus grand secret et l'histoire de mes ancêtres. Je t'ai fait confiance.

Je savais que je lui faisais du mal en le soupçonnant, mais je ne pouvais pas me fier à son air suppliant. Ce monde était peuplé de bons acteurs. Et n'importe quel coupable ou manipulateur tenterait d'amadouer son interlocuteur par l'intermédiaire de ses sentiments. Je ne me donnais pas le droit de tomber dans le panneau.

Je m'assis sur mon lit afin de reprendre mes esprits et me massai les tempes. Un mal de crâne commençait à faire son apparition.

— Je déteste devoir te suspecter, devoir penser que les instants que nous avons passés ensemble ne faisaient partie que d'un plan élaboré... je... je ne peux écarter aucune piste pour l'instant et dois conserver à tout prix une vision objective des choses, avouai-je.

L'homme aux ailes noires s'assit à mes côtés et caressa ma joue en douceur. Chaque contact physique avec lui me brisait en deux. J'avais envie de le croire, de lui faire confiance, sans pour autant finir comme Regg. La peur m'avait prise en otage.

— J'aimerais pouvoir te faire confiance…, murmurai-je alors qu'une larme coula sur ma joue.

— Si tu le voulais vraiment, tu le ferais.

Sa réponse n'était pas agressive ou amère, mais me prit tout de même au dépourvu. Sûrement parce qu'il avait raison.

Avant que j'aie le temps de reculer, il posa son front contre le mien et attrapa mes doigts. Je n'eus pas la force de m'éloigner de lui, de m'extirper de son étreinte. Je me détestais de me laisser envoûter de la sorte par son regard brillant et la douceur de son aura. Son toucher ensorcelant traça un chemin brûlant le long de mon cou et de mes joues.

Sa présence faisait naître en moi tant d'émotions contradictoires.

Soudain, je sentis nos lèvres s'effleurer telle une délicieuse caresse. Mes soucis s'évanouirent l'espace de quelques secondes, alors qu'un goût salé envahissait ma bouche. Il me fallut un instant pour comprendre qu'il provenait des larmes de Valden. Il tenait mes mains serrées dans les siennes, et je sentais sa tristesse déteindre sur moi. C'était presque comme un au revoir, un adieu.

Une explosion de sentiments refoulés eut lieu à l'intérieur de ma poitrine. Je me rendis enfin compte de l'étendue de l'affection que j'éprouvais pour lui et en fus terrifiée. À cet instant-là, je souhaitais oublier les preuves que j'avais recueillies, je ne cherchais qu'à effacer mes suspicions de ma mémoire pour le protéger à tout prix. Même si le prix de sa liberté était le mensonge.

Pourtant, je le connaissais à peine et m'étais toujours dit qu'il était impossible d'éprouver des sentiments pour un inconnu, un potentiel criminel... M'avait-il jeté un sort ?

« L'affection est un venin incompréhensible et incontrôlable. Une fois qu'il a été introduit dans nos veines, il est compliqué de s'en débarrasser. »

Maman. Si seulement tu savais à *quel point tu as raison !*

— Aylia... Tu seras la prochaine, me murmura tout à coup une voix terrifiante.

L'air me manquait et mon cœur tambourinait contre mes tempes. Les paroles menaçantes paraissaient se répéter encore et encore, jusqu'à devenir un écho infernal au sein de mon esprit.

Paniquée, je m'écartai de Valden en secouant la tête. S'il était l'assassin, il était aussi la source de mes visions et cauchemars. Si je souhaitais me débarrasser de la voix menaçante, je devais m'éloigner de lui à tout prix !

Je retins mes larmes, me levai d'un coup sec et sortis par la porte qui était grande ouverte. J'avais l'impression que mon esprit était en train de s'effondrer, que j'étais sur le point de perdre connaissance.

— Aylia !

La voix de Valden mourut derrière moi, tandis que je détalais dans les couloirs à la recherche de clarté. Tout s'emmêlait dans ma tête, et la peur de la vérité grandissait d'heure en heure. Je sentais la mort approcher, prête à planter ses griffes dans mon âme.

« Aylia, je t'ai confié mon plus grand secret et l'histoire de mes ancêtres. Je t'ai fait confiance. » Les paroles de mon fiancé me hantaient.

Moi aussi, je t'ai fait confiance, pensai-je sans oser l'avouer à voix haute.

À la Sinistri School, tout était une question de survie et chaque mauvais choix me précipitait droit vers la mort.

Je traversais seule les couloirs glacials. Mes sanglots s'étaient depuis longtemps calmés, et ma panique s'était atténuée. Heureuse d'avoir retrouvé mon calme, je me dirigeais de nouveau vers ma chambre, les joues rougies et le corps endolori par le froid.

À mon grand bonheur, Valden m'avait laissé le temps de reprendre mes esprits sans me poursuivre, et la voix terrifiante qui me hantait s'était tue.

Je longeais les murs des corridors déserts. La nuit posait peu à peu son voile sur la bâtisse et je me hâtai de rejoindre ma chambre afin de me mettre en sécurité. Un tueur rodait dans les parages et il serait imprudent de rester dehors après avoir été menacée par une voix surnaturelle le jour même.

Le silence m'avait donné le temps de réfléchir, de pousser mes sentiments à l'intérieur d'une boîte fermée à clé. Le souvenir des lèvres de Valden me fit toujours frissonner de bonheur, mais il n'avait été qu'un instant de faiblesse. Je me promis que cela ne se reproduirait plus.

Dans le ciel, la voûte céleste commençait à faire son apparition une fois de plus, illuminant le paysage entier de ses lueurs mystiques. S'il n'y avait pas eu ces meurtres, le lieu aurait été digne du plus beau des rêves.

Soudain, un bruit se fit entendre derrière moi. J'accélérai nerveusement le pas et serrai les poings, tandis que mes membres se raidissaient peu à peu. Il n'y avait pas de raison de paniquer, pas encore, même si les circonstances dans lesquelles je me trouvais étaient tout sauf idéales.

Mon cœur s'emballa lorsqu'un bruit de talons fit irruption dans le couloir vide. J'aurais pu me retourner pour voir l'identité de celui ou celle qui paraissait me suivre, sans pour autant en avoir le courage. Je voulais m'éclipser au plus vite. Chaque seconde durant laquelle je laissais la curiosité me gagner pourrait me coûter la vie.

J'avais été la dernière à avoir parlé à Regg, la dernière à qui il avait confié ses frayeurs. Est-ce que cela faisait de moi la nouvelle cible du Porteur du Monde ? De plus, les jumeaux savaient que j'étais seule, et que je m'étais enfuie dans les couloirs. S'ils étaient les coupables comme je le soupçonnais, ils seraient capables de me tuer en un rien de temps à l'abri des regards.

Pourquoi avais-je quitté ma chambre ? Quelle bêtise !

Mon cœur battait contre mes tempes et mes muscles se tendirent de plus en plus. J'eus du mal à respirer et pris le prochain tournant aussi vite que je le pus.

Dans ma hâte, je manquai de foncer dans une étudiante qui tenait une pile de livres.

— Excuse-moi ! articulai-je avec difficulté, heureuse de voir que je n'étais plus seule.

Mes joues étaient en feu à cause de la tension accumulée dans mon organisme.

— T'inquiète. Je ne vois pas où je vais avec tous ces ouvrages.

Elle soupira désignant les objets qu'elle tenait, avant de poursuivre sa route.

Consciente du danger qui pesait autant sur elle que sur moi, je me retournai pour l'en avertir, mais fus prise de court par un individu sorti de nulle part. Je voulus crier, alors qu'on plaquait une main sur ma bouche et que mes membres paraissaient être tétanisés par une puissance surnaturelle. Peu importe à quel point je tentais de me libérer de cette emprise, elle ne diminua pas une seule seconde.

Je vis l'étudiante avec les livres disparaître au loin sans avoir eu la moindre occasion d'attirer son attention.

Avec mes narines et ma bouche obstruées, je n'arrivais plus à respirer et m'étouffais peu à peu. Ma théorie concernant Regg avait été juste : on l'avait assommé avant de lui infliger une profonde blessure au visage. Dommage que j'aie à vivre la même chose pour en avoir la confirmation !

— Emporte le secret des Anima Sinistri dans ta tombe, me murmura une voix féminine.

Ces mots étaient terrifiants. J'écarquillai grand les yeux en comprenant que ceci seraient sans aucun doute mes derniers instants dans ce monde. La panique et le manque d'oxygène embrouillaient mon esprit à tel point qu'il m'était impossible de déterminer l'identité de mon agresseur, bien que sa voix féminine me rappelât quelqu'un. Elle faisait quelques centimètres de plus que moi et son parfum m'était familier, mais impossible de me souvenir de son visage.

Le soulagement m'envahit lorsque je compris que Valden n'était pas le coupable en fin de compte. Toutefois, la situation délicate dans laquelle je me trouvais ne me permettait pas vraiment de me réjouir.

Afin de me libérer, je tentai de donner des coups dans le torse de l'inconnue. Son enveloppe charnelle ne bougea pas d'un poil, comme protégée par un sortilège. Elle ne pouvait pas être humaine. C'était impossible !

Au bout de quelques secondes, je me surpris à sangloter de désespoir, usant ainsi le peu d'air qu'il me restait. Peu importe combien je détestais les filles en détresse qui devaient se faire sauver, je ne pouvais pas m'empêcher de prier que quelqu'un surprenne la scène et me sorte des griffes de cet assassin. Malheureusement pour moi, ce n'était pas mon jour de chance.

Je sentis mes muscles lâcher prise et mes paupières s'alourdir. J'étais peu à peu enfermée dans une transe, dans un profond sommeil dont je ne me réveillerais plus jamais.

Un frisson remonta le long de ma colonne vertébrale et ma vue se brouilla. Je perdais tout contrôle de mes sens.

J'avais l'impression que mon esprit s'éloignait de la réalité et que mon corps devenait aussi mou que celui d'une poupée de chiffon. Je me trouvais piégée entre deux dimensions sans faire partie d'aucune d'entre elles.

Tout à coup, alors qu'on déposait mon enveloppe charnelle par terre dans le but de m'achever, un visage familier se pencha par-dessus le mien. Je souhaitais me débattre, crier au secours et gesticuler dans tous les sens, mais peinais déjà à maintenir mes paupières ouvertes.

La coupable me sourit et leva son arme blanche affûtée. Je reconnus aussitôt ses traits et me rendis compte que je n'aurais jamais pu me douter de son implication dans cette affaire mystérieuse. Et, au vu de la situation, je n'aurais jamais la chance de partager ma découverte avec quiconque.

La dernière chose que j'aperçus fut l'éclat argenté d'une lame scintillante. Puis, plus rien...

Lorsque j'ouvris les yeux, je me crus au paradis. Ou en enfer. Ce ne fut que quand mes amis firent irruption dans mon champ de vision que je réalisai que je n'étais peut-être pas morte. Après tout, nous ne pouvions pas tous avoir été achevés, si ? Le tueur aurait dû être prolifique pour tous nous massacrer !

— Elle se réveille, chuchota l'un d'entre eux.

Je secouai la tête pour m'assurer que tout ceci était bien réel et me découvris une douleur à la tête liée à mon expérience étrange en compagnie de l'assassin.

« Emporte le secret des Anima Sinistri dans ta tombe. »

La voix féminine résonna dans mon crâne à plusieurs reprises. Il était impossible que je sois encore en vie après avoir vu son visage.

À mon grand malheur, peu importe combien je tentais de me souvenir de ses traits, mon esprit était envahi par un vaste brouillard. Au moins, je disposais encore d'un indice : l'agresseur était une femme. Et son timbre m'était familier, même s'il ne collait ni au visage de Sanja ni à celui de Margot. J'étais soulagée de voir que mes amies n'étaient pas impliquées dans cette affaire, en fin de compte.

J'espérais de tout cœur que d'autres caractéristiques du coupable me reviendraient bientôt. Un peu d'amnésie n'était pas anormal après le coup que j'avais encaissé, mais pouvait être critique dans les circonstances actuelles. Je me doutais que si je rencontrais de nouveau l'assassin, il serait bien moins clément et finirait ce qu'il avait commencé.

— Où suis-je ? demandai-je d'une voix faible.

— À l'infirmerie.

Je ne parvenais pas à distinguer la voix et fis de mon mieux pour ne pas sombrer de nouveau dans l'inconscience.

— Valden te cherchait hier soir et a fait fuir ton agresseur dans le processus. Il a veillé sur toi toute la nuit, poursuivit un des trois étudiants présents dans la pièce éclairée à la lumière LED blanche.

Il m'avait sauvé la vie en interrompant le meurtre ? Bien que je l'aie soupçonné à tort, il ne m'avait pas délaissée. Mon cœur se serra lorsque je me souvins que je l'avais accusé de meurtres qu'il n'avait pas commis.

Apprendre qu'il n'était pas celui qui terrorisait la Sinistri School m'avait soulagée à un point inimaginable. Les sentiments que j'éprouvais pour lui pouvaient enfin être libérés de leur prison, et je n'avais plus à culpabiliser d'être attirée par lui. J'étais bien plus attachée à lui que j'avais voulu me l'avouer jusque-là, et le souvenir de ses lèvres sur les miennes fit naître un brasier dans ma poitrine.

— Où est-il ? tentai-je d'articuler avec une voix encore tremblante.

Je ne l'aperçus pas quand je jetai un coup d'œil autour de moi. À moins qu'il soit capable de se rendre invisible, il ne se trouvait pas à l'intérieur de l'infirmerie.

— Il est sorti prendre l'air, m'avoua Margot en haussant les épaules.

Je me redressai aussitôt et tentai de me lever afin de rejoindre l'homme qui m'avait sauvé la vie. Il était temps que je lui présente mes excuses. C'était le moins que je puisse faire.

J'avais une petite idée d'où il avait bien pu se rendre pour s'isoler et se changer les idées.

— Tu ne peux pas encore te lever, tu as failli être tuée ! Tu dois te reposer, intervint Sanja.

Elle me retenait par le bras du mieux qu'elle le pouvait. Son habituelle expression glaciale avait laissé place à de l'inquiétude.

— Je pense avoir de nouvelles informations à partager au sujet du tueur.

Je dévisageais les jeunes étudiants qui me faisaient face. Tous les trois gardèrent le silence et m'observèrent avec de grands yeux.

— Sérieux ?

Felix parut soulagé face à cette annonce surprenante.

— Sauf qu'il me faut des preuves pour l'inculper. Je dois parler à Valden pour savoir s'il a appris quoi que ce soit au sujet du coupable hier soir, mentis-je, tandis que je m'appuyai progressivement sur mes deux jambes.

Mes muscles étaient un peu raides, mais quelques minutes de marche suffiraient à les remettre en état. Ce n'est pas comme si j'avais été plongée dans un coma. Toutefois, je ne pouvais m'empêcher de chanceler à cause de ma tête qui tournait.

En réalité, j'avais besoin de bien plus que de simples preuves pour inculper le responsable. Il fallait que je parvienne à l'attraper malgré ses capacités surnaturelles.

Néanmoins, ma priorité était de m'excuser auprès de Valden. Il m'avait sauvé la vie. J'avais suivi la mauvaise piste depuis le début, j'étais tombée dans le piège que le coupable m'avait tendu.

On avait commencé notre recherche de vérité ensemble. Il était désormais temps de démasquer l'assassin main dans la main. J'espérais qu'il voudrait encore être mon allié après tout ce que j'avais fait. Le convaincre ne serait pas chose aisée, mais je donnerais tout pour qu'il ait envie de collaborer avec moi une dernière fois.

Avec un peu de chance, l'assassin viendrait à nous pour reprendre là où il avait échoué. Sauf que, cette fois-ci, je serai prête à l'affronter. À l'attraper, même !

— Oh ! Une chasse au coupable, ça me plaît bien ça ! s'enthousiasma Felix.

Il se faisait déjà des films et était heureux de pouvoir vivre un de ses rêves d'enfant, même si la réalisation de ce dernier serait périlleuse.

— Je vous expliquerai bientôt tout ça plus en détail ! annonçai-je avant de quitter l'infirmerie d'un pas déterminé sous les regards abasourdis de Margot et Sanja.

Elles s'étaient sûrement attendues à ce que je prenne le temps de me remettre de mes émotions. Toutefois, plus j'attendais, plus il y aurait de victimes inutiles. Si je pouvais empêcher un nouveau drame, je le ferais. Peu importe le prix que je devais payer pour y parvenir.

Je cachais avec habileté les tremblements de mes jambes et de mes bras. Bien que muscles me fassent mal et tiraillent à chacun de mes mouvements, je me forçai à m'élancer aussi vite que possible en direction des couloirs dans une tentative de camoufler mon état fragile.

La nuit touchait à sa fin et son obscurité s'était évaporée. Dehors, le soleil brillait et les multiples teintes des fleurs formaient un tableau coloré au sein du jardin de l'académie.

Je m'arrêtai l'espace de quelques secondes pour me délecter de la chaleur que les rayons dorés du jour projetaient sur mon visage. Soudain, une réalisation me frappa : sans Valden, je n'aurais plus jamais vu cette lumière. C'était un miracle que je m'en sois sortie vivante.

Je lui devais tant d'excuses…

Je sentis une larme couler le long de ma joue et me mordis la lèvre inférieure pour retenir les sanglots qui menaçaient de franchir mes lèvres. Mes mains tremblaient malgré moi, mais je ne pouvais pas moins m'en soucier. Ces symptômes attestaient de la belle vérité que je sois encore en vie.

— C'est normal d'avoir peur..., marmonnai-je à moi-même.

J'entourai mon corps de mes bras et inspirai. En tant que seule survivante du tueur, j'avais pour devoir d'empêcher un nouveau drame.

Cependant, avant d'agir avec trop de hâte, je devais faire une liste des potentiels coupables avec Valden. Même s'il s'avérait qu'il n'avait pas aperçu le tueur, il connaissait bien mieux les étudiants que moi et avait été éliminé de ma liste de suspects.

Je pouvais lui faire confiance. Cette réalisation me soulagea, bien que je ne sois pas habituée à associer le terme « sécurité » à mon fiancé.

« Anima Sinistri. »

Les mots résonnaient dans mon esprit tel un mauvais présage. Qu'est-ce que cela signifiait ? Je n'en avais encore jamais entendu parler.

Je rouvris les paupières lorsqu'un frisson parcourut mon échine.

— J'ai assez perdu de temps, me réprimandai-je en me détournant de la fenêtre.

Il était temps que je rejoigne Valden et espérais qu'il aurait des réponses à m'apporter au sujet de ce nouveau mystère.

J'avançai vers la sortie de l'académie d'un pas déterminé. Ses couloirs poussiéreux étaient vides, puisque tous les résidents étaient rentrés, ou enfermés dans leurs chambres.

En sécurité.

Une fois dehors, je traversai l'herbe verte des jardins en quête de celui qui m'avait sauvé la vie. Le labyrinthe au milieu duquel son refuge secret se situait ne tarda pas à me faire face. Debout devant l'entrée, j'hésitai l'espace d'un instant. Serais-je capable de retrouver le chemin menant au centre du dédale ? Tout avait eu l'air si différent la nuit.

Vas-y, Aylia, tu peux bien fournir cet effort pour lui après tout ce qu'il a fait pour toi !

Je me lançai dans ma quête et, après avoir traversé de nombreux couloirs de buissons qui se ressemblaient tous, j'atteignis enfin ma destination. Les passages étroits et verdoyants se transformèrent en un carré spacieux au milieu duquel trônait un banc en pierre blanche.

À ma grande déception, les lucioles s'étaient éclipsées et toute la magie que Valden avait partagée avec moi n'était rien de plus qu'un lointain souvenir.

Je ne tardai pas à repérer le jeune homme et sentis mon cœur battre à tout rompre. Le dos tourné vers moi, il était assis sur le banc posé à côté du bassin recouvert de plantes aquatiques. Je me joignis discrètement à lui dans l'espoir qu'il veuille bien m'écouter.

— Est-ce que cette place est prise ? demandai-je d'une voix douce lorsque je me trouvai assez proche de lui.

Il resta silencieux et ne bougea pas d'un poil, ce qui m'indiqua qu'il s'était attendu à ce que je le retrouve ici. S'il souhaitait vraiment se cacher, il ne se serait pas installé là.

Malgré son absence de réaction, je m'assis à ses côtés. Ses ailes n'étaient pas visibles et son regard perdu au loin lui donnait un air rêveur.

— Je suis désolé, Valden.

Je ne savais pas quoi lui dire d'autre. Il ne réagit pas, mais je ne me décourageai pas.

— Je suis désolée de t'avoir accusé à tort, de t'avoir soupçonné à cause de ta nature. Je ne suis pas mieux que les autres et je sais que j'ai trahi ta confiance, mais... j'ai besoin de toi, poursuivis-je dans l'espoir qu'il me réponde.

Une brise joua avec mes longues mèches blanches. Quelques secondes de silence passèrent, paraissant plus longues qu'elles l'étaient en réalité. M'ignorait-il ?

Tu l'as bien mérité, Aylia.

Il soupira en levant le visage au ciel.

— Tu as enfin compris que je n'ai rien à voir avec les meurtres ?

Sa voix grave me donna des frissons et son sourire en coin mélancolique fit bondir mon cœur.

— Oui. J'ai été bête de soupçonner le suspect le plus évident, j'ai paniqué face à l'urgence de la situation. Le vrai coupable avait mis en place de fausses preuves pour t'inculper et j'ai foncé droit dans le piège malgré moi. J'aurais dû te faire confiance, m'empressai-je d'avouer.

Maintenant qu'il m'avait répondu, un flot de paroles incontrôlable coulait de ma bouche. Je souhaitais qu'il sache combien j'étais désolée, qu'il ressente le regret qui me rongeait depuis mon réveil.

— C'est vrai que tu as tendance à foncer sans réfléchir, n'est-ce pas, Hoff ?

Je ne pus que sourire face à son expression taquine, avant d'acquiescer.

— Peut-être bien.

J'avais mes faiblesses.

— Je te pardonne, petite impatiente.

Quoi !? pensai-je en lui faisant face.

Allait-il oublier en un claquement de doigts que je l'avais accusé de meurtre ? Lorsque j'ouvris la bouche, aucun son n'en sortit. Sa maturité m'avait prise de court.

— La précipitation est un vilain défaut, mais rien d'impardonnable.

J'ignorais comment réagir. J'étais prête à débuter un long argumentaire afin de me justifier. Les yeux écarquillés, je me préparais à protester.

— Ne me regarde pas comme ça, Aylia. Si j'avais été humain, j'aurais sûrement fait la même chose à ta place. Je suis différent et j'ai des capacités surnaturelles. C'est normal de questionner et de craindre ce qui chamboule ta zone de confort. Puis, la peur pousse n'importe qui à commettre des bêtises.

Son ton taquin m'amusa malgré moi. Il avait le don de parler d'une affaire sérieuse sans pour autant que son discours soit pesant. Avait-il vu pire que les meurtres de la Sinistri School au cours de son existence imprégnée de surnaturel ?

Il me fit signe d'approcher pour m'accueillir dans une étreinte réconfortante. J'obéis et il posa son menton sur mon crâne en m'enlaçant de ses bras musclés. Blottie contre son torse, je me sentis en sécurité pour la première fois depuis des jours. Rien que son parfum me calma.

« En psychologie modale, le magasin sensoriel est un des plus puissants composants de la mémoire. L'odeur nous permet de reconnaître n'importe qui, n'importe où. »

Une simple senteur pouvait nous projeter de nouveau vers un lieu ou une personne.

— Valden ?

— Mmh ?

Je souris.

— Saches que je tiens beaucoup à toi.

Il raffermit aussitôt son étreinte autour de mon corps pour me faire comprendre que c'était réciproque. Je souris à cette idée et fermai les yeux. Être avec lui m'apaisait tant !

La veille, au cours de l'attaque, mon esprit avait espéré qu'il vienne me sauver. J'avais frôlé la mort et il fallait que j'apprenne à m'exprimer avant qu'il ne soit trop tard. La vie était courte.

Je fus surprise d'à quel point je me sentais à l'aise en sa compagnie, d'à quel point j'aimais son sourire et son air réconfortant. Maintenant que je savais qu'il n'était pas l'assassin, le mur de suspicion qui s'était dressé entre nous s'effondrait. J'étais libre, plus légère, soulagée, heureuse. Un sourire indélébile ornait mes lèvres.

Puis, la raison pour laquelle j'étais venue le voir remonta à la surface de mon esprit. Je n'avais pas le temps de me laisser aller à des rêveries. Pas maintenant.

— Je sais que le meurtrier est une femme, avouai-je avant de me redresser peu à peu.

Mon expression grave fit transparaître mon inquiétude. Des images du soir précédent remontèrent à la surface de mon esprit et firent naître des sueurs froides dans mon organisme entier.

— As-tu vu quelque chose hier soir, Valden ?

Il secoua la tête d'un air pensif.

— Lorsque je suis arrivé, le coupable s'est enfui. Je n'ai vu qu'une ombre détaler, rien de plus.

Je soupirai, déçue. J'aurais aimé qu'il ait des indices à me donner qui me rafraîchiraient la mémoire.

—Tu as encore d'autres éléments à partager avec moi, n'est-ce pas ?

J'acquiesçai aussitôt et me souvins de ce que Lexie m'avait raconté. Peut-être que Valden était déjà au courant du lien entre les meurtres et les cauchemars, mais je souhaitais tout de même lui confier les informations que j'avais récoltées avec lui. À partir de maintenant, pour mon propre bien, je serais transparente avec lui.

— Les victimes ont aussi été envahies par des visions annonciatrices de leur mort. De ce que j'ai compris, on a tous commencé à délirer dès que l'assassin nous avait dans sa ligne de mire.

Mon interlocuteur m'écouta avec attention et ses poings serrés ne m'échappèrent pas.

— Sanja m'a parlé de rêves étranges et de visions récemment...

Je gardai le silence et sentis mon cœur battre à mille à l'heure. Sanja était-elle la prochaine victime ? Était-ce pour cela qu'elle était à cran ? Je ne pouvais pas la laisser devenir une nouvelle victime du tueur.

— Il nous faut un plan pour la mettre en sécurité.

— Je suis d'accord. Même si ma sœur sait se protéger, elle n'a aucune idée d'à quel point la menace qui pèse sur elle est grande.

J'avais si hâte que cette histoire se termine !

Une dernière information importante me revint à l'esprit

— L'assassin a parlé des « Anima Sinistri ». Je n'ai aucune idée de ce dont il s'agit, poursuivis-je en sentant un profond malaise m'envahir.

Il fronça les sourcils et se pinça l'arête du nez. J'eus l'impression qu'il scannait sa mémoire, comme s'il connaissait ces mots que je venais de prononcer. Après un bref silence, mon fiancé me partagea enfin le fond de sa pensée :

— Je n'ai aucune idée de ce que ça peut bien signifier, donc ça nécessitera plus de recherches.

Au moins, il était déjà partant pour se lancer dans des fouilles avec moi. Savoir que je pouvais compter sur lui me réjouit.

— Qu'est-ce que tu suggères ?

— Tu le sais très bien, Hoff, me taquina-t-il.

Une lueur de malice brillait dans son regard sombre. Il s'était visiblement préparé à cette situation.

— Il faudra rendre visite à notre cher QG : la bibliothèque universitaire. Vu le nombre d'ouvrages qu'elle contient, on y trouvera sans le moindre doute des indices. De plus, nous devons te mettre en sécurité avant que le meurtrier ne revienne à la charge. Je resterai à tes côtés de jour comme de nuit pour intervenir si le tueur t'attaque à nouveau. Ma priorité est de te protéger.

Mon cœur bondit dans ma poitrine, mes joues rougirent et une chaleur agréable se répandit dans mon ventre. L'air me manqua face à l'intensité de ses paroles.

J'étais sa priorité ? Moi ?

— Et de protéger Sanja, ajoutai-je pour camoufler mon embarras.

Je n'avais qu'une envie : poser mes mains sur sa peau. Néanmoins, ce n'était pas le moment pour ce genre d'extravagance. On aurait assez de temps de se laisser aller dès qu'on aurait résolu cette affaire une bonne fois pour toutes.

42

Le silence de la nuit était réconfortant. Tout au long de la journée, je m'étais réfugiée dans la bibliothèque avec Valden. À la fois pour échapper au tueur et pour faire les recherches au sujet des mystérieux Anima Sinistri. Pour l'instant, aucun ouvrage n'avait su nous aider, mais il nous restait encore la majorité à vérifier.

Mes yeux étaient rougis à cause des heures de lecture auxquelles je les avais soumis. Alors, je ne cessais pas de les gratter malgré moi.

— On devrait prendre une pause, intervint soudain Valden.

Sa fatigue transparaissait dans sa voix, cependant je n'étais pas encore prête à abandonner. Le temps pressait !

— Je finis juste ce chapitre, lui mentis-je pour gagner du temps.

Valden attrapa mon poignet pour éviter que je ne tourne une nouvelle page.

— C'en est assez pour ce soir.

Quelle heure était-il ?

— Alors, je finis juste la page et j'arrête, argumentai-je de mon mieux.

Il leva un sourcil, conscient que je lui mentais. Je me tournai vers lui avec un sourire désolé aux lèvres et sa main libre glissa jusqu'à ma joue. Le contact de la pulpe de son pouce sur ma peau me donna des frissons. Ma bouche s'ouvrit un peu, prête à articuler des paroles qui restaient bloquées dans ma gorge.

Depuis que je savais qu'il n'était pas le meurtrier, tous les murs que j'avais dressés entre nous s'étaient effondrés.

Le jeune homme se pencha vers moi jusqu'à ce que je sente son souffle chaud sur mon visage. Son parfum envoûtant s'introduisit dans mes narines et la bibliothèque disparut, ne laissant derrière elle que les yeux noirs de Valden.

Il me parcourut du regard, enflammant chaque parcelle de mon corps avant même qu'il l'effleure.

Chaque seconde, sa bouche se rapprocha de la mienne et parsema mon organisme entier de frissons. Je n'avais qu'une seule envie : coller mes lèvres rosées contre les siennes.

Alors, je pris la situation en main, enlaçai son cou de mes bras et l'attirai à moi. Surpris, il écarquilla les yeux. Toutefois, cela ne l'empêcha pas de me goûter avidement avec sa langue.

Il glissa ses bras puissants autour de ma taille pour me hisser sur la table à laquelle j'étais assise. Je souris lorsque je le sentis m'allonger peu à peu dessus.

Ses mains, qui exploraient mon corps, glissaient de mes hanches jusqu'à mes cuisses. Je sentis de la chaleur se répandre dans mon corps entier, semblable à un brasier destructeur.

Je nichai mes mains dans ses cheveux et l'attirai encore un peu plus près de moi. Toutes les cellules de mon corps ne demandaient qu'à être au plus proche des siennes.

Ses ailes prirent place dans son dos et nous enveloppèrent peu à peu sous forme d'un cocon obscur. Le monde entier disparut et ne laissa que lui et moi au sein de notre transe.

— Valden…

Il passa une mèche de cheveux derrière mon oreille avec les yeux étincelants.

— Aylia Hoff, ma chère fiancée.

Je rigolai malgré moi, étonnée de l'entendre m'appeler ainsi.

— Seulement si tu le désires, ange déchu.

Il parut surpris par ce surnom affectueux et resta immobile l'espace de quelques secondes. Plusieurs émotions prirent place sur son visage, passant de la joie à la gratitude, puis à la détermination.

Chaque seconde qu'il me contemplait, je mourais un peu plus d'envie de l'embrasser à nouveau, de le sentir m'effleurer. Son toucher était aussi envoûtant que son air hautain l'était autrefois.

— J'ai toujours été impressionné par ton intelligence, captivé par ta détermination et ensorcelé par ta présence.

Ses doigts remontèrent le long de mes fesses, de mes reins, de mon dos et de mes côtes. Lentement mais sûrement. Chaque caresse me volait mon souffle et réveillait en moi un incendie qui se propageait le long de mes veines. Je tirai sur sa chevelure noire lorsque mon corps se cambra et l'entendis aussitôt émettre un grognement.

— N'étais-je pas une fille indésirable et manipulatrice ?

Autour de moi, des plumes noires scintillaient, me plongeant dans une dimension surnaturelle dont je n'avais pas conscience il y avait encore quelques semaines.

Valden posa son visage dans mon cou et y laissa une délicieuse traînée de son souffle chaud.

— J'avais tort et je vais te montrer à quel point je te désire.

Je n'attendais que cela. Il commença à explorer ma peau avec sa bouche. Mon organisme entier réagit aussitôt et j'en oubliai que je me trouvais allongée sur une table au milieu de la bibliothèque universitaire.

— Je ne t'aurais jamais laissé mourir, Aylia Hoff. Tu es si sublime, si captivante, si intelligente. Tu es mienne, me murmura mon fiancé d'un air espiègle.

J'avais toujours détesté les affirmations possessives, mais celles-ci avaient quelque chose de différent, de... sexy. Il n'y avait aucun doute : je désirais Valden !

Soudain, un cri déchirant nous coupa dans notre élan. Mon corps se figea aussitôt et mon interlocuteur écarquilla les yeux.

Nous nous levâmes aussi rapidement que possible pour nous élancer en direction de la sortie de la bibliothèque. Le tueur était-il sur le point d'ajouter une victime à sa liste ?

Une nouvelle vocifération nous guida à travers les couloirs. Ses échos me donnaient la chair de poule.

J'espérais de tout cœur qu'on arrive à temps pour sauver l'individu qui tentait sans le moindre doute de se libérer de son agresseur.

À chaque pas, à chaque inspiration, les souvenirs de ma propre agression menaçaient de m'immobiliser. Néanmoins, je poursuivis mon chemin aux côtés de Valden.

Au loin, des silhouettes apparurent. L'une était habillée de l'uniforme de l'Académie et l'autre ressemblait à une ombre à peine distinguable de l'obscurité des couloirs. Je retins ma respiration du mieux que je le pus. Serait-on en mesure de démasquer le coupable ce soir ? En tout cas, une chose était sûre : je ne laisserais pas un nouvel étudiant rencontrer la mort.

Soudain, sortie de nulle part, Sanja attaqua le meurtrier et lui donna un coup de pied dans le flanc. Son acrobatie dévoila les grandes ailes noires qui ornaient son dos. Une fois de plus, je fus fascinée par ces apparitions surnaturelles.

À la grande surprise de tous, l'assassin s'évapora au contact du pied de la jeune femme. Son corps sombre se décomposa, laissant derrière lui sa victime tremblante qui manqua de s'évanouir de peur. Dans combien de temps serait-ce au tour de Sanja ?

— De la magie, murmura cette dernière avec les yeux écarquillés.

Elle observa les environs, avant de mettre un coup de poing dans le crâne de la nouvelle victime du tueur. Cette dernière perdit instantanément conscience.

Je l'interrogeai du regard, mais me tus face à son expression menaçante.

— Hannah Von Greldt, chambre 68, expliqua Sanja après avoir désigné la jeune victime.

Je sentis mon cœur se serrer. On aurait pu croire qu'elle dormait paisiblement, comme si elle n'avait jamais été attaquée.

— Valden, emmène-la dans sa chambre. Elle pensera que tout ceci n'était qu'un cauchemar et ne se posera pas plus de questions.

Il hocha la tête, avant d'obéir et d'attraper l'inconnue par les épaules et les jambes. Une once de jalousie traversa mon esprit lorsqu'il s'éloigna avec une autre dans ses bras.

Cependant, je ne tardai pas à reprendre mes esprits et à revenir à l'essentiel.

Une fois seule avec sa sœur, je m'aventurai à lui poser des questions :

— Connais-tu des créatures au sein de l'établissement qui seraient capables de s'évaporer de la sorte ? la questionnai-je d'un air intrigué.

L'idée qu'il puisse y avoir des résidents surnaturels autres que les jumeaux attisa ma curiosité.

Elle se retourna vers moi avec les sourcils froncés.

— Pas que je sache. Et ça ne rend cet agresseur surnaturel qu'encore plus dangereux et imprévisible que prévu. On ne sait vraiment rien à son sujet.

Silence.

Je la vis déglutir avec difficulté. Elle savait aussi bien que moi que la situation était critique. J'étais déçue de découvrir qu'elle n'avait pas de liste à me fournir avec les noms des élèves qui détenaient de la magie au sein de l'école.

Encore une impasse.

Je conservai mon calme, puisque je savais déjà depuis plusieurs jours que de la magie était sûrement mêlée à cette affaire. Et mon manque de panique intrigua Sanja.

— C'était donc ça l'indice dont tu parlais plus tôt. Tu savais que le meurtrier n'était pas humain, conclut mon interlocutrice.

Je retins mon souffle.

— Sanja ?

Elle se tourna vers moi, intriguée par ce que j'avais à lui dire.

— On m'a dit que tu avais des rêves et visions étranges en ce moment. Il s'avère que…

— Que toutes les victimes les ont eues avant d'être tuées ?

Je hochai la tête en silence. Sanja, elle, baissa la tête.

— Tu croyais vraiment que vous étiez les seuls à mener votre enquête ?

Elle m'adressa un sourire amusé et croisa les bras. Ses grandes ailes noires disparurent avant que quelqu'un d'autre ne puisse les apercevoir.

— Merci d'avoir voulu m'avertir, Aylia, mais je sais me défendre. Tu ferais mieux de te soucier de tes propres cauchemars.

J'aurais aimé nier que j'en avais eu récemment, mais me doutais que ça ne servait à rien. Sanja paraissait déjà tout savoir.

Néanmoins, j'avais une question supplémentaire à lui poser avant que la conversation ne touche à sa fin.

— As-tu déjà entendu parler des Anima Sinistri ?

Sanja soupira et peigna ses mèches noires désordonnées avec ses mains, avant de se concentrer de nouveau sur moi.

— Ce terme désigne l'âme de la Sinistri School. C'est le nom du Porteur du Monde qui protège ces terres. J'ai tenté d'entrer en contact avec lui à plusieurs reprises à travers mes rêves, en vain.

— Tu as le pouvoir de parler aux Porteurs du Monde ?

Mon interlocutrice me lança un regard agacé. Elle savait qu'elle en avait dit trop.

— Ce ne sont pas tes affaires, humaine. Mais j'ai peut-être une idée pour pousser notre cher assassin à agir sans réfléchir lors de sa prochaine attaque, m'annonça-t-elle pour changer de sujet.

Je lui jetai un regard suspicieux malgré moi.

— Et tu ne vas pas l'aimer.

**

Sanja m'avait annoncé son plan lorsqu'elle m'avait raccompagnée à la bibliothèque. Je ne pouvais plus retourner dans ma chambre pour des raisons de sécurité. C'était le premier endroit où l'assassin se rendrait.

Les idées que Sanja m'avait présentées étaient cohérentes, mais tant de choses pouvaient aller de travers. C'était un vrai champ de mines ! Un seul faux pas et cette chasse au coupable pouvait me coûter la vie. Je lui avais donc demandé de me laisser un peu de temps pour réfléchir, même si nous n'en avions plus réellement à notre disposition.

Avant de me quitter, la jumelle de Valden m'avait fait un aveu qui m'avait fait rougir.

« Tu sais, Aylia... Mon frère doit sacrément t'apprécier pour te parler de mes rêves. »

Elle n'avait pas paru en colère. Plutôt intriguée par notre rapprochement surprenant. Mon cœur avait bondi dans ma poitrine malgré moi, ravi d'entendre que le jeune homme me faisait confiance au point d'étonner sa propre sœur.

Le sourire aux lèvres, je me baladais dans les rayons de la bibliothèque universitaire qui me servait de refuge temporaire. Les livres me fascinaient et mes doigts caressaient leurs dos vieillis. Combien d'histoires d'amour avaient-ils vu naître autour d'eux ?

— De combien de meurtres ont-ils été témoins ? me chuchota une voix grave venue d'un autre monde.

Une ombre s'enroula aussitôt autour de mes jambes, m'arrachant un cri de surprise. Je fus incapable de me mouvoir malgré toutes mes tentatives de me libérer.

— Tu pensais vraiment être en mesure de m'échapper ?

La voix mua en celle d'une femme et me parut bien trop familière.

Mon cœur se serra lorsque sa silhouette se manifesta face à moi avec un couteau luisant à la main. Ses mouvements étaient souples et son visage m'échappa une fois de plus, floué par les ombres qui l'entouraient.

Je tentai de reculer, mais mon corps était pétrifié par une puissance inconnue. De la magie.

J'attendais que Valden ou Sanja vole, littéralement, à mon secours. À mon grand malheur, personne ne vint. Je me trouvais seule face au danger.

— Tu vas mourir ici. Mon secret périra avec toi.

J'avais envie de crier, de me débattre, même si c'était tout aussi inutile que lors de ma première rencontre avec mon agresseur.

Non ! Hors de question d'être réduite au silence !

Mon regard se posa sur l'arme blanche que la mystérieuse femme tenait. Quelque chose se débloqua dans mon esprit, comme si on venait de tourner une clé et d'ouvrir une porte. Une image piégée au fin fond de mon inconscient fut libérée.

Dans le reflet de la surface métallique du couteau, je vis apparaître le visage de celle qui m'avait attaquée. Ces yeux, ces cheveux, cette expression, cette posture…

— Pourquoi ? parvins-je à articuler avec faiblesse.

Son sourire s'agrandit et dévoila ses belles dents blanches. Dans cet état, elle avait quelque chose d'inhumain, de démoniaque. Je n'aurais jamais pu me douter de son implication dans cette affaire.

La femme hésita l'espace d'une seconde et fit voltiger sa lame entre ses mains.

— Parce qu'il n'y a pas d'autre voie, m'informa-t-elle.

Puis, elle prit son élan et sa lame argentée plongea sur moi, prête à trancher ma peau et à se nicher dans ma chair. Je criai de toutes mes forces comme si ce son aigu serait capable de fissurer son arme. En vain.

Je ne peux pas mourir ! Je refuse de me faire éliminer ainsi !

Tous les muscles de mon corps se contractèrent, prêts à encaisser le coup à venir. Pourquoi ne pouvais-je pas me mouvoir ? Pourquoi étais-je si faible ?

— Noooon ! criai-je jusqu'à m'en faire mal à la gorge.

L'image devant moi se dissipa par endroits, comme un rêve qui s'évaporait lors du réveil. Je fronçai les sourcils et tendis le bras en direction de mon agresseur dont les mouvements avaient ralenti.

Soudain, je fus secouée en douceur et mes paupières s'ouvrirent d'un seul coup.

— Aylia ?

J'observai Sanja, Margot, Félix et Valden qui étaient penchés par-dessus mon corps. Leurs ombres cachaient la lumière du jour qui transperçait les fenêtres de la bibliothèque. J'avais passé une nuit entière dans ce lieu majestueux.

Cauchemar ou non, j'étais certaine que je connaissais à présent l'identité de celle qui terrorisait l'école. Il nous fallait enfin la démasquer.

Je me levai avec lenteur, avant de me tourner vers Sanja et de prononcer de ma voix enrouée des paroles qu'elle seule pouvait comprendre.

— Je suis partante pour ton plan.

Son regard s'illumina face à mon annonce et elle m'adressa un hochement de tête teinté de gratitude.

J'étais prête à prendre des risques. Le danger était bien moins menaçant lorsqu'on savait de qui se méfier.

Margot, Félix et Valden se regardèrent tour à tour, confus par ce que je venais de dire. Ils découvriraient bientôt l'ampleur des implications de mon annonce.

— Parfait. Nous avons préparé le terrain et diffusé la nouvelle de ton agression auprès des étudiants, en exagérant ton état. La rumeur s'est répandue en un rien de temps et ils pensent que tu es encore à l'infirmerie. Il ne reste plus qu'à narguer le tueur avec le fait que tu vas bien, qu'il a raté son coup. Ensuite, il se précipitera dans une nouvelle attaque et on sera là pour te protéger et le capturer, me dévoila Sanja d'un air satisfait.

— Je serai votre appât.

J'avais pris ma décision.

Mes amis me sourirent d'un air hésitant, inquiets face aux événements à venir.

Il était temps de mettre fin au mystère de la Sinistri School une bonne fois pour toutes.

Je parcourais les couloirs, suivie par les regards ébahis des élèves de l'académie. Un sourire se dessinait sur mes lèvres à chaque fois que l'un d'entre eux émettait une exclamation étonnée.

Surprise ! Vous croyiez vraiment que je prendrais le temps de me reposer à l'infirmerie ?

On leur avait narré mon agression la veille et, à en voir leurs expressions plus choquées les unes que les autres, Sanja, Felix et Margot avaient bien rempli leur mission. Ils s'étaient adonnés à la dispersion de rumeurs au sujet de mes blessures dans tous les recoins de l'institut. La majorité ne s'était pas attendu à me voir de nouveau sur pied et la menace de l'anonymat de l'assassin les tourmentait toujours. Mais pas pour bien longtemps si notre ruse fonctionnait.

Face à mon apparition inattendue, certains murmuraient des « impossible », ou même « incroyable ». C'était aussi amusant que perturbant de les voir se raccrocher les uns aux autres à cause de l'incompréhension qui les tourmentait. Ils me pensaient immobile dans un lit d'hôpital.

La nouvelle de ma guérison miracle ferait le tour de l'établissement pendant encore de nombreuses semaines.

En plus, je n'ai pas la moindre égratignure.

Cette situation inédite m'amusait plus qu'elle n'aurait dû. Après tout, j'aurais pu mourir lors de ma rencontre avec le meurtrier.

Au loin, debout au milieu du couloir, se tenait celle que je cherchais à défier. Elle serra les poings, et je vis ses muscles se contracter de frustration. Elle était incapable de faire quoi que ce soit devant les autres élèves au risque de leur dévoiler son horrible secret. Ils étaient mon bouclier au même titre que Valden et Sanja qui m'épaulaient.

Des filets d'ombre, que moi seule apercevais, entouraient ses bras et ses jambes.

Elle cherche à me faire peur, compris-je sans cesser mon chemin.

Mes membres faillirent s'immobiliser à cette pensée, mais je levai le menton pour camoufler ma frayeur. Une part de moi ne s'était pas encore remise du choc que j'avais vécu lors de son attaque. Cependant, je n'avais pas d'autre choix que de me forcer à avancer sans faillir.

J'étais là pour lui montrer qu'elle avait échoué, que j'étais un défi qu'elle n'avait pas encore relevé.

Afin de la provoquer, je lui adressai un hochement de tête pour la saluer de loin. À en voir le regard meurtrier qu'elle me jeta, elle s'imaginait déjà des dizaines de façons de me tuer. Je me retins de déglutir nerveusement.

Pourvu que notre plan fonctionne et qu'elle se jette bientôt dans une nouvelle attaque sans réfléchir.

Dans le cas contraire, je perdrais la vie ce jour même.

***

À la suite de la mise en place de notre tactique, Valden avait insisté pour que je sois mise à l'abri dans sa chambre. Ainsi, il n'aurait aucune difficulté à me protéger en cas de besoin.

Assise dans un coin sombre de la pièce, qui ressemblait comme deux gouttes d'eau à celle dans laquelle je résidais, je faisais de mon mieux pour ne pas laisser paraître ma nervosité. J'avais niché mes mains tremblantes entre mes jambes et posé ma tête sur mes genoux. Je devais me rappeler de ne pas me mordre la lèvre inférieure jusqu'au sang ou d'enfoncer mes ongles dans mes paumes.

L'heure de la vérité sonnerait le soir même, et elle pouvait me coûter la vie si je n'étais pas vigilante.

Toute la confiance en moi que j'avais montrée dans les couloirs un peu plus tôt s'était évanouie pour ne laisser place qu'à mes pensées les plus pessimistes et sombres. Je fixais le sol avec insistance. J'avais peur que, si je fermais les paupières, mon ennemi se dresse face à moi au cours d'une énième vision.

En toute honnêteté, je n'avais pas la force de l'affronter. Pas encore. Il me fallait du temps pour me préparer psychologiquement au combat dans lequel j'étais sur le point de m'engager. Je ne pouvais plus y échapper.

Soudain, la main de Valden glissa le long de mes mèches blanches pour venir se poser sur ma joue brûlante. L'angoisse rendait toujours mon visage écarlate.

Je l'observai en silence et découvris qu'il avait froncé les sourcils, inquiet. Il avait échangé son pull bleu contre un t-shirt bordeaux qui dévoilait ses bras musclés et les courbes de son torse puissant.

Il s'agenouilla devant moi pour être en mesure de m'observer plus en détail. Ses yeux noirs étaient remplis d'appréhension.

— Tu n'es pas obligée de céder aux caprices de Sanja, tu sais. On peut toujours trouver un autre moyen pour attraper le coupable.

Je secouai la tête, consciente que la stratégie que Sanja m'avait proposée avait le plus grand taux de réussite. Si elle nous permettait de sauver des vies, cela en valait la peine. Je risquais le sacrifice ultime pour protéger mes pairs.

— Je ne peux pas tourner le dos aux autres par égoïsme. J'ai accepté mon devoir dans cette affaire.

Valden baissa le regard et posa ses mains sur les miennes pour les sortir d'entre mes genoux. Je remarquai alors qu'il tremblait presque autant que moi.

— J'ai peur, Aylia. Peur de te perdre pour de vrai cette fois-ci.

Je faillis écarquiller les yeux face à la vulnérabilité et franchise dont il faisait preuve. J'avais fini par oublier que je n'étais pas la seule à souffrir de cette situation.

Il avait l'air si préoccupé que je ressentis le besoin de le prendre dans mes bras. Je l'enlaçai donc aussitôt et le serrai contre moi. À mon grand bonheur, il se laissa aussitôt fondre dans mon étreinte avec soulagement.

— Je n'ai pas survécu jusque-là pour mourir maintenant, lui murmurai-je avec mes doigts nichés dans sa chevelure noire.

C'est grâce à toi que je suis encore en vie, Valden. C'est à moi de t'épauler à présent.

Son parfum épicé me brûlait les narines et sa chaleur corporelle forma un brasier sur ma peau. Je caressai son dos dans l'espoir que cela le calme peu à peu.

L'idée qu'il se sente assez à l'aise en ma compagnie pour me faire part de sa fragilité et de ses doutes me ravissait.

— Tu ne dois pas toujours être fort, Valden.

Il leva aussitôt le visage vers moi, reconnaissant de voir que je ne le poussais pas à refouler ses émotions. Dans son regard brillait une tendresse qui ne m'avait encore jamais été adressée et qui me prit au dépourvu. L'intensité de cette émotion me fit cligner des paupières à plusieurs reprises.

Il se redressa lentement et colla son front au mien. Nos nez se caressèrent en douceur et nos souffles s'emmêlèrent jusqu'à ce qu'ils ne fassent plus qu'un.

— Je suis honoré d'être ton fiancé, Aylia Hoff.

Il ne veut plus briser nos fiançailles, compris-je.

Un soulagement sans précédent m'envahît.

Je ne pensais jamais me réjouir d'une telle nouvelle. Après tout, lors de mon arrivée, j'avais juré de me débarrasser de notre mariage arrangé au plus vite. Néanmoins, la possibilité que je puisse le perdre m'avait rendue de plus en plus nerveuse au fil des jours.

Tout à coup, nos bouches se rencontrèrent et nos lèvres bougèrent au même rythme délicieux. Les mains de Valden se nichèrent dans mon dos et à l'arrière de ma tête afin d'appuyer notre baiser.

Je passai les miennes en dessous de son t-shirt bordeaux et rougis au contact de ses abdominaux proéminents. La course à pied sculptait à merveille son corps.

Il se leva peu à peu, me tirant debout par la même occasion. Puis, il enveloppa ma taille de ses puissants bras et me porta jusqu'à son lit. Le front collé au sien et hors d'haleine, je le fixai dans les yeux et y vis briller un désir semblable à un incendie incontrôlable.

— À toi de jouer, mon ange déchu, chuchotai-je, avant qu'il ne me dépose sur son matelas.

Ce n'était pas la première fois qu'on explorait mon corps, mais c'était sans le moindre doute la seule où je ressentais une telle volonté, et hâte, de m'offrir à mon partenaire.

Il commença par ôter ma jupe, avant de remonter jusqu'à mon buste recouvert du pull bleu à col roulé de l'uniforme. Ce ne fut que lorsque sa bouche rejoignit de nouveau la mienne que je remarquai qu'il avait à son tour enlevé son haut. Ses ailes noires trônaient au-dessus de nous et chacune de leurs plumes scintillait d'une lueur captivante.

— Je ne peux pas me concentrer sur leur invisibilité et sur toi à la fois.

Il paraissait s'excuser, mais je secouai aussitôt la tête en lui souriant à pleines dents.

— Je ne demande qu'à te voir sous ta forme la plus authentique, Valden Kazoku.

Il fondit aussitôt contre moi, prêt à terminer ce qu'il avait entamé. Et ce pour mon plus grand bonheur.

La nuit avait fini par tomber à la Sinistri School et avait mis fin à mon instant d'intimité avec Valden. Je sentais encore les sensations délicieuses de notre étreinte traverser mon corps entier et mes joues rougir à ce souvenir. Cependant, ce n'était pas le moment de m'attarder sur mes sentiments.

La mort me guettait depuis l'ombre ce soir-là.

Valden avait installé une caméra dans l'angle d'un couloir afin de pouvoir enregistrer de façon stratégique tout ce qu'il se passait entre les murs en pierre. Il suffisait d'attirer l'assassin et de le pousser à tout avouer. C'était, évidemment, bien plus facile à dire qu'à faire.

Et je serais l'appât.

Mon cœur battait contre mes tempes et un nœud se formait dans mon ventre. La pression faisait trembler mes mains que je tentais d'immobiliser avec les poings serrés.

Margot, Felix et moi suivions la scène nocturne sur l'écran de mon téléphone, qu'on avait réussi à connecter à la caméra

Bluetooth. Je ne savais pas d'où Valden l'avait sortie, mais elle était bien pratique. Être un riche héritier servait de temps à autre.

Nous nous étions collés contre un des murs en pierre grise du couloir adjacent afin de nous faire les plus discrets possible. Bientôt, j'aurais à me rendre à l'endroit où on souhaitait que j'attire le meurtrier. Chacun de ses mouvements devait être enregistré avec la caméra si nous voulions l'inculper auprès de la police.

Soudain, une figure fit irruption dans le couloir. Sanja traversa lentement les dalles en bougeant la tête de droite à gauche pour vérifier qu'aucun élève ne se trouvait dans les parages. Il était hors de question de mettre qui que ce soit d'autre en danger.

Après seulement quelques minutes, une seconde figure se manifesta sur l'écran. Enveloppée d'une cape bleu foncé, elle se mouvait avec souplesse et élégance. Il n'était pas difficile de deviner qu'il s'agissait d'une femme, même si je disposais déjà de cette information. Cependant, sa façon de bouger avait quelque chose de surnaturel, comme si elle était une ombre.

J'inspirai profondément et me préparai à me rendre sur le lieu que la caméra filmait.

— Aylia..., murmura Margot d'un air inquiet.

Elle manqua de m'attraper par le bras pour me retenir.

— Tu pourrais y laisser ta vie.

Elle me supplia du regard de ne pas y aller.

Je la rassurai avec un sourire. Au fond, je savais qu'elle avait raison, mais je ne pouvais pas reculer maintenant. Tout dépendait de moi.

— Ça se passera bien. Nous sommes bien préparés.

Mon amie n'avait pas l'air convaincue du tout.

Quant à Félix, je voyais que sa respiration devenait de plus en plus saccadée face au conflit à venir. Il avait eu sa chasse au coupable.

— Nous sommes là pour toi, Aylia, m'assura-t-il d'une voix fébrile.

— Merci.

Je commençai à me détourner du duo lorsque Margot m'adressa un dernier message :

— Tu as intérêt à revenir en un seul morceau.

Je ricanai malgré moi.

— Promis.

Les quitter me faisait plus de mal que je ne souhaitais l'admettre. Il n'y avait plus de marche arrière possible à présent.

Mes jambes me menaient à travers les couloirs glacials et obscurs. Mes pas devenaient de plus en plus précipités et les poils se dressèrent sur mes bras.

Au tournant suivant, je tombai nez à nez avec l'ennemi et mon corps fut pétrifié. Son sourire en coin dévoila ses dents blanches malgré l'ombre de son capuchon qui cachait son visage. Des filets de fumée noire flottaient autour de ses bras et de ses jambes, lui donnant un air encore plus menaçant.

— Tiens, tiens. Ma petite proie vient à moi.

Ces paroles provocatrices débloquèrent en moi un courage longtemps enfoui.

— Qu'est-ce qui vous indique que ce n'est pas vous qui êtes venue à moi ?

Ma répartie paraissait l'amuser et renforcer l'idée que je n'étais rien de plus qu'un défi à ses yeux.

Sous-estime-moi, et je te surprendrai.

— Je ne sais pas si tu es courageuse ou stupide, Aylia.

Soudain, son ombre se prolongea jusqu'à mon emplacement. Je reculai, mosans pour autant être assez rapide pour éviter la présence obscure qu'elle contrôlait.

Des mains aux longues griffes pointues en sortirent pour venir envelopper mes jambes.

— Qu'est-ce que..?

Cette magie ne pouvait qu'être démoniaque.

Ses ongles se plantèrent dans ma peau et me tirèrent vers le sol jusqu'à ce que je m'écrase sur mes genoux.

Je m'exclamai de douleur lorsque je sentis la pierre granuleuse érafler ma chair.

Mes bras tremblaient et des larmes se pressèrent jusqu'à mes yeux. Une sensation glaciale m'envahit, nourrissant la terreur qui envahissait peu à peu mon cœur. J'avais l'impression de flotter dans le vide, de perdre tout sens de la réalité.

— Sois reconnaissante, Aylia. Ta mort sera douce et rapide.

Non...

Non.

Non !

Pas aujourd'hui !

Je serrai les poings si fort que des filets de sang coulèrent sur ma peau lorsque mes ongles s'y plantaient. Toute notion de douleur m'avait été ôtée par la magie de mon adversaire.

Pas question de mourir maintenant.

L'assassin avait sorti son arme dont la lame scintillait sous la lumière blanche de la lune. Elle me surplombait avec un rictus malsain aux lèvres. La perspective de mon meurtre lui faisait plaisir.

— Non ! criai-je dans un élan de colère.

Je serrai les dents, inspirai et me concentrai sur mon rythme cardiaque pour tenter d'agir.

— Tu es si dramatique. Rassure-toi, ça fait de toi ma proie préférée.

Je levai mon regard rempli de colère vers mon adversaire. Mon expression inattendue la poussa à froncer les sourcils. Elle avait l'habitude que sa victime la supplie d'épargner sa vie, mais c'était hors de question !

Je retrouvai le contrôle de mes jambes et me levai peu à peu malgré mes muscles tremblants. Cette action me prit un effort considérable et je dus serrer les dents pour ne pas crier de douleur.

Tout à coup, l'ombre qui me tenait captive se dissipa peu à peu jusqu'à disparaître et me libérer.

— Comment ?

Pour la première fois, je vis de la peur dans les yeux de l'assassin. Après tout, je n'étais qu'une simple humaine et je défiais ses pouvoirs surnaturels.

Dans une dernière tentative de me contrôler, elle posa sa main entourée de fumée noire sur mon épaule. Toutefois, la substance sombre s'arrêta à quelques millimètres de ma peau, comme repoussée par ma présence.

Peu importe combien la meurtrière tentait de la pousser à m'attaquer, à m'immobiliser, elle n'y parvenait pas. À mon grand bonheur, le pouvoir mystérieux paraissait à présent éviter tout contact avec moi pour une raison inconnue.

Je plantai mon regard dans le sien, prête à dévoiler ses crimes au monde entier.

Justice était sur le point d'être rendue.

Yeux dans les yeux, je faisais face à l'assassin qui m'avait tant terrifiée il y avait peu.

— Ceci est votre dernière nuit de liberté, lui assurai-je avec détermination.

Pour la première fois depuis notre rencontre cette nuit-là, elle ne se moqua pas de mes paroles. Son sourire en coin s'était évanoui de ses lèvres. Elle avait compris trop tard que ma détermination était dangereuse, même si je n'étais qu'une humaine.

Parfait.

— Maintenant ! criai-je assez fort pour que Sanja puisse m'entendre.

Ma voix créa des échos, et la jeune femme apparut aussitôt au sein du couloir avec ses grandes ailes noires dans le dos. En les apercevant, mon agresseur recula et chancela, pris au dépourvu par ce retournement de situation. Pensait-elle vraiment être la seule résidente surnaturelle de la Sinistri School ?

— Tu es...

Avant qu'elle puisse terminer sa phrase, Valden se manifesta à ses côtés, plus rapide qu'une ombre. Le grand couteau que l'ennemi tenait tomba par terre au moment où il lui empoigna la gorge.

En un rien de temps, la meurtrière fut immobilisée par les jumeaux et leur puissance surnaturelle.

Margot et Felix nous rejoignirent au pas de course. Ils avaient aperçu toute la scène sur l'écran du téléphone qu'ils tenaient. Pourtant, aucun des deux ne fut surpris par la situation, ce qui m'indiqua qu'ils étaient déjà au courant du secret des jumeaux.

Bien joué, pensai-je.

Je compris aussitôt que mes amis m'avaient tous caché des choses.

Toutefois, leur courage de se joindre à nous me surprit. Ils auraient très bien pu rester cachés s'ils le souhaitaient. N'importe qui en aurait fait de même à leur place.

S'étaient-ils joints à nous pour nous aider en cas d'imprévu ?

Valden tenait toujours la gorge de l'assassin avec fermeté pour qu'il ne puisse pas s'enfuir et Sanja paraissait prête à l'achever à tout instant. Son regard noir était terrifiant.

Elle avait de nouveau rendu ses ailes invisibles pour éviter que des spectateurs indésirables ne les aperçoivent. Malgré ses patrouilles, un élève pouvait toujours se joindre à nous à son insu.

Le temps paraissait suspendu et tous attendaient que quelqu'un brise le silence.

— Bonjour, Madame la directrice, dis-je enfin avant d'avancer vers la personne prise au piège.

Sa capuche avait fini par tomber en arrière et dévoilait le visage magnifique de la femme à la tête de la Sinistri School.

Les fichiers empilés sur son bureau étaient ceux de ses victimes, passées comme futures, dont celui de Regg. La présence des dossiers de 1922 parmi ses documents personnels s'expliquait enfin. Elle s'était inspirée de cette tragédie pour ressusciter sa légende surnaturelle et semer davantage la terreur dans son institut.

— Je savais qui était derrière les meurtres, mais ce que j'ai du mal à comprendre, c'est votre motif.

La directrice me fusillait du regard, même si elle savait que courir ne servirait à rien. Elle était immobilisée et, avec leurs ailes, Valden et Sanja la rattraperaient en un rien de temps. Même ses ombres surnaturelles ne pouvaient rien contre eux.

— Mes actes sont indépendants de ma volonté, avoua la meurtrière.

Son expression mélancolique me poussa à croire qu'il y avait bien plus derrière ces meurtres qu'on ne le soupçonnait. Pourquoi ruinerait-elle la réputation de son propre établissement ? Pourquoi tuerait-elle les élèves dont elle assurait l'éducation ? Cela ne faisait aucun sens.

— Nous vous écoutons, ordonna Sanja d'une voix sévère et sèche.

Elle croisa les bras pour accentuer son impatience. Avec elle, aucune négociation n'était possible.

— Je dois lui obéir, il détient ce territoire, il peut me prendre tout ce que je possède...

La directrice baissa les yeux pour camoufler son désarroi. Je vis ses mains trembler et des larmes lui monter aux yeux. Regrettait-elle ses actes ?

Bien que je me doute qu'une puissance extérieure l'y avait poussée, rien ne pouvait justifier les crimes qu'elle avait commis. Mon regard trouva celui de Valden. Nous pensions tous les deux à la même chose.

— Un Porteur du Monde ?

Ma question était douce et laissait transparaître un semblant de compassion. La pousser dans ses retranchements ne servirait à rien si on souhaitait obtenir des réponses.

— Oui… L'Anima Sinistri vit parmi nous.

De l'espoir brillait dans le regard de la femme aux cheveux noirs frisés. Elle me croyait de son côté, elle pensait que je la comprenais, que je laisserais ses crimes filer entre mes doigts.

Elle avait de toute évidence tort. Toutefois, je ne dis rien par peur qu'elle ne se braque.

— Lorsque ma famille a tout perdu à cause de celle de Sanja et Valden, j'étais désespérée et cherchais à me venger. C'est alors qu'il m'a promis un grand destin sur ses terres. Il savait que les descendants de la lignée qui avait anéanti la mienne seraient, comme tous leurs ancêtres, scolarisés à la Sinistri School et m'a proposé d'en reprendre les rênes afin de les surveiller. Aveuglée par ma haine, je n'ai pas hésité une seule seconde. À l'époque, j'ignorais qu'il avait manipulé le précédent directeur pour causer la tragédie de l'automne 1922. Il m'avait promis de mettre fin à la lignée de mes pires ennemis, sans préciser que ce serait à moi de tuer les descendants de mes propres mains. Ainsi, je me suis retrouvée à devoir lui payer une dette faite de chair et d'os, un prix de sang. Et les jumeaux Kazoku auraient été mes dernières cibles.

C'était si funeste...

Je lui fis signe de poursuivre.

— Il m'a dit qu'il nécessitait des âmes pour survivre. Tous les cent ans, son contractant doit lui sacrifier cinq êtres vivants pour qu'il respecte à son tour l'accord passé... il n'avait pas précisé qu'elles devaient être humaines ! cria-t-elle avec les yeux rougis.

Le désespoir coulait à pleins flots de ses mots paniqués. Elle tentait de justifier l'impardonnable et elle le savait. Elle avait perdu le combat d'avance.

— Alors, pour sauver ma peau, je me suis mise à suivre ses ordres et à traquer des étudiants qui n'étaient pas les héritiers de leurs lignées ou qui étaient en froid avec leurs familles. Grâce au système de brouillage de signal téléphonique que j'ai fait installer, personne n'a pu communiquer avec le monde extérieur pour leur partager leur expérience ici.

C'était donc pour cela que je ne pouvais pas contacter mes parents depuis mon arrivée.

— Et vous n'avez eu aucun scrupule à ôter la vie à trois jeunes élèves qui avaient encore toute leur existence devant eux ? lui demandai-je, incrédule.

— Croyez-moi, si j'avais eu un autre choix, je ne me serais pas embêtée à les achever. Mon maître accepte seulement l'essence de vie de jeunes êtres humains et ils étaient des cibles parfaites. Mort après mort, je me rapprochais de mes vraies cibles : Sanja et Valden.

L'emploi du terme « maître » me fit frissonner.

Elle ne vivait que pour venger sa famille déchue. J'observai les visages impassibles des jumeaux du coin de l'œil.

— Et les fichiers sur votre bureau étaient ceux des victimes que vous visiez.

Une sueur froide parcourut mon échine lorsqu'elle hocha la tête. Elle avait vraiment pensé à tout ! Depuis combien de temps les surveillait-elle ?

— Ça n'a aucun sens, la police est venue ici il y a à peine quelques jours, intervint Sanja.

Elle ne croyait pas un mot de ce que la directrice nous affirmait.

— La Sinistri School est située au sein d'un parc naturel immense dans lequel personne ne s'aventure. C'est ça qui en fait l'établissement parfait pour les riches héritiers en besoin de protection du monde extérieur. Les policiers et médecins légistes qui sont venus plus tôt sont des acteurs. En échange de quelques gros billets, ils ont juré de ne pas ébruiter l'affaire et de mettre en place une belle mise en scène. Quant aux proches des victimes, ils se sont contentés d'une lettre de condoléances. Il suffisait de leur dire que leur enfant avait été soûl ou avait consommé une substance illicite pour qu'ils étouffent eux-mêmes l'histoire de sa mort. La plupart préféraient se concentrer sur leur réputation et leur aîné, l'héritier de leur empire.

C'était tellement affreux et vrai à la fois ! J'étais persuadée que mes parents agiraient de la même façon afin d'éviter que leur nom ne soit lié à celui d'une adolescente irresponsable.

L'argent définit les règles du jeu.

— Et ceux qui ont quitté l'école après le troisième meurtre ? insista Sanja avec les yeux plissés.

— Avant le départ, ils ont tous signé des accords stipulant qu'ils n'ont pas le droit de parler de l'enquête à quiconque. Et leurs familles prennent les contrats très au sérieux.

La directrice sourit, fière de son plan sans failles. Ou presque.

Elle était redoutable, une âme modelée pour commettre des crimes. J'avais rarement éprouvé tant de dégoût envers quelqu'un.

— Vous devez bien posséder un téléphone qui fonctionne, non ? Un qui nous permettrait de prévenir un vrai commissariat de police ? lui demandai-je pour lui donner une dernière chance de nous aider.

Elle m'adressa un rictus effrayant et secoua la tête.

— Je ne vais pas vous rendre la tâche aussi facile. De toute façon, puisque j'ai brisé le pacte que j'ai passé avec le Porteur du Monde, je suis déjà condamnée à mort. Forces de l'ordre ou non, si je ne tue pas une quatrième et cinquième victime, ceci sont mes derniers jours dans ce monde.

Malheureux, mais vrai.

Je compris qu'il était inutile de lui donner une nouvelle chance. Certaines personnes ne pouvaient pas être pardonnées.

— Le seul appareil qu'un brouilleur ne peut pas affecter est un fixe, intervint Felix.

Il était resté silencieux tout au long de la conversation jusqu'à ce que ce soit à son tour de nous aider.

Margot acquiesça et proposa d'aller vérifier si un tel appareil se trouvait dans le bureau de la directrice ou à l'administration. Il ne nous restait plus qu'à contacter les autorités de la ville la plus proche pour leur remettre les confessions filmées de la directrice. Grâce à eux, le cauchemar toucherait à sa fin après de nombreuses nuits de terreur.

— Depuis combien de temps servez-vous votre maître ? demanda Valden.

Il resserra aussitôt son étreinte autour de la gorge de la directrice. Cette dernière laissa échapper une plainte étouffée.

Les veines de Valden se dessinaient sur ses avant-bras et ses muscles se contractèrent comme s'il était sur le point de tuer sa victime. L'espace d'une seconde, je me demandai s'il était encore bel et bien le jeune homme doux et attentionné qu'il avait été en ma présence.

La directrice ouvrit la bouche et il desserra sa poigne afin de lui permettre d'articuler.

— En quoi... est-ce que... ça t'intéresse... garçon ? marmonna-t-elle avec un rictus aux lèvres.

Même face à la mort, aucune peur ne pouvait être perçue dans son regard.

— Ne joue pas avec moi, humaine. Je peux écraser ton petit cou en un rien de temps si je le souhaite. À en voir la facilité avec laquelle Aylia a contré tes attaques, ton maître ne te protège plus.

Elle grimaça face à ces paroles remplies de vérité. Son pouvoir l'avait abandonnée.

La rage qui brillait dans les yeux de Valden me donna la chair de poule. Une veine pulsait au niveau de son front et ses sourcils froncés lui donnaient un air agressif. Je ne l'avais encore jamais vu dans cet état.

Serait-il vraiment capable de la tuer ?

L'avait-il déjà fait auparavant ?

— Soixante années... Je le sers depuis soixante années. Il s'avère que mon maître... appréciait assez ma présence pour prolonger mon existence...

Je manquai d'air face à cette révélation.

Soixante ans !? Comment était-ce possible ?

La femme sourit face à mon air étonné.

— J'ai l'air bien plus jeune, n'est-ce pas ? s'amusa-t-elle d'une voix étranglée et faible.

Elle commençait à perdre peu à peu conscience à cause de l'air qui lui manquait.

— Que sont cinq vies face à soixante années de puissance ?

— Monstre, lui cracha Valden.

Elle émit un petit rire amusé qui lui valut un regard meurtrier de la part de son bourreau.

— Comment peut-on anéantir le Porteur du Monde ?

Elle inspira par le nez, ce qui produisit un bruit sifflant.

— Comme si j'étais assez bête pour vous avouer ça.

Peu à peu, ses paupières commençaient à se fermer à cause du manque d'air. Même dans son état critique, elle ne trahirait pas son maître. Valden secoua la tête et serra sa trachée jusqu'à ce qu'elle perde enfin conscience.

Puis, il la déposa avec soin sur le sol en pierre du couloir. Sa respiration régulière indiquait qu'elle était juste inconsciente. Pour l'instant. Bientôt, son maître viendrait récolter son âme et repartirait à la recherche d'un nouveau serviteur.

— C'est terminé, murmura Valden, avant de se redresser peu à peu.

Je devinai à ses poings serrés qu'il devait se retenir de toutes ses forces pour ne pas achever notre adversaire sur-le-champ. Le surnaturel paraissait être lié à la mort.

— La police a été prévenue !

Margot nous rejoignit avec hâte. Elle était hors d'haleine et s'appuya sur mon épaule pour reprendre son souffle.

— Merci, Margot.

Elle me sourit, satisfaite, et me tendit mon téléphone.

— Si notre enregistrement n'est pas assez pour la faire inculper, je ne comprends plus rien.

J'observai l'assassin allongé au sol. Survivrait-elle jusqu'à ce que la police ne vienne la chercher ?

— En effet.

J'aurais aimé poser des centaines de questions à notre ennemi, mais on devait en priorité déclarer ses crimes et remettre nos preuves vidéo aux forces de l'ordre. Tout en omettant les images qui contenaient du surnaturel, bien sûr. La partie avec ses aveux suffirait.

Ensuite, nous aurions le temps de débattre de ce qu'il s'était passé ce jour-là en toute tranquillité.

Des lueurs bleues et rouges éclairaient une fois de plus l'immense allée de la Sinistri School, alors que la directrice s'asseyait à l'arrière d'une des voitures de police. Il avait suffi à Valden de faire visionner ses aveux aux forces de l'ordre pour qu'ils l'embarquent sur-le-champ. Elle avait admis tous ses crimes et les preuves étaient irréfutables.

Je regardais des étudiants sortir peu à peu de leurs chambres pour contempler la scène. Ils paraissaient heureux et soulagés d'apprendre que le tueur avait enfin été appréhendé. Le futur de la Sinistri School était encore incertain, mais au moins, nous étions tous en sécurité pour l'instant.

Soudain, Valden m'enveloppa de ses bras puissants et me sourit. Nous avions réussi, nous avions démasqué l'assassin qui terrorisait l'académie depuis des semaines. Je peinais encore à y croire.

Nous savions mieux que quiconque que l'Anima Sinistri à l'origine du drame n'avait pas disparu. Il rôdait encore dans les bâtiments en pierre grise en quête de nouvelles victimes.

Au fond, j'espérais que le gouvernement déciderait de fermer définitivement l'école après les récents événements. Ainsi, plus aucune âme naïve ne pourrait être prise dans le piège du Porteur du Monde corrompu que nous avions dû affronter.

Soudain, la voix de Valden me tira de mes pensées :

— Me montreras-tu ta ville, Hoff ? Loin de nos familles et de leurs manigances ? me demanda mon fiancé avec un sourire aux lèvres.

Je l'observai avec le regard brillant et serrai sa main dans ma mienne, heureuse de voir qu'il était prêt à découvrir mon monde.

— Avec grand plaisir. Je pense que la liberté va te plaire.

Il rigola, faisant fondre mon cœur qui battait encore à mille à l'heure à cause de tout ce que nous venions de traverser.

— Tant que je me trouve à tes côtés, toutes nos destinations me plairont, Hoff.

Après avoir prononcé ces paroles remplies de belles promesses, il se pencha en ma direction pour m'embrasser.

Je n'avais jamais goûté un baiser aussi sucré et délicieux.

Vous avez aimé cette histoire ?

Laissez votre avis sur Amazon,
Booknode, Goodreads ou/et
les réseaux pour soutenir Aylia !

Remerciements

Automne de Démons a connu de nombreux changements depuis la première fois où son intrigue m'est venue en tête ! Je ne parviens plus à compter le nombre de versions qui sont enfouies au fin fond de mon ordinateur !

J'espère que sa forme finale a su vous intriguer et que vous avez passé un bon moment aux côtés de Aylia et Valden. La Sinistri School n'est pas une école idéale, mais ses secrets sont loin d'être ennuyants, n'est-ce pas ?

Je tenais à remercier infiniment Koya qui a soutenu cette histoire encore et encore malgré les nombreux changements que j'y ai apportée. Sans toi, ce texte serait resté dans un fichier oublié donc merci de lui avoir donné vie avec ton enthousiasme débordant !

Merci à mes bêta lecteurs qui ont tant su m'aider à améliorer cette histoire ! Merci à mes correctrices de leurs commentaires si pertinents et amusants ! Merci à Nicolas de s'être surpassé une fois de plus pour faire vivre mes personnages sur la magnifique couverture. Ils sont encore plus beaux que je me les étais imaginée ! Merci à Coralie de les avoir illustrés à merveille en début de roman ! Merci aux blogueurs qui ont accepté de lire Automne de Démons en service presse, je suis si heureuse que vous avez eu espoir en lui !

Merci à Domi de toujours m'écouter raconter toutes mes histoires sans jamais s'en lasser !

Merci à tous ceux qui ont lu ce livre et qui lui permettent de trouver son chemin dans le monde !

Sur ce, je retourne dans mes mondes imaginaires en vous remerciant de votre présence à la Sinistri School !

L'AUTRICE

Depuis petite, Elin Bakker écrit des romans fantasy et science-fiction. Elle adore s'échapper dans de nouveaux mondes et entraîner ses lecteurs dans son imagination (parfois) déjantée. Dans la vie de tous les jours, elle passe inaperçue, assise dans un café avec un chaï latte et une part de gâteau devant elle. La nuit, dans ses rêves, elle parcourt des couloirs de manoirs abandonnés avec un chandelier et un livre à la main.

Printed in France by Amazon
Brétigny-sur-Orge, FR